젊은 베르테르의 슬픔

소설 속에 등장하는 '발하임' 읍의 무대가 된 베츨라(Wetzlar) 시의 풍경

부클래식

011

젊은 베르테르의 슬픔

괴테
두행숙 옮김

부북스

차 례

일러두기

-번역에 사용한 대본으로는 *Die Leiden des jungen Werthers*. philipp Reclam.Jun.
Stuttgart (1986) 을 사용했다.
-(옮긴이)표시가 없는 것은 원저자의 주이다.

나는 가련한 베르테르와 관련된

이야기 가운데서 찾아낼 수 있었던 것을

힘닿는 대로 수집하여,

여기 독자 여러분에게 보여주려고 하니,

여러분은 이런 노력에

고마움을 느낄 것입니다.

여러분은 그의 뛰어난 정신과 인품에 대해서는 찬탄과 사랑을,

그의 운명에 대해서는 동정의 눈물을

아끼지 않을 것입니다.

그리하여, 선하고 아름다운 영혼을

지니고 있으면서 베르테르와 마찬가지로

지금 이 순간 억누를 수 없는 내면의 충동을 느끼는

당신도 역시 그가 겪은 슬픔에서

위안을 느낄 것입니다.

그러니 만약 당신이 운명적으로, 아니면 자신의 탓으로 인해

가까운 벗을 찾을 수 없다면 이 작은 한 권의 책을

당신의 벗으로 삼으십시오.

제1권

로테와 동생들의 모습을 바라보고 있는 베르테르

1771년 5월 4일에[01]

멀리 떠나 있어서 얼마나 기쁜지 모르겠다! 가장 친한 벗이여, 사람의 마음이란 도대체 무엇인가! 내가 그토록 사랑한 너를, 결코 헤어질 수 없을 것 같던 자네를, 떠나서 기뻐하고 있으니 말이다! 자네가 나를 용서해 주리라는 것을 알고 있다. 운명이 선택한 다른 사람들과 사귈 때 늘 내 마음은 두려움으로 가슴 졸이지 않았던가? 가엾은 레오노레! 그래도 나는 잘못이 없었다. 내가 그녀의 여동생이 지닌 고집스런 매력을 즐기고 위안 삼는 동안에, 그 불쌍한 마음속에 열정이 솟구치고 있다 해서 그게 내 잘못인가? 그렇다고 해서, 내게 아무 잘못이 없는가? 그녀의 감정을 부추겼던 것은 아닐까? 그녀의 본성을 그렇게나 잘 표현하는 것에 나는 얼마나 기뻐했던가? 그 표현은 전혀 우습지도 않았지만, 우리 둘은 얼마나 자주 웃음을 터뜨렸던가? 사실 나는 혹시나…… 아! 인간이란 대체 어떤 존재일까! 자기 자신에 대해서 이렇게 몹시 슬퍼하다니.

---

01 원문에서 날짜에 'am'으로 되어 있는 부분은 '~일에'로 번역하였고, 'den'으로 되어 있는 부분은 '~일'로 번역하였다-옮긴이.

나는 약속한다, 빌헬름, 자네에게 약속한다, 스스로 고쳐 나갈 것이며 내가 전에 늘 그랬듯이, 운명이 우리에게 야기하는 사소한 불운을 더 이상 되씹고 있지만은 않겠다.

나는 현재를 즐길 작정이고 지나간 일은 그저 지나간 일로 내버려 두겠다. 확실히, 자네 말이 맞다, 가장 친한 친구여. 만약에, 사람들이 냉담한 현재를 견디기보다 지나친 상상력으로 과거의 잘못에 대한 기억을 되씹는 일—그들이 왜 그렇게 만들어졌는지는 신만이 아시겠지— 을 하지 않는다면 슬픔은 덜할 것이다.

부탁인데, 맡기신 어머니 일은 잘 처리하겠다고 우리 어머니에게 소식 좀 전해다오. 가능하면 빨리 소식을 전하겠다고 말이다.

숙모님을 만나 보았는데, 고향에서 소문이 난 것처럼 그렇게 나쁜 분은 아니셨다. 마음이 다정하며 쾌활하고 열정적인 분이셨다. 아직 받지 못한 유산에 대해서 어머니가 불만스러워 하고 계시다고 말씀드렸더니, 숙모님은 그 일이 꼬이게 된 이유와 동기를 설명해 주셨다. 그러고는 조건을 제시하면서, 요구하는 것보다 더 많은 유산을 나누어주겠다고 약속하셨다.

간단히 말해, 그 일에 대해서는 앞으로 더 이상 편지에 쓰지 않을 거고 모든 일이 다 잘 풀릴 거라고 어머니께 전해다오. 그리고 친구여, 이번의 사소한 일을 겪으면서, 이 세상에서 분규를 일으키는 것은 간교함이나 사악함보다는 오히려 오해와 무기력이라는 것을 깨달았다. 적어도 앞의 두 가지는 확실히 드물다.

그 밖에는 나는 이곳에서 아주 만족하며 지내고 있다. 천국과도 같은 이 고장에서 고독은 내 마음에게 값진 향유와 같으며, 이 왕성한 계절의 온갖 풍요로움은 이따금 섬뜩해지는 내 마음을 아주 따스하게 채워주고 있다.

나무마다, 울타리마다 꽃들이 만발해, 사람들은 기꺼이 한 마리 풍뎅이가 되어, 이 황홀한 향기의 바다 속을 헤엄쳐 다니며 온갖 감미로운 먹이를 찾아 날아가고 싶은 심정이다.

도시 자체는 별로 마음에 들지 않지만, 그 주변으로는 이루 말로 표현할 수 없이 아름다운 자연이 펼쳐져 있다. 그것이 작고한 M 백작의 마음을 움직여, 작은 산들이 아주 멋지고 다채롭게 서로 엇갈리면서 경사져 아주 아름다운 골짜기들을 이루었는데, 그 가운데 한 곳을 정원으로 조성하게 한 것이다.

그 정원은 매우 소박해서 발을 안으로 들여놓는 순간, 과학적인 정원사가 아니라 풍부한 감수성을 지닌 사람이 스스로 즐기려고 설계했음을 금방 느낄 수 있다.

그 백작이 즐겨 찾았고 지금은 나도 좋아하는, 황폐해진 작은 방에 들어가 고인을 생각하며 나는 많이 울기도 했다. 얼마 안 있으면 나는 이 정원의 주인이 될 것이다. 이곳에 온 지 며칠밖에 안 되었지만 정원사도 벌써 나를 마음에 들어 하는데, 그는 그 일을 후회하지 않게 되리라.

5월 10일에

달콤한 봄날 아침이 그러하듯이 놀라운 화창함이 내 영혼 전체를 사로잡고 있으며, 나는 그것을 온 마음으로 즐기고 있다. 비록 난 혼자이지만, 바로 나와 같은 영혼을 위해서 창조된 이 고장에서 진정으로 내 삶을 향유하고 있다. 나는 너무나 행복하다, 친구여, 살아 있다는 평화로운 느낌에 너무 흠뻑 젖어, 내 예술은 방치되고 있을 정도다. 지금은 선 하나도 스케치할 수 없을 것 같지만, 나는 지금 이 순간보다 더 위대한 화가였던 적이 없었다.

내 주위의 이 사랑스러운 골짜기에 아지랑이가 피어오를 때, 태양이 울창하고 어두운 숲 위에 내리쬘 때, 한줄기 햇살이 성스러운 숲속으로 깊이 파고들어갈 때, 나는 흘러 내려가는 시냇가의 무성한 풀포기들 사이에 누워서 수천 가지의 초목들을 눈여겨본다. 풀포기들 사이에 있는 작은 세계의 풍요로움을, 형언할 수 없이 수많은 유충들과 나는 것들의 모습을 내 가슴에 더 가까이 느낄 때면, 나는 다름 아닌 그것들을 창조해 낸 전능하시며 영원하신 분이 있음을 느끼게 된다. 당신의 형상에 따라 우리들을 창조하시고 영원한 기쁨 속에서 떠다니도록 보호하시고 만물을 사랑하시는 분의 숨결을 말이다.

친구여, 그런 다음에 내 눈 앞에서 석양빛이 감돌고 나를 감싸는 이 세계와 하늘이 마치 연인처럼 내 영혼 속에 고요히 가라앉을 때면, 나는 때때로 아련한 동경에 젖으면서 이런 생각을 한다.

'아, 이 모든 것을 표현해 낼 수만 있다면! 가슴속에 이처럼 따뜻하게 살아 숨 쉬는 것들을 종이 위에 옮겨 다시 생명을 부여할 수만 있다면! 만약 그럴 수만 있다면, 네 영혼이 무한한 신의 거울이듯이, 종이 위에 그려진 사물들 역시 네 영혼의 거울이 될 수 있을 텐데!'라고.

친구여, 그러나 나의 이런 생각은 무너지고 만다. 이런 현상들의 찬란한 위력에 그만 압도되고 마는 것이다.

5월 12일에

눈을 속이는 정령들이 이곳에 서려 있는 것인지, 아니면 내 마음속에 따사로운, 천국과 같은 환상이 내 주위에 있는 모든 것들을 마치 낙원처럼 만들고 있는 것인지 나는 모르겠다.

읍내를 막 벗어난 곳에 샘이 하나 있다. 멜루지네[02]와 그 자매들이 그랬듯이 나도 그 샘에 매료되어 있다. 작은 비탈을 내려가면 아치문이 나오고, 거기에서 다시 스무 계단쯤 내려가면 대리석 바위에서 아주 맑은 물이 솟아나오는 것이 보인다. 그 위쪽으로 작은 담장이, 그 장소를 그늘지게 하는 키 큰 나무들이, 그 장소의 서늘

---

02 멜루지네(Melusine): 고대 프랑스의 전설에 등장하는 샘물의 요정. 인간의 모습으로 변해 어느 귀족의 아내가 되었지만, 물을 잊지 못해 이따금 자매들과 함께 샘가에 와서 놀다 가곤 했다고 한다—옮긴이.

함, 이 모든 것들에는 뭔가 매혹적이고, 뭔가 경외케 하는 게 있다.

단 한 시간이라도 나는 매일 그곳에 나가 앉아 있곤 한다. 그럴 때면 시내에서 아가씨들이 물을 긷기 위해 찾아온다. 물 긷는 일이야말로 옛날 옛적에는 왕들의 딸들도 몸소 했던 가장 순수하고 가장 필요한 일이었다. 그곳에 앉아 있노라면, 원시족장시대의 방식들이 내 주위에 아주 생생하게 살아난다. 옛 선조들은 모두 샘가에서 서로 만나 인사를 나누며 사귀기도 하고 구혼도 했던 일, 그리고 여러 우물과 샘들을 선량한 정령들이 굽어보던 것을 느낀다. 만약에 이런 느낌을 함께 느낄 수 없는 사람이라면, 어느 무더운 여름날의 방랑 끝에 차가운 샘가에 다가가 그 시원한 물로 몸의 피로를 풀어본 적이 결코 없는 사람일 것이다.

5월 13일에

내 책들을 나한테 보내줘야 하겠느냐고 자네는 묻는가? 친구여, 제발 부탁이니 그 일만은 하지 말아다오. 그것들은 내게서 멀리 떼어내 주게. 나는 더 이상 지도를 받거나 자극받거나 고무되고 싶지 않다. 이 내 가슴은 이미 그 자체 힘만으로도 충분히 끓어오르고 있다.

나에게 필요한 것은 잠재우는 자장가이며, 바로 그것을 나의 호메로스[03] 속에서 충분히 발견했다. 얼마나 자주 내 끓어오르는 피를 달래 잠재우곤 하는가. 왜냐하면 이 가슴처럼 변화무쌍하게 불안한 것을 자네는 본 적이 없기 때문이다. 친구여! 내가 고뇌에 빠졌다가도 갑자기 극단적인 기쁨으로, 감미로운 우수에 잠겼다가도 불현듯 파괴적인 열정 속으로 빠지곤 하는 것을 곁에서 지켜보며 참아내야 했던 자네한테 이런 이야기를 꺼낼 필요가 있을까?

내 생각에도 내 마음은 아파서 보채는 아이처럼 여겨진다. 그럴 때면 하고 싶은 대로 내버려두곤 한다. 누구한테도 말하지 말아다오. 나의 이런 모습을 달갑지 않게 여기는 사람들도 있으니까.

5월 15일에

03　호메로스(Homeros): 보통 호머(Homer)라고도 불리는 고대 그리스의 시인이다. 지금으로부터 2천 년도 훨씬 전에 살았기 때문에 그의 삶에 대해서는 거의 알려진 것이 없으나, "인간의 관심사가 되는 모든 것을 시로 지어냈다"라고 후세 사람들이 격찬하는 서양 최고의 시인이었다. 그가 지은 장엄한 서사시 《일리아스》와 《오디세이아》는 지금도 독자들의 심금을 울린다. 수많은 신들과 영웅들 간의 사랑과 싸움이 된 트로이 전쟁을 그린 《일리아스》에서는 아킬레우스, 헥토르 등 수많은 영웅들과 아폴론, 아테나, 아프로디테 등 수많은 올림포스의 신들이 등장하여 권력, 사랑, 증오, 신과 인간관계에서 오는 갈등들을 다양한 사건으로 펼쳐나간다. 《젊은 베르테르의 슬픔》의 앞부분에서 호메로스는 베르테르의 밝고 청명하고 낙관적인 자연관을 대변해주는 시인으로 종종 언급된다. 그러나 후반부로 가면서 베르테르의 심정이 절망적으로 어두워짐에 따라 '오시안'이라는 고대 영국의 음울한 음유시인의 시로 대체된다 — 옮긴이.

이 지역의 평민들은 이미 나를 알고 나를 좋아한다. 특히 어린아이들이 그렇다. 나는 서글픈 느낌이 든적이 있었다. 처음에 이곳 사람들과 사귀면서 그들에게 친절하게 이것저것 물어보았는데, 몇몇 사람들은 그런 나의 태도를 자신들을 업신여긴다고 믿고 아주 거칠게 나를 외면하였다. 그 일로 기분이 상하지는 않았지만, 이미 전부터 주목해 왔던 것을 새삼 생생하게 느낄 수 있었다. 그러니까 어느 정도 신분이 있는 사람들은 평민층과 가까워지면 마치 무엇을 잃기라도 하는 듯이 일부러 냉정하게 거리를 두려고 한다는 것을 말이다. 그리고 또 겉으로는 겸손한 척하지만 사실은 자신들의 우월함을 가난한 사람들에게 한층 더 과시하는 경솔하고 사악한 허풍쟁이들도 있다.

물론, 나는 우리들은 서로 평등하지 않으며 또 그렇게 될 수 없다는 것도 알고 있다. 그렇지만 자존심을 지키기 위해 소위 자신들이 천박하다고 여기는 사람들을 멀리하려는 사람은, 굴복하게 될 것이 두려워 적을 피하는 비겁자와 마찬가지로 비난 받을 만하다고 생각한다.

얼마 전에 그 샘이 있는 곳에 갔다가 계단 맨 아래에 물동이를 놓고 앉아 있는 한 소녀를 보았다. 그녀는 물동이 이는 것을 도와줄 친구가 오지나 않을까 주위를 둘러보고 있었다. 나는 밑으로 내려가 그녀를 쳐다보았다.

"도와줄까요, 아가씨?"라고 내가 말했다.

그녀는 얼굴이 온통 빨개졌다.

"오, 아녜요, 나으리!"라고 그녀는 말했다.

"체면 차리지 말아요." 내가 말했다.

곧바로 그녀는 머리 위에 놓인 똬리를 바로 잡았고, 나는 물동이를 머리에 이는 것을 도와주었다. 그녀는 고맙다고 말하고 계단을 올라갔다.

5월 17일

나는 온갖 사람들과 알게 되었지만, 친하게 지낼 만한 사람은 아직 만나지 못했다. 내가 사람들의 마음을 끌 만한 무슨 매력을 가지고 있는지는 모르지만, 그들 가운데 나를 좋아하고 내게 집착하는 사람들은 아주 많다. 그래서 우리가 서로 만나 함께 동행 하는 길이 아주 짧을 때면 나는 마음이 아프다. 이곳 사람들이 어떠냐고 자네가 묻는다면, 나는 "여느 곳과 같다!"라고 말할 수밖에 없다. 사람들이란 다 한 가지가 아니겠는가. 대다수 사람들은 하루하루 먹고살기 위해 대부분의 시간을 일하며, 그들에게 조금이라도 여가가 주어지면 오히려 불안해하면서 그 시간에서 벗어나려고 온갖 수단을 강구한다. 아, 이게 인간의 운명이란 건가!

그렇지만 마을 사람들은 정말 마음이 좋다. 때때로 나라는 존재를 잊고 그들과 더불어 인간에게 아직도 허용되는 기쁨, 소박하게 차려진 식탁에 둘러앉아 아주 솔직하고 진실하게 마음을 탁 트고 농담을 주고받는 일, 적당한 때에 마차를 타고 산책을 나가거나 무도회를 여는 등등의 일을 누릴 때면, 이런 것들은 나에게 아주 좋은 영향을 미친다.

다만, 그때도 내 자신 속에는 다른 많은 것을 할 힘이 남아 있는데도 사용하지 않은 채 썩어가고 있고 그것을 내가 조심스럽게 감추고 있다는 생각만은 들지 말아야 한다. 아, 그런 생각은 온통 마음을 조여 온다. 그렇지만! 오해받는 것이 우리 같은 사람들의 운명인 것이다.

아, 내 소년시절의 여자 친구는 세상을 떠났다! 아, 내가 그녀를 알고 지낸 적이 있었건만! 너는 바보다!라고 나는 말하고 싶다. 너는 이 지상에서 발견할 수 없는 것을 찾고 있다. 그러나 나에게는 그녀가 있었다. 나는 그 마음을 느꼈다. 그 위대한 영혼의 곁에 있으면 나는 무엇이든 원하는 것이 될 수 있어서 본래의 나 자신 이상으로 스스로 대단해 보였었다. 신이시여! 그때 내 영혼 속에 간직된 힘 가운데 어느 하나라도 사용되지 않은 것이 있었습니까? 그녀 앞에서야말로 내 마음은 자연을 포옹하는 저 경이로운 감정을 마음껏 펼칠 수 있지 않았습니까? 우리들의 우정은 섬세하기 그지없는 감정과 예리한 이성으로 짠 영원한 옷감이 아니었습니까? 그 옷감의 무늬가 더욱 발전되어 대담한 정교함까지 띠면서 거기에 천재성의 도장을 찍어놓지 않았습니까? 그런데 이제! 아, 그녀는 몇 해 전에 나보다 앞서 먼저 저 세상으로 갔다. 결코 나는 그녀를 잊지 못하리라. 그녀의 변하지 않던 마음과 거룩한 인내심을 결코.

며칠 전에 나는 V라는 청년을 만났다. 솔직한 젊은이인데 매우 행복한 얼굴 모습을 하고 있었다. 그는 대학을 갓 졸업했는데, 스스로 현명하다고 여기지는 않았지만 남들보다는 많이 알고 있다고 믿고 있었다. 또 모든 일에 아주 열심이라는 것을 나는 느꼈다. 간단히 말해, 그는 상당히 지식을 갖추고 있었다. 그는 내가 스케치를 많이 하고 그리스 어도 할 줄 안다는 얘기를 듣고는 (이곳에서는 나의 그런 능력이 마치 혜성처럼 남들의 눈길을 끌고 있는데), 나를 찾아와 바퇴[04]에서 우드[05]에 이르기까지, 필레[06]에서 빙켈만[07]에 이르기까지 많은 지식을 털어놓았다. 그리고 또 줄체르[08]의 이론 가운데 1부를 완독했으며 하이네[09]가 고대 연구에 관해서 쓴 원고도 한 부 지니고 있다고 큰소리쳤다.[10] 나는 그냥 좋다고 말했다.

04　바퇴(Charles Batteux, 1713~1780년): 프랑스의 미학 연구가. 주요 저서로 《문학론(Cours de belles lettres, ou principes de la litterature)》(전5권, 파리, 1747~1750)이 있다 — 옮긴이.

05　우드(Wood, 1716~1771년): 영국의 평론가이자 호메로스 연구가 — 옮긴이.

06　필레(Rogers de Piles, 1635~1709년): 프랑스의 화가이자 미술 평론가. 주요저서로 《화가들의 생애에 대한 개론》(1699)이 있다 — 옮긴이.

07　빙켈만(Johann J. Winckelmann, 1717~1768년): 독일의 유명한 고고학자이자 예술이론가. 주요 저서로 《고대 예술사(Geschichte der Kunst des Altertums)》(1764년)가 있다. 당시 그의 이론에 영향을 받아 일반 독일인들의 관심사는 고대 그리스의 세계로 되돌아가 있었다 — 옮긴이.

08　줄체르(Sulzer, 1720~1779년): 독일의 미학자이자 철학자. 주요 저서로 《일반 예술론》이 있다 — 옮긴이.

09　하이네(Heyne, 1729~1812년): 독일의 고고학자이자 고전 문헌학자 — 옮긴이.

10　여기에 언급된 인물들은 당시에 괴테와 같은 많은 독일 젊은이들이 새로운 사조(思潮)를 추구하면서 연구하던 학자들의 이름이다. 괴테는 자신이 즐기던 독서 성향을 여기서 주인공 베르테르에게 그대로 옮겨놓고 있다 — 옮긴이.

그리고 또 한 사람, 훌륭한 분과 사귀었다. 법무관인데 솔직하고 성실한 마음을 지닌 사람이다. 사람들 말을 들으니 그에게는 자녀가 아홉이나 있는데, 그 많은 아이들 틈에 섞여 있는 그의 모습을 보면 마음이 즐거워진다고 한다. 특히 그의 큰딸은 대단한 아가씨라는 소문이다. 그는 나보고 자기 집에 한번 놀러 오라고 청했다. 그래서 조만간 그의 집을 방문할 생각이다. 그는 자신의 영지 안에 있는 사냥별장에서 지내고 있는데, 여기서 한 시간 반쯤 떨어진 곳에 있다. 아내가 세상을 떠난 후 여기 시내에 머물면서 관사에서 지내는 것이 그에게는 너무나 고통스러웠으므로 그곳으로 이사하도록 허락을 받았다고 한다.

그 밖에 나는 몇몇 괴짜들과도 알게 되었는데 그자들에게서는 모든 게 역겨우며, 짐짓 다정한 체하는 그들의 행동이 가장 견딜 수 없다.

잘 있어라! 이 편지는 사실대로 죽 썼으니까 자네에게는 만족스러울 것이다.

5월 22일에

인간의 삶이 한낱 꿈일 뿐이라는 것은 이미 많은 사람들이 경험했겠지만, 이 느낌은 늘 내 주위에서도 감돌고 있다. 나는 인간이 활동하고 탐구하는 힘이 제한을 받고 있는 것을 볼 때면, 또 우리의 온갖 노력이 다른 목적이 없이 결국은 가엾은 실존을 연장시키는 욕구만을 만족시키는 것을 볼 때면, 그리고 탐구가 어느 정도 이루어졌을 때 확신하는 것 역시 자기가 갇혀 있는 방의 벽에 가지각색의 모습과 밝은 풍경을 그려놓고 기뻐하는 것이나 매한가지이므로 우리가 하는 모든 것은 꿈꾸는 체념에 지나지 않음을 볼 때면, 빌헬름, 이 모든 것이 나로 하여금 할 말을 잊게 만들고 만다.

나는 자신 속으로 되돌아와 하나의 세계를 발견한다! 그러나 다시금 그 세계는 실제성과 생생한 힘으로 표현되기보다는 오히려 어두운 욕망의 세계다. 그리고 나의 감각 앞에서 모든 것이 흐느적거리면 그때 나는 계속해서 그 세계를 향해 꿈꾸듯 미소를 던지며 내 길을 간다.

어린아이들은 자신들이 원하는 것을 왜 원하는지를 모른다는 데 대해서는 학교 교사나 가정교사들도 같은 생각을 가지고 있다. 그러나 어른들 역시 아이들처럼 이 지상 위를 헤매고 다니면서도 자신이 어디서 와 어디로 가는지 모른 채, 진정한 목적에 따라 행동하지도 못하고 비스킷이나 케이크, 자작나무 회초리에 의해 지배될 뿐이라는 것을 기꺼이 믿으려는 사람은 아무도 없다. 내게는 그 사실이 손에 잡힐 듯 명백한데도 말이다.

이에 대해 자네가 나한테 무슨 말을 하고 싶어 할지 알고 있으므로 기꺼이 고백하련다. 가장 행복한 사람들이란 어린아이들처럼 순간순간에 몰두한 채 인형을 갖고 이리저리 움직이고 옷을 벗기기도 하고 입히기도 하며, 엄마가 설탕빵을 넣어 잠가 둔 서랍 주위를 심각한 얼굴로 서성거리다가 마침내 그 빵을 손에 넣으면 볼가득히 집어넣고 씹으면서, "더 줘!"라고 외치는 사람들인 것이다.

물론 자기들이 하는 잡동사니 같은 일거리나 열정에 그럴 듯한 이름을 붙이거나 인류의 구원과 복지를 위한 사업이라는 간판을 내거는 사람들도 행복하겠지. 그렇게 할 수 있는 자는 행복할 것이다!

그러나 그 모든 것의 결말이 어떠하리라는 것을, 겸허하게 깨닫는 사람은 유복한 시민이라면 누구나 자기 정원을 예쁘게 장식할 줄 알며, 불행한 사람도 역시 불행한 대로 짐을 진 채 허덕이며 끈기 있게 자신의 길을 계속 가는 것을 보는 사람은, 그리고 그런 사람들 모두가 이 태양빛을 한순간이라도 더 오래 보는 데는 똑같이 관심을 갖고 있다는 것을 겸허하게 깨닫는 사람은 차라리 침묵을 지킨다. 그리고 그 역시 자신으로부터 하나의 세계를 만들어 내고는 행복해 한다. 그도 인간이기 때문이다. 그리고 그는 비록 제약을 받고 있어도 가슴속에는 언제나 자유라는 달콤한 깨달음을 간직하고 있다. 그리고 원하면 언제든지 감옥 같은 이 세상을 버리고 떠날 수 있다는 깨달음도 말이다.

5월 26일에

자네는 내가 마음에 드는 장소를 발견하면 그곳에 오두막을 짓고,

모든 것에 제약을 받고 절약을 감수하고라도 은둔생활을 하는 내 오랜 기질을 알고 있다. 이 고장에서도 그런 장소를 발견했다. 시내에서 한 시간 정도 떨어진 그곳은 발하임[11]이라는 읍이다. 지세가 험하지 않은 작은 산에 접해 있는 아담한 마을이다.

나는 이따금 그 작은 산 위로 난 길을 따라서 마을 쪽으로 내려가곤 하는데, 가다 보면 갑자기 시야가 확 트이면서 골짜기 전체가 한눈에 들어온다. 마을 입구에는 보리수가 서 있고 그 곁에는 음식점이 하나 있다. 가끔 그곳에 들르면 나이는 들었어도 성격이 자상하고 활달해 호감이 가는 음식점 여주인이 다가와 포도주와 맥주, 커피를 따라준다.

무엇보다도 마음에 드는 것은 교회 앞으로 난 작은 광장에 넓게 가지를 펼쳐 짙은 그늘을 드리워 주는 두 그루의 보리수다. 그리고 광장 주위로는 농가, 헛간, 안마당이 둘러싸고 있어 이처럼 친숙하면서 은밀한 장소를 찾기란 그리 쉽지 않을 것이다. 나는 그 음식점 앞 광장에 탁자와 의자를 내오게 해, 거기에서 커피를 마시며 내가 좋아하는 호메로스의 시를 읽는다.

어느 멋진 날 오후, 우연히 그 보리수 아래에 이르렀는데 처음 나는 그곳 광장이 텅 비어 있는 것을 보았다. 모두 들에 나가 있었다. 다만 네 살쯤 되어 보이는 사내아이가 땅바닥에 앉아 생후 여섯 달쯤 된 듯한 아기를 두 팔로 가슴에 안은 채 양 무릎으로 안

---

11 독자는 여기에 언급된 지명을 찾으려고 헛된 수고를 하지 말기 바란다. 원래의 지명을 어쩔 수 없이 변경한 것이다.

락의자처럼 받쳐 주고 있었다. 아기는 조용히 앉아 검은 눈망울을 부지런히 굴리며 주위를 두리번거리고 있었다. 나는 그 광경이 재미있어서 건너편에 놓여 있는 쟁기 위에 걸터앉아 두 아이의 우애의 모습을 즐겁게 스케치 했다. 그리고 곁에 있는 담과 헛간 문, 부서진 마차 바퀴 몇 개도 그려 넣었다. 그렇게 한 시간 정도 그리다 보니 내 자신의 것은 조금도 가미하지 않고도 균형이 잘 잡힌 재미있는 스케치가 완성되었다.

이런 소박한 사람들의 자연스러운 삶을 바라보니, 앞으로 오로지 자연에만 귀의하겠다는 내 삶의 원칙에 더 자신감이 생겼다. 오직 자연만이 한없이 풍요로우며, 오직 자연만이 위대한 예술가를 만들어 낸다.

규칙이 나름대로 갖고 있는 장점에 대해서는 대략 시민사회를 예찬할 때 처럼 많은 것을 말할 수 있다. 규칙에 맞춰 자신을 가꿔 가는 사람, 사회의 법칙과 안녕을 존중하며 그에 따라 자신의 모습을 만들어 가는 사람은 몰취미하거나 조악한 것은 결코 만들어내지 않을 것이고, 참을 수 없이 역겨운 이웃이나 대단한 악당이 되지도 않을 것이다.

하지만 반면에 모든 규칙이라고 하는 것은 또 진정한 자연의 느낌과 진실한 표현을 파괴하고 만다. 자네는, "그렇게 말하는 것은 너무 가혹하다. 규칙이라는 것은 약간 제한할 뿐이다. 제멋대로 뻗은 덩굴을 잘라내는 것과 같다."라고 말하겠지.

친구여, 그럼 한 가지 비유를 들어서 말할까? 그것은 사랑과도 같은 것이다. 예를 들어 어느 젊은이의 타오르는 가슴이 한 아가씨에게 완전히 매여 있다고 하자. 그는 온종일 그녀 곁에서 떠나지 않고 자신의 모든 힘과 재산을 탕진하면서까지 사랑을 표현하려고 애쓴다. 그러자 공직에 몸담고 있는 속물인 어떤 남자가 와서 그 젊은이에게 이렇게 말한다.

"섬세한 젊은이여! 사랑하는 것은 인간적인 일이다. 자네 역시 사랑을 하더라도 인간적으로 해야 한다. 자네의 시간을 잘 분배해서 일부는 일하는 데 쓰고, 나머지 시간을 그 아가씨에게 바치도록 하라. 자네의 재산도 잘 관리해서 필요할 때를 위해 남겨둬야 한다. 그렇다고 해서 그녀에게 선물조차 하지 말라는 얘기는 아니다. 다만 너무 자주 하지 말고 그 아가씨의 생일이나 축제일 같은 때만 하도록 하라." 등등.

젊은이가 그 말에 따른다면 쓸 만한 사람이라고 할 수 있을 것이다. 그런 젊은이라면 관직에 채용해달라고 어느 영주에게 추천할 만하다. 하지만, 그것으로 그의 사랑은 끝이다. 만약 그가 예술가라면 그의 예술도 끝장이다.

아, 나의 친구들이여! 천재의 물줄기가 세차게 넘쳐흐르는 일은 왜 이리도 드물며, 넘치고 소용돌이쳐 우리들의 영혼을 뒤흔드는 일이 왜 이리도 드물단 말인가?

사랑하는 친구들이여, 강의 양쪽 기슭에는 평범한 신사들이 살고 있다. 그들은 기성세대의 사고방식과 자신들의 기득권을 계속 유지하려는 자들, 성직자들이나 우리 같은 귀족들, 혹은 돈 많은 속물들이다. 다가올 거센 물결은 넘쳐흘러 그들의 정원집과 예쁜 튤립 꽃밭과 잔디밭을 망가뜨릴 것이다. 그래서 그들은 앞으로 다가올 위험에 대비하기 위해 이따금 분주히 둑을 쌓아 물길을 돌려놓고 있는 것이다.

5월 27일에

너무 흥분해서 비유까지 들어가며 열변을 토하다 보니, 그 후로 그 아이들이 어찌 되었는지 자네한테 이야기하는 것을 잊고 말았다. 그러니까, 어제 자네한테 보낸 편지에 아주 단편적으로 이야기했듯이 나는 마치 화가가 된 기분에 심취하여 쟁기 위에 걸터앉아 두 시간 동안이나 아이들의 모습을 그리고 있었다.

저녁때쯤 멀리서 광주리를 안은 한 여인이 꼼짝 않고 그 자리에 앉아 있던 아이들한테 다가오면서, "필립스, 정말 착하구나."라고 소리치는 것이었다. 그 여인은 나를 보자 인사를 했고 나도 가볍게 고개를 끄덕여 응답했다. 나는 일어나 그녀에게 다가가 혹시 아이들의 어머니냐고 물었다. 그녀는 그렇다고 대답하면서 광주리에서 빵을 꺼내 반을 갈라 큰 아이한테 주고는, 작은 아이를 받아 안아 아주 모성애가 넘치는 키스를 해주는 것이었다. 그러고는 나에게 말했다.

"필립스한테 작은애를 맡기고 큰아들만 데리고 흰빵과 설탕, 옹기를 사러 시내에 나갔다 오는 길이에요."

뚜껑이 떨어져 나간 광주리 안을 들여다보니 그녀가 말한 물건들이 담겨 있었다.

"저녁에 우리 한스한테 (그녀의 막내아들 이름이다) 수프를 끓여 주려고요. 어제 개구쟁이 큰 녀석이 필립스하고 죽 한 그릇을 놓고 서로 먹으려고 다투다가 냄비를 깨뜨렸거든요."

그런데 그녀가 말하는 큰아들이 보이지 않았다. 내가 그 아들은 어디 있느냐고 물었다. 그녀가 풀숲에 돌아다니는 거위 몇 마리를 쫓고 있다고 대답하자마자, 그 큰아들 녀석이 쪼르르 뛰어오더니 동생한테 개암나무 가지 하나를 건네주었다. 나는 계속 그 여인과 이야기를 나누었는데, 그녀는 어느 학교 교사의 딸이며, 남편은 사촌이 남긴 유산을 상속 받으러 스위스에 갔다고 했다.

"그 사람들은 남편을 속여 유산을 가로채려고 했어요. 편지를 여러 번 했는데도 답장을 보내지 않더군요. 그래서 남편이 직접 갔어요. 그이가 무사하기만 했으면 좋겠어요. 아직 아무런 소식이 오지 않아서요."

그녀와 작별할 땐 왠지 마음이 무거워졌다. 그래서 아이들에게 각각 1크로이첼짜리 동전을 한 개씩 쥐어주고 막내의 몫은 그녀에게 주면서 시내에 나가면 아이들 수프에 넣을 흰 빵을 사라고 말했다. 그러고 나서 우리는 헤어졌다.

친구여, 자네한테 말하지만, 나는 마음을 걷잡을 수 없을 때 그처럼 평범한 행복 속에서 궁핍하지만 자신들의 생활에 몰두하며 하루하루를 근근이 살아가고 나뭇잎이 지는 것을 보고 겨울이 온다는 것 외에 다른 것은 생각하지 않는 소박한 사람들을 보는 것만으로도 마음속의 혼란은 가라앉는다.

그 후로도 나는 자주 그곳을 찾는다. 그 아이들과도 무척 친해졌다. 커피를 마실 때면 아이들은 내게 다가와 설탕과자를 얻기도 하고, 저녁 식사 때가 되면 우리들은 버터빵과 요구르트를 나눠 먹기도 한다. 그리고 일요일에는 그 아이들에게 꼭 1크로이첼씩 나눠준다. 저녁 예배시간이 지나도 내가 나타나지 않으면 대신 나눠주라고 마음씨 좋은 음식점 여주인에게 맡겨 놓기도 한다.

그 아이들은 나와 허물없는 사이가 되어 나한테 온갖 이야기를 다 들려준다. 특히 그 보리수 아래에 다른 아이들도 많이 모였을 때, 그들이 자신들의 격한 성품이나 욕구를 솔직하게 표현하는 것을 보면 참으로 흥미롭다. 아이들이 나와 어울리면서, 자기 아이들이 혹시 나에게 폐를 끼치지나 않을까 걱정하는 어머니들을 내가 안심시키려고 애쓰고 있다.

5월 30일에

최근에 내가 자네한테 회화에 대해서 이야기한 것은 시에도 그대로 해당된다. 시란 자연 속에서 가장 뛰어난 것을 인식하고 그것을 과감히 언어로 표현하는 것이다. 물론 그러한 짧은 말 속에는 많은 뜻이 담겨 있다.

나는 오늘, 순수하게 묘사하자면 이 세상에서 가장 아름답고 목가적인 정경을 목격했다. 하지만 시(詩)니 아름다운 정경이니 목가적이니 하는 말을 붙이는 것이 무슨 소용인가? 우리가 자연 현상을 즐기려 할 때 언제나 말로 설명해야만 하겠는가?

이 편지의 서두처럼 내가 고상하고 품위 있는 얘기를 하리라고 기대한다면 다시 실망하고 말 것이다. 나를 이토록 생동감 넘치는 자연으로 이끌어 참여시킨 사람은 다름 아닌 어느 젊은 농부다. 나는 여느 때처럼 이야기하는 데 서투르다. 생각건대, 자네는 내가 과장해서 이야기한다고 여느 때처럼 여길지 모르겠다. 장소는 또 다시 발하임이다. 이 야릇한 일들이 일어나는 곳은 언제나 발하임 이다.

바깥의 보리수 아래에서 이 고장 사람들이 모여 커피를 마시고 있었다. 나는 그들과는 잘 어울리지 않아서 구실을 붙여 좀 떨어져 있었다.

광장 근처의 어느 집에서 한 젊은 농부가 나오더니 내가 얼마 전에 스케치한 적이 있는 쟁기를 손에 쥐고 열심히 고치기 시작하는 것이었다. 나는 그의 모습이 재미있어서 그에게 말을 걸고 이것 저것 물어 보았다. 우리는 곧 서로 인사를 나누었고, 나는 이런 부류의 사람들과 사귈 때 으레 그랬듯이 그와도 금방 친해졌다.

그 젊은이는, 자기가 어느 과부의 집에서 일하는데 대우가 아주 좋다고 말했다. 그는 주인 여자에 대해 많은 이야기를 들려주면서 그녀를 칭찬했는데, 나는 곧 그가 그야말로 진심으로 그녀를 좋아하고 있음을 알아챌 수 있었다. 그 여자는 젊지도 않은데다 첫 남편한테서 구박을 받은 터라 재혼할 생각은 안하고 있다지만, 그 젊은 하인은 그 여자를 매우 아름답고 매력적으로 느끼고 있었다. 그 젊은이는 여주인이 첫 남편에 대한 고통스런 생각에서 벗어나기 위해 자신을 남편으로 선택해 주기를 간절히 바란다고 말했다. 그녀에 대한 젊은이의 순수한 애착, 사랑, 성실함을 아무리 적절한 말을 골라 되풀이해도 자네한테 생생하게 표현할 수는 없을 것이다.

그 젊은이의 몸짓, 그의 조화로운 목소리와 눈동자 속에 깃든 천상의 불꽃같은 번득임을 진정으로 생생하게 표현하려면, 아마도 나는 위대한 시인의 재능을 부여받아야만 할 것이다. 아니, 그 어떤 말로도 그 농부의 품성과 그의 얼굴에 깃든 표정을 다 드러내지는 못할 것이다. 내가 말로 옮긴다 해도 그 모든 것은 다시금 서투른 표현에 지나지 않을 것이다. 특히, 나는 그 여자에 대한 자신의 태도를 혹시나 내가 격이 맞지 않는다고 생각하거나 그녀의 훌륭한 태도를 의심하는 것은 아닐까 두려워하는 농부의 모습에 감동받았다. 젊은 여인으로서의 매력은 지니지 않았지만 그 젊은이를 강하게 매료시키고 있는 그 여인의 외모를 묘사하는 그의 모습은 오직 내 깊은 내면의 영혼 속에서나 재현할 수 있을 뿐이다. 나는 지금까지 살아오면서 간절한 욕망과 동경 어린 뜨거운 애정이 그처럼 순수하게 표현된 것을 본 적이 없다. 그래, 아마도 이처럼 순수하게 생각하고 꿈꿔본 적이 없다고 말할 수 있다. 이처럼 순수하고 진실한 사랑을 회상하면 나의 내면 깊숙한 곳에서 영혼은 불타오르고 그 성실한 애정의 영상이 어디서나 나를 따라다니며 나는 그것에 의해 불타오르고 갈망하고 애타게 그리워한다고 말하더라도 나를 책망하지는 말아다오.

이제 나는 그 여자도 빨리 보고 싶다. 아니, 다시 생각해보니 오히려 그 일은 피하는 것이 좋겠다. 그녀를 사랑하는 남자의 눈을 통해서 그녀를 보는 것이 더 낫다. 직접 본다면 아마 지금 내 눈앞에 그려지고 있는 그녀의 모습과는 다를 것이다. 내가 왜 그 아름다운 영상을 스스로 망치겠는가?

6월 16일에

왜 자네한테 편지를 쓰지 않느냐고? 그런 것을 묻다니 자네도 별수 없이 현학적인 사람들 중 하나로군. 물론 나는 잘 지내고 있다. 그리고 사실, 간단히 말해 나는 이곳에서 어떤 사람을 사귀었는데 내 마음에 든다. 나는…… 아니, 모르겠다. 나는 참으로 사랑스러운 한 사람을 알게 되었는데, 어떻게 알게 되었는지 자네한테 조리 있게 설명하기는 힘들 것 같다. 나는 가슴이 너무 벅차고 행복감에 들떠 있어서 역사가처럼 사실대로 꼼꼼하게 쓸 수가 없다.

그야말로 천사와 같다! 아니야! 어느 누가 자신의 연인을 그렇게 부르지 않겠는가? 하지만 나는 그녀가 얼마나 완벽한지, 또 왜 완벽한지를 자네한테 말할 수는 없다. 그녀가 내 마음을 온통 사로 잡았다는 말로 충분할 것이다.

그처럼 소박하고, 그토록 영민하고, 그토록 꿋꿋하면서도 착하고, 성실하며, 활발하게 일하면서도 고요한 영혼을 간직하고 있다는 것 등, 그녀에 대해 내가 어떤 설명을 해도, 그것은 다 조잡하고 수다스러운 말장난이나 추상적인 것에 지나지 않을 뿐, 그녀 자신의 진정한 면모는 조금도 표현하지 못한다. 다음 기회에— 아니, 다음으로 미룰 게 아니라 바로 지금 자네한테 이야기해야겠다. 지금 하지 않으면 앞으로는 결코 기회가 없을 것 같다. 왜냐하면 우리끼리 말이지만, 나는 이 편지를 쓰기 시작한 후로 벌써 세 번이나 펜을 내팽개치고 말을 타고 밖으로 달려갔다. 하지만 오늘 아침에는 그녀에게 가지 않겠다고 맹세까지 했다. 그러나 매 순간 창가로 다가가 해가 얼마나 높이 떠있는지 내다보곤 하였다.

결국 나는 마음을 억누르지 못하고 그녀를 보러 밖으로 뛰쳐나가고 말았다. 빌헬름, 지금 나는 다시 집으로 돌아와 저녁 식사로 버터빵을 먹으면서 자네에게 편지를 쓰고 있다. 그녀가 사랑스럽고도 명랑한 아이들, 바로 여덟 명이나 되는 동생들 틈에 섞여 있는 것을 볼 때면 내 영혼은 얼마나 즐거운지 모른다.

계속 이런 식으로 이야기하면 자네는 도대체 무슨 말인지 모르겠지. 이제부터 자세히 이야기해 줄 테니 들어보라.

얼마 전 보낸 편지에 내가 법무관인 S씨를 알게 되었고 그가 자신의 은신처— 아니 은신처라기보다는 오히려 그의 작은 왕국이라고 부르는 편이 좋겠다 — 로 초대했다고 쓴 것을 기억하겠지? 그러나 나는 그에 응하는 것을 차일피일 미루고 있었다. 우연한 기회에 그 조용한 곳에 숨어 있던 귀중한 보물을 발견하지 못했더라면, 나는 아마도 그곳을 결코 찾아가지 않았을 것이다.

이곳의 젊은이들이 언젠가 무도회를 연 적이 있는데 나도 거기에 기꺼이 참석하기로 했다. 그래서 평범하지만 마음씨가 곱고 아름다운 이곳 출신의 아가씨에게 파트너가 되어 달라고 청했다. 우리는 마차를 빌려 타고 그 파트너 아가씨와 그녀의 사촌 여동생을 데리고 무도회장으로 가던 도중에 샬로테 S양도 함께 태우고 가기로 약속을 했었다.

"당신은 아름다운 분을 만나게 될 거예요."

넓게 트인 숲속을 지나 약속한 사냥별장 쪽으로 마차가 달려가고 있을 때 내 파트너 아가씨는 말했다. 곁에 있던 그녀의 사촌 여동생도 끼어들어,

"사랑에 빠지지 않도록 조심하세요!"라고 말하는 것이었다.

"그건 왜죠?" 내가 되묻자,

"그분은 이미 어느 훌륭한 분과 약혼을 한 사이이니까요. 그 약혼자는 얼마 전 자기 부친이 세상을 떠나자 뒷일을 수습하고 또 괜찮은 지위도 얻으려고 당분간 이곳을 떠나 있어요."

그런 정보에 나는 별로 관심이 없었다.

우리가 사냥별장의 정문 앞에 도착했을 때 해는 아직도 산등

성이 위에 걸려 있었다. 땅거미가 내려앉으려면 한 시간은 더 있어야 할 것 같았다. 날씨가 후덥지근하여 아가씨들은 혹시 소나기가 올지 모른다며 걱정을 하고 있었다. 정말 지평선에 희멀건 구름들이 모여드는 것이 금방이라도 한 차례 쏟아질 것 같았다. 그럴 듯한 기상 지식을 내세워 아가씨들의 걱정을 덜어 주려고 했지만, 나 역시 내심 우리의 여흥이 깨지지나 않을까 하는 염려스런 예감이 들기 시작했다.

내가 마차에서 내리자, 정문 앞에 한 하녀가 나와 우리를 맞아 주며 말했다.

"잠깐만 기다리세요. 로테 아가씨가 곧 나오실 겁니다."

나는 뜰을 지나서 훌륭하게 지어진 저택 쪽으로 다가가 현관 앞 계단을 올라갔다. 그리고 문 안으로 들어섰을 때였다. 내 눈앞에는 지금까지 한 번도 본 적이 없는 너무도 황홀한 광경이 펼쳐지고 있었다.

현관홀에는 두 살에서 열한 살까지 되어 보이는 아이들이 아름다운 용모의 한 아가씨를 둘러싸고 있었다. 중키의 그녀는 팔과 가슴 부근에 분홍색 리본을 단 소박한 흰색 드레스를 입고 있었다. 손에는 흑빵을 하나 들고서 자신을 둘러싸고 있는 아이들의 나이와 식욕에 맞게 조금씩 잘라서 나누어주고 있었는데, 그 모습이 너무도 다정해 보였다.

아이들은 빵을 미처 나눠주기도 전에 작은 손을 위로 한껏 뻗쳐 제 몫을 낚아챈 뒤에는 저마다 천진난만하게 "고마워요!"라고 소리쳤다. 어떤 아이들은 빵을 받고는 곧장 달려가 버리기도 했지만, 성격이 좀 온순한 아이들은 조용히 걸어가 낯선 방문객들과 자기들의 로테 누나가 타고 갈 마차가 서 있는 저택 정문 쪽으로 구경을 나갔다.

"죄송합니다. 이곳까지 오시도록 폐를 끼쳐서요. 또 다른 부인들을 기다리시게 해서요."라고 그녀가 말했다.

"옷을 갈아입고 집안일을 미리 해놓다 보니 동생들에게 저녁 식사로 빵을 나눠주는 것을 깜박 잊었답니다. 아이들은 다른 사람한테서는 빵을 받으려 하지 않거든요."

나는 겉으로는 그저 지나가는 말로 그녀에게 경의를 표했지만 내 영혼은 온통 그녀의 얼굴, 목소리, 몸가짐, 행동에 쏠렸다.

그녀가 장갑과 부채를 가지러 방 안으로 달려갔을 때야 비로소 나는 그 뜻하지 않은 놀라움에서 벗어나 잠시 마음을 다시 가라앉힐 수 있었다. 아이들은 조금 떨어져서 물끄러미 나를 쳐다보고 있었다. 나는 그 중에서도 얼굴이 아주 복스러워 보이는 가장 나이 어린 사내아이한테 다가갔다. 아이는 수줍어하며 뒤로 물러섰지만, 그때 마침 로테 양이 방에서 나와,

"루이스, 사촌에게 인사를 해야지."

라고 말했다.

그러자 아이는 서슴지 않고 나에게 키스를 했다. 아이의 훌쩍거리는 작은 코가 좀 지저분하게 느껴졌지만 나는 진심으로 키스를 하지 않을 수 없었다.

"사촌이라고요?" 나는 그녀에게 손을 내밀면서 말했다.

"제가 아가씨와 친척이 되는 행복을 누릴 만하다고 생각하십니까?"

"호호……" 그녀는 가벼운 미소를 지으며 말했다.

"저희는 친척이 아주 많아요. 하지만 그 중 당신이 가장 빠지는 친척이 된다면 섭섭하겠는데요."

로테는 저택을 나서면서 가장 나이가 많은 열한 살쯤 되어 보이는 여동생 소피에게 아이들을 잘 보살펴 주고 아버지가 승마 산책에서 돌아오시면 잘 말해 달라고 부탁했다. 그리고 다른 동생들에게는 소피 누나의 말을 자신의 말처럼 잘 들으라고 일렀다.

그들 중 몇 명은 그러겠다고 약속했지만, 아주 영리해 보이는 대여섯 살 가량 된 금발 머리의 여동생은,

"하지만 소피 언니는 로테 언니가 아니야. 로테 언니, 우리는 언니가 더 좋아요."라고 말하는 것이었다.

그 사이에 가장 나이 들어 보이는 사내아이 둘이 마차 뒤로 기어 올라갔다. 내가 그 애들을 그냥 두라고 사정하자 로테는 동생들에게 장난치지 않고 꼭 붙잡고 있다면 숲 앞까지만 그렇게 타고 가도 좋다고 겨우 허락해 주었다. 모두 마차 안에 앉자 여자들은 반가워하며 인사를 나누고는 곧 서로의 옷과 특히 머리에 쓴 모자에 대해서 한 마디씩 했으며, 파티에 모일 사람들에 대해서도 한 차례 이야기가 오고갔다. 그러는 사이 숲 앞에 이르자 로테는 마차를 세워 동생들을 내리게 했다. 아이들은 한 번 더 누나의 손

에 키스하겠다고 졸라댔다. 열다섯 살쯤 되어 보이는 큰 동생은 어른스럽고 다정하게 키스를 했지만, 그보다 어린 남동생은 격렬하게 재빨리 해치워 버렸다. 로테는 동생들에게 한 번 더 작별인사를 하고, 우리는 마차를 계속 몰면서 떠났다.

사촌 여동생이 로테에게 자기가 얼마 전에 보내준 책을 다 읽었느냐고 물어보았다.

"아니요."라고 로테가 말했다. "그 책은 마음에 들지 않아요. 다시 가져가세요. 그 전에 보내 준 책도 더 나은 것 같지 않았어요."

나는 그것이 무슨 책이냐고 물어보았다. 그녀가 《○○○》[12]이라고 책 제목을 말하자 나는 깜짝 놀랐다. 그런 책을 그녀가 읽는다는 사실이 뜻밖이었다. 나는 그녀가 하는 말에서 뚜렷한 개성을 느낄 수 있었고, 한 마디 한 마디 할 때마다 그녀의 얼굴 표정에 새로운 매력과 정신의 광채가 솟아나는 것을 보았다. 그리고 그 광채는 내가 그녀를 이해하고 있음을 느꼈는지 서서히 만족스럽게 퍼져가는 것이었다.

그녀는 계속 말했다.

"어렸을 때 저는 소설 읽는 것을 제일 좋아했어요. 일요일에 방한 구석에 앉아 소설을 읽으면서 미스 제니[13]의 행복과 불행을 공감할 때 얼마나 즐거웠는지 몰라요. 당신도 아실지 모르지만 미스

---

12 편지에서 이 부분은 감추지 않을 수 없었다. 물론 한 소녀의 비평이나 한 청년의 의견 때문에 곤란하게 여길 작가는 없겠지만, 누구에게든 조금이라도 폐를 끼치는 일이 생기지 않게 하기 위해서이다.

13 미스 제니는 로테가 읽고 있는 소설에 등장하는 여주인공이다 — 옮긴이.

제니는 프랑스의 여류 작가 마리 쟝느리꼬보니가 쓴 소설이지요. 물론 그런 소설이 아직도 저에게 매력이 있다는 것은 부인하지 않아요. 하지만 이제는 책을 볼 시간이 없어서 정말 제 취향에 맞지 않으면 읽기가 힘듭니다. 제가 살고 있는 세계와 비슷한 세계, 제 주위의 생활과 비슷한 생활이나 저의 가정생활처럼 재미있고 진정한 느낌을 가지도록 묘사한 작가가 좋아요. 그러한 것이 천국의 모습은 아니더라도 전체적으로 말로 표현할 수 없는 행복감의 원천이 되고 있으니까요."

나는 그녀의 말에 감동되었으나 그것을 감추려고 애썼다. 하지만 그럴 수만은 없었다. 그녀가 무심코 지나치면서 영국 작가 골드스미스가 쓴 《웨이크필드의 교구목사》와 다른 독일 작가[4]의 작품들에 대해서 마음에서 우러나오는 대로 진실하게 이야기했을 때, 나는 갑자기 억제할 수 없었다. 그래서 그때까지 마음속에 쌓여 있던 말을 모두 털어놓았다. 그리고 조금 지나서야, 그러니까 로테가 다른 부인들에게 말머리를 돌렸을 때야 비로소, 그들이 마치 없는 듯 무시당한 채 눈을 휘둥그렇게 뜨고 앉아 있었다는 것을 알아차렸다. 내 파트너의 사촌 여동생이 코를 씰룩거리며 조소하는 듯이 몇 번이나 나를 쳐다보았지만 나는 전혀 개의치 않았다.

대화는 곧 댄스의 즐거움에 대한 것으로 넘어갔다.

---

14 여기서도 몇몇 우리나라(독일) 작가들의 이름을 언급하는 것은 생략했다. 로테가 칭찬하는 작가에 대해서 공감하는 사람이라면 그들이 누구인지 금방 알 수 있을 것이고, 그렇지 않은 사람이라면 알 필요가 없을 것이다.

"댄스의 열기가 잘못된 것이라 해도,"

라고 로테가 말했다.

"솔직히 고백하자면 저는 댄스만큼 좋은 것이 있는지 모르겠어요. 기분이 좀 불쾌하다가도 비록 낡긴 했지만 제 피아노로 한바탕 춤곡을 치고 나면 다시 기분이 좋아지거든요."

그녀가 이야기하는 동안 나는 그녀의 검은 눈망울 속으로 얼마나 깊이 빠져들었던지! 생기 넘친 입술, 산뜻하고 쾌활한 붉은 뺨이 내 영혼을 얼마나 사로잡았는지 모른다! 그녀의 입술에서 흘러나오는 멋진 이야기 속으로 얼마나 깊이 빠져들었던지 이따금 그녀가 하는 말을 못 알아들을 정도였다! 너는 나를 알고 있으니 그런 내 모습을 상상할 수 있겠지. 간단히 말해, 파티의 여흥이 벌어질 저택 앞에 도착하자 마치 꿈꾸고 있는 사람처럼 마차에서 내렸다. 그리고 꿈속에서 주위가 어슴푸레한 세계 속에서 길을 잃고 헤매듯 걸어가면서 불빛이 환하게 밝혀진 홀에서 흘러나오는 음악 소리조차 거의 느끼지 못하고 있었다.

아우드란이라는 사람과 N. N.이라고 하는—누가 그 이름들을 다 기억하겠는가!—두 명의 신사가 부리나케 달려 나와 우리를 맞아주었다. 그들은 내 파트너의 사촌 여동생과 로테의 댄스 파트너였다. 그들은 곧 부인들을 호위하면서 들어갔다. 나도 내 파트너를 데리고 따라 들어갔다.

미뉴에트가 흘러나오자 우리는 서로의 주위를 빙글빙글 돌며 춤을 췄다. 나는 파트너를 바꿔가며 춤을 추기도 했는데, 어떤 부인들은 좀처럼 내 손을 놓으려 하지 않았다. 로테와 그녀의 파트너는 음악에 맞춰 영국식으로 남녀가 마주보고 추는 춤을 추었다. 마침내 그녀가 우리의 대열에 끼여 함께 춤을 추기 시작했을 때 내가 얼마나 기뻤던지 자네도 느낄 수 있을 거다. 그녀가 춤추는 모습을 봐야 하는데! 자네는 아는가. 그녀는 온 마음을 쏟아 춤을 추었고 거기에 그녀의 몸도 조화를 이루고 있었다. 아무런 근심도 없이 그처럼 솔직한 몸짓으로 춤추는 그녀는, 춤 외에 아무것도 생각하거나 느끼지 않는 듯했다. 그 순간 그녀에게는 진정 춤추는 것만이 전부인 듯 다른 모든 것들은 그녀 앞에서 사라지고 마는 것이었다.

두 번째 춤출 때가 되자 나는 그녀에게 춤을 청했다. 그녀는 세 번째 춤에서 같이 추겠다고 허락했다. 그리고는 사랑스럽고 자유분방한 태도로 사실 자기는 독일 춤이 몹시 추고 싶다고 말했다.

"이 고장에서는 독일식 춤을 출 때는 파트너가 바뀌지 않는답니다. 곡이 끝날 때까지 한 파트너하고만 춰야 하지요. 하지만 제 파트너는 독일춤을 잘 추지 못해서 제가 그 노고를 덜어주면 고마워할 거예요. 당신 파트너도 그 춤은 잘 추지 못하고 또 좋아하지도 않아요. 그리고 영국 춤을 출 때 저는 당신이 왈츠를 잘 추시는 것을 보았어요. 이제 만약 독일 춤을 출 때 저와 파트너가 되고 싶으시면 제 파트너에게 가서 양해를 구해보세요. 저도 당신 파트너에게 가 볼게요."

나는 그렇게 하겠다고 약속했다. 그래서 로테와 내가 함께 춤추는 동안 그녀의 파트너와 내 파트너는 함께 앉아 담소하기로 했다.

이제 우리의 춤이 시작되었다! 우리는 한동안 다양한 포즈로 서로의 팔을 감고 즐겁게 춤을 추었다. 나는 듯 가볍게 움직이는 그녀의 모습은 얼마나 매혹적이던가! 드디어 왈츠를 추게 되자 우리는 마치 천체들처럼 서로의 주위를 빙빙 돌며 춤추었다. 그 왈츠를 잘 추는 사람이 별로 없어서 처음에는 좀 요란스럽게 뒤얽히기도 했다. 로테와 나는 다른 사람들이 마구 추는 대로 내버려두었다가 가장 서툰 사람들이 자리를 떠나자 다시 끼어들었다. 우리는 아우드란과 그의 파트너와 함께 어울려 실컷 춤을 추었다. 나는 이제까지 내 평생 이처럼 즉석에서 경쾌하게 춤을 춘 적이 없었다. 그 사랑스러운 여인을 내 팔에 안고 전광석화처럼 빠르게 춤추는 동안, 주위의 모든 것은 꿈결처럼 스쳐지나갔다. 그리고 빌헬름, 솔직히 나는 속으로 내가 사랑하고 원하는 여인은 결코 다른 남자와 춤추도록 내버려두지 않겠노라고 맹세했다. 설령 내가 그 때문에 파멸하는 일이 있더라도 말이다. 자네는 나를 이해할 것이다!

우리는 무도회장을 몇 바퀴 더 돌면서 숨을 돌렸다. 그런 다음에 그녀는 자리에 앉았다. 테이블 위에는 내가 한쪽에 치워두었던 오렌지 두어 개만 남아 있었는데 그것을 먹으니 아주 기분이 좋아졌다. 그런데 로테는 자기 몫의 오렌지를 곁에 앉은 부인에게 나누어주었고 그 부인이 그것을 사양하지 않는 것을 보자 나는 마음이 아팠다.

세 번째로 영국 춤이 시작되자 로테와 나는 또다시 파트너가 되었다. 춤을 추는 동안 그녀의 팔과 눈 속으로 빨려 들어가면서 나는 얼마나 기뻤는지 모른다. 그녀의 눈은 순수한 즐거움을 솔직하게 표현하고 있었다. 우리는 빙글빙글 돌면서 어느 부인 곁을 지나게 되었다. 그리 젊어 보이지 않은 그 부인은 우리에게 다정한 눈길을 던졌다. 부인은 로테에게 미소를 지어 보이면서 마치 경고하듯 손가락 하나를 들어 올리더니 우리가 스쳐 지나갈 때마다 알베르트라는 이름을 두 번이나 댔는데, 한 번은 매우 의미심장한 어조로 말했다.

"실례지만, 알베르트가 누구죠?"

라고 나는 로테에게 말했다. 그녀가 막 대답을 하려는데, 마침 큼직하게 8 자 형을 만들기 위해 우리는 떨어져야 했다. 나는 춤추면서 그녀의 이마에 왠지 모를 우수 어린 표정이 떠오르는 것을 보았다.

"제가 당신에게 뭘 감추겠어요."

그녀는 함께 앞으로 걸어 나가는 스텝을 밟기 위해 나에게 손을 내밀면서 말했다.

"알베르트는 훌륭한 분이에요. 저는 그분과 약혼한 사이나 다름없답니다."

그것은 처음 듣는 말은 아니었다. (내 파트너의 사촌 여동생이 마차를 타고 오면서 이미 말해 주었던 사실이다.) 그런데도 갑자기 그것은 너무나 새로운 사실처럼 들려왔다. 짧은 순간이었지만 나에게 그처럼 소중해진 그녀와 그 사실을 미처 연관 지어 생각해 보지 않았던 것이다.

순식간에 나는 혼란에 빠져 나 자신을 잊고 엉뚱한 파트너들 속으로 끼어든 바람에 댄스는 그만 뒤죽박죽이 되고 말았다. 로테가 옆에 계속 있으면서 나를 잡아당기고 이끌어주었기에 곧 다시 정상으로 되돌아왔다.

댄스가 아직 다 끝나지도 않았는데 번갯불이 일었다. 그것은 벌써부터 지평선에서 번쩍거리고 있었지만 나는 단지 지나가는 번개라고만 생각했었는데 점점 더 강하게 번쩍거리기 시작했고, 천둥소리가 울리자 음악소리가 묻혀 버렸다. 세 명의 부인이 놀라 대열에서 빠져나가자 파트너인 남자들도 그들 뒤를 쫓아갔다. 무도회장은 아수라장이 되었고 음악도 그쳐 버렸다. 한참 즐기고 있을 때 불행한 일이나 뭔가 끔찍한 일이 닥치면 우리는 여느 때보다 더 강한 인상을 받게 마련이다. 한편으로는 그 대조가 매우 생생하게 느껴져서이고, 또 한편으로는 훨씬 중요한데, 우리의 감수성이 보통 때보다 훨씬 예민하게 열려 있어서 그만큼 빨리 받아들이기 때문이다.

몇몇 부인들이 놀라 얼굴을 찡그린 것도 분명히 그런 이유 때문이었을 것이다. 그들 중 영리한 한 여자는 구석으로 가서 손으로 귀를 막고 창 쪽을 등진 채 쪼그리고 앉아 있었다. 다른 여자는 그 여자 앞에서 머리를 무릎에 파묻고 꿇어앉아 있었고, 또 한 여자는 두 여자 사이로 몸을 들이밀면서 그들을 끌어안고는 마구 눈물을 흘렸다.

집으로 돌아가려는 부인들도 있었고, 어떻게 해야 할지 경황이 없는 채로 겁에 질려 하늘을 향해 기도를 하는 여자들도 있었다. 여인들이 내지르는 소리를 막으려고 억지로 그 입술에 키스를 해 대는 젊은이들의 장난조차 의식하지 못할 정도로 두려움에 질린 부인도 있었다. 우리 일행 중 몇몇 남자들은 조용히 담배를 피울 생각으로 아래층으로 내려갔고, 다른 몇 사람은 놀라 날뛰는 말들을 진정시키러 나갔다. 나머지 사람들은 그 저택의 여주인이 덧문과 커튼이 있는 어느 방으로 안내하겠다고 하자 모두 그녀를 따라 갔다. 그 방에 들어서자마자 로테는 부지런히 의자들을 가져다가 둥글게 원을 만들고 사람들을 모두 앉게 한 다음에 한 가지 놀이를 제안했다.

몇몇 남자들은 벌써부터 놀이에 이겨 달콤한 벌금이라도 얻어 내려는 희망에 들떠 입을 뾰족이 내밀고 으스대는 모습이었다.

"우리 숫자 세는 놀이를 해요." 로테가 말했다.

"이제 잘 보세요! 제가 오른쪽에서 왼쪽으로 돌아가면 여러분도 순서대로 자기에게 돌아오는 숫자를 말하는 거예요. 그것을 도화선에 불이 붙은 것처럼 빨리 해야 돼요. 만일 주저하거나 자기 숫자를 잊어버린 사람은 뺨을 맞게 됩니다. 그렇게 천까지 세기로 해요."

그 놀이는 바라보니 재미있었다. 그녀는 팔을 쭉 뻗은 채 원을 돌았다.

"하나" 첫 번째 사람이 말하자 그 옆 사람이 "둘", 이어서 옆에서 다시 "셋……." 하며 계속 수를 세어 나갔다. 로테는 점점 더 빨리 돌기 시작했다. 그리고 놀이도 점점 더 빨라졌다. 그러자 한 사람이 "철썩!" 따귀를 한 대 맞았다. 사람들이 마구 웃음을 터뜨리자마자 이어 또다시 "철썩!" 소리가 났다. 숫자 세기는 더욱 빨라졌다. 나 역시 두 번이나 볼이 얼얼할 정도로 따귀를 맞았는데, 속으로 다른 사람보다 더 세게 맞았다는 생각이 들었지만 그래도 재미있었다. 모두가 실컷 웃고 소란을 피우는 바람에 천까지 다 세기도 전에 놀이는 끝났고, 마침 소나기도 지나갔다. 이제 친한 사람들끼리 한쪽에 모여 이야기를 나누었고, 나는 로테를 따라서 홀로 들어갔다. 가는 도중에 그녀가 말했다.

"뺨을 맞다 보니 모두들 소나기고 뭐고 다 잊어버렸나 봐요!"

나는 그녀에게 아무 대답도 할 수 없었다.

"사실 저도 아주 두려웠어요."라고 그녀가 계속해서 말했다.

"그래서 다른 분들에게 용기를 주려고 하다 보니 저 스스로 용기가 난 거예요."

우리는 창가로 다가갔다. 천둥소리는 서서히 사그라져갔다. 놀랄만한 비가 땅 위를 적시고 따스한 대기에 가득 피어오른 가장 활력 넘치는 서늘한 향기가 우리 쪽으로 솟아올라왔다. 로테는 팔을 창가에 기대고 선 채 바깥에 시선을 두고 있었다. 그녀가 하늘을 쳐다보다가 내게로 눈길을 돌렸는데, 그 눈에 눈물이 가득 고여 있었다. 그녀는 내 손 위에 자기의 손을 놓으며 말했다.

"클롭슈토크!"[15]

15 클롭슈토크(Klopstock 1774~1803년): 독일의 유명한 서정시인으로 특히 자연, 우정, 사랑에 대해 종교적인 특색을 지닌 시를 지어 유명했다. 여기서는 특히 그가 지은 시 〈봄의 축제〉(1759년 작)를 암시하고 있다. 그 시의 일부는 다음과 같다―옮긴이.

작은 봄벌레여, 너 역시
내 곁에서 푸르스름한 금빛을 띠고
살아 꿈틀거린다. 그러나 너도 아마
영원히 살 수는 없으리!

나는 밖으로 나가 기도를 드린다.
내가 우느냐? 용서해다오, 용서해다오,
이 유한한 인간의 눈물을.
……
너는 다만 먼지에 불과한 존재,
지금은 찬란한 오월의 아들이지만, 곧 날아가
흩어져 버릴 먼지에 불과한 존재
……
내 주위의 부드럽고 상쾌한 바람은
나의 열기에 찬 얼굴에 불어와 식혀 주니
그대 경이로운 바람을
그분이 보내주셨다! 무한하신 분이!

그러나 이제 다시 바람은 자고
아침의 태양이 후덥지근 달고
구름은 거칠게 위로 솟아오른다!
……
이제 바람이 사뿐히 일며 소슬거리다 세차게 소용돌이친다!
고개 숙이는 숲을 보라! 무섭게 이는 강물을 보라!
유한한 그들의 모습을 보라!
또한 보라, 저기, 무한하신 분의 모습을!

곧바로 나는 그녀가 머릿속에 떠올린 그 위대한 독일 시인의 송시가 기억나면서, 그녀가 던진 한 마디에 따라 내게 일어난 감정의 물결 속으로 빠져 들어갔다. 나는 참을 수 없어서 기쁨의 눈물을 흘리고 있는 그녀의 손에 키스를 했다. 그리고 다시 그녀의 눈을 들여다보았다. 고귀한 시인이시여! 당신에 대한 숭배로 가득 찬 그녀의 눈빛을 당신은 보았어야 할 것입니다. 그리고 당신의 이름이 그토록 자주 세속적으로 불리는 것을 다시는 듣고 싶지 않습니다!

......
다가오는 분의 번쩍거리는 광선이 보이지 않는가?
여호와의 천둥 소리가 들리는가?
들리는가, 천지를 뒤흔드는 전능한 분의 외침이?

그리고 폭풍은? 천둥을 실은 폭풍이 보이는가?
들으라! 숲 위로 거대한 파도를 일으키며 휘몰아가는 위세를!
이제 바람은 서서히 가라앉고
검은 구름이 배회한다.
......
아아, 벌써 하늘은 다시 소슬거리며 땅 위에
축복의 비를 내린다!
그토록 목마르던 땅이 다시 생기를 되찾았으니
하늘은 축복의 선물을 내리던 일을
서서히 멈추고 멀어져가고
그의 발치에 평화로운 땅이 고개를 숙인다.

6월 19일에

지난번 내가 어디까지 이야기를 하다 말았는지 더 이상 모르겠다.
다만 내가 잠자리에 들었을 때가 새벽 두 시였다는 것만 알고 있
다. 그리고 만약 그때 자네에게 편지를 쓰는 대신에 함께 마주 앉
아 이야기를 떠벌일 수 있었더라면 아마 아침까지도 자네를 붙들
고 있었을 것이다.

우리가 무도회에서 집으로 돌아오는 도중에 무슨 일이 있었는
지는 아직 이야기하지 않았지만, 오늘도 이야기가 잘 될 것 같지
않다.

그러니까, 그때 이미 해가 찬란하게 떠오르고 있었다. 주위의
숲에는 나무에 매달려 있던 간밤의 빗방울이 떨어지고 들판은 가
득 생기를 머금고 있었다! 우리 일행은 꾸벅꾸벅 졸고 있었다. 그
녀는 나에게 역시 눈을 좀 붙이지 않겠느냐고 하면서 자기 때문에
격식을 차리지 않아도 된다고 말했다.

"이렇게 당신이 눈을 뜨고 있는 동안은 저는 잠들 리가 없습니
다."

나는 그녀를 응시하면서 말했다.

우리 두 사람은 그녀의 집에 도착할 때까지 조금도 눈을 붙이
지 않았다. 하녀가 나와 살그머니 대문을 열어 주었고, 로테가 부친
과 아이들에 대해 묻자 하녀는 모두 아무 일 없이 잘 자고 있다고
말했다.

나는 로테와 헤어지면서 그날 중으로 다시 만날 수 있느냐고
물었다. 그녀는 허락했고 나는 그곳을 떠났다. 그리고 그때 태양도,
달도, 별들도 즐거이 운행을 계속하고 있지만, 정작 나는 낮인지 밤
인지조차 모르겠고, 내 주위의 세계는 없는 듯 했다.

6월 21일에

나는 신이 자신의 성자들에게나 마련해줌직한 날들과 같은 너무
나 행복한 나날을 보내고 있다. 앞으로 어떻게 될지는 모르겠지만,
살아오면서 기쁨을, 가장 순수한 기쁨을 누린 적이 없다고는 말할
수 없을 것이다. 자네는 나의 발하임을 알고 있겠지. 내 마음은 이
곳에 완전히 정착했다. 로테가 사는 곳까지는 여기에서 반시간밖
에 걸리지 않는다. 아! 여기서야말로 나는 진정한 나를 찾을 수 있
고, 또한 인간에게 주어질 수 있는 온갖 행복을 느낀다.

내가 발하임을 산책 코스로 정했을 때만 해도 그곳이 그토록
천국에 가까우리라고 생각했겠는가! 이제는 내 온갖 소망을 간직
하고 있는, 로테가 살고 있는 그 사냥별장을 멀리 산책 나갔다가
때로는 산 위에서, 때로는 강 너머로 얼마나 자주 바라보았던가!

사랑하는 빌헬름! 나는 자신을 세상에 펼치고 새로운 발견을
하고 이리저리 방랑하고 싶어 하는 인간의 욕구에 대해 온갖 생각
을 해 보았다. 그러다가 또 다시 주어진 한계에 기꺼이 순응하고 평

범한 일상생활을 하면서 좌우의 일에 관여하고 싶지 않은 내적인 충동에 대해서도 생각해 보았다.

정말 놀랍다. 여기에 와서 언덕 위에 올라가 아름다운 골짜기를 내려다보니 주위에 있는 것들이 내 마음을 끈다. 저기에 작은 숲이 있다! 너도 역시 그 그늘 속에 들어가 섞일 수만 있다면! 저기에 산등성이가 보인다! 저기에 올라가면 드넓게 펼쳐진 지역을 한눈에 내려다볼 수 있으리라! 사슬처럼 이어져 있는 구릉들과 다정한 골짜기들이여! 아, 그 속으로 들어가 내 자신을 잃어버리고 싶다! 나는 그곳으로 달려갔다가 내가 바라던 것은 발견하지 못하고서, 다시 되돌아왔다.

아, 그곳은 나에게는 미래처럼 멀리 떨어져 있다! 우리의 영혼 앞에는 광막함이 어렴풋이 가로놓여 있으며, 우리의 감정은 우리의 눈처럼 그 속에 압도되고, 아! 우리는 우리 자신을 완전히 내던지고 유일하고 위대하며 찬란한 환희를 가득 느끼고 싶어 갈망한다.

그러나 아! 그곳으로 달려가 보면, 우리가 동경하던 곳에서 이제 정작 생활하다 보면 모든 것은 전과 마찬가지일 뿐이다. 우리는 초라하고 제한된 삶에 갇혀 있을 뿐이며, 우리의 영혼은 또 넘쳐흐르는 생명수를 갈망한다.

이처럼 항상 어딘가로 떠나는 방랑자라도 결국 자신이 태어난 조국을 그리워하고 그의 오두막, 아내의 품과 자식들 속에 묻혀 그들을 부양하느라 바쁘게 지내다 보면, 먼 세계로 나가 찾으려 했으나 실패했던 기쁨을 거기에서 찾게 된다.

나는 아침에 해가 뜨면 발하임으로 나가 주인집 뜰에서 직접 사탕완두를 따고, 자리에 앉아 그 껍질을 벗기면서 내가 갖고 간 호메로스의 작품[16]을 읽는다. 작은 부엌에 들어가 단지를 하나 고르고, 버터를 푸고 완두를 넣어 불 위에 올려놓고 뚜껑을 덮은 다음 그 곁에 앉아 이따금 그것을 흔들어 섞는다.

그러면 어느덧 나는 페넬로페[17]에게 구혼하려고 몰려든 오만한 자들이 소와 돼지를 잡아서 잘게 썰어 구우며 소란 피우던 광경이 내 가슴속에 생생하게 되살아난다. 조용하고 참된 느낌으로 내 마음을 가득 채우던 것은 고맙게도 아무런 겉치레 없이 내 생활방식 속에 엮어 넣을 수 있는 그런 원시부족장적인 생활 모습들이었다.

인간의 소박하고도 순진무구한 기쁨을 느낄 수 있으니 얼마나 행복한지 모른다. 직접 가꾼 양배추를 내 식탁에 올려놓는 기쁨. 어디 그뿐인가. 양배추뿐만이 아니라 멋진 나날들, 채소와 꽃을 가꾸던 아름다운 아침들, 물을 주고 그것들이 계속 자라는 것을 보며 기쁨을 느끼고 그 모든 것을 한눈에 느끼던 유쾌한 저녁들, 그것들을 모두 한순간에 또 다시 함께 즐기는 것이다.

---

16 여기서는 《오디세이아》를 말하고 있다 ― 옮긴이.

17 페넬로페(Pennelope)는 《오디세이아》에 등장하는 그리스의 용사 오디세우스의 정숙한 아내로서, 남편이 트로이 전쟁에 참전했다가 십 년 동안 고향에 돌아오지 못하고 이국땅을 방랑하는 동안 고향에서 아들과 함께 남편을 기다린다. 그녀의 미모에 반한 많은 남자들이 그녀에게 구혼을 하면서 집에 찾아와 괴롭히지만, 그녀는 이를 끝내 물리치고 정조를 지키며 마침내 귀환한 남편과 해후한다 ― 옮긴이.

6월 29일에

그저께 시내에서 한 의사가 법무관을 방문하러 왔다가, 마침 내가 실내 바닥 위에 엎드려 로테의 동생들과 어울려 노는 것을 보았다. 내 몸 위로 기어오르는 아이도 있었고 나를 놀려대는 아이도 있었는데, 내가 그들을 간질이자 모두 소리를 지르고 흥분하였다. 그 시골 의사는 매우 독단적이고 멍청해 보이는 사람으로, 대화 도중에 계속 자기 소매를 만지작거리며 주름을 잡는가 하면 손끝으로 자기의 옷깃을 잡아당기곤 했는데, 아마도 내 행동이 품위 있는 사람의 행동이라고 생각하는 것 같지 않았다. 그것을 나는 그의 코 움직임에서 느꼈다. 하지만 나는 개의치 않고 그가 자기 일을 보도록 내버려둔 채, 옆에서 아이들과 함께 어울려 그들이 망가뜨린 카드 집 짓기를 계속했다. 나중에 그 의사는 시내로 돌아가 이 집 저 집을 돌아다니면서 법무관의 아이들이 아주 버릇이 없는데 이제 베르테르가 그 애들을 완전히 버려놓고 있다고 떠벌렸다고 한다.

그렇다, 사랑하는 빌헬름, 내 마음에는 이 지상에서 그 아이들처럼 사랑스러운 것은 없다. 그들을 바라보고 있으면 그 작은 모습 속에 언젠가 그들에게 몹시 필요할 온갖 미덕과 힘의 새싹이 자라는 것이 엿보인다. 그들의 고집 속에서 미래의 굳건하고도 확고한 성품을 보게 되고, 변덕스런 모습에서 기분 좋게 세상의 위험을 헤치고 나갈 경쾌함을 보게 될 때면, 그 모든 것이 손상되지 않고 온전하게 그 아이들 속에 들어 있는 것을 볼 때면 나는 인류의 스승

이 "만일 너희가 이 어린아이들과 같이 되지 않는다면!"[18]이라는 금언이 떠오른다.

그런데 지금, 친구여, 우리와 동등하고 우리의 본보기로 간주해야 될 그런 아이들을 우리는 마치 종처럼 다루고 있다. 마치 그들은 아무런 의지도 갖지 말아야 하는 것처럼! 그러면 우리 어른들은 의지가 하나도 없는가? 그리고 어디에 우리만 의지를 가질 특권이 있는가? 우리가 더 나이가 많고 더 분별이 있어서 그렇다고!

하늘에 계신 신이시여, 당신에게는 나이든 아이들과 어린아이들만 보일 뿐 그 이상은 없습니다. 그리고 어느 쪽을 더 기뻐하실지는 이미 오랫동안 당신의 독생자가 예언해 주었습니다. 하지만 그들은 그분을 믿으면서도 그분의 말에는 귀를 기울이지 않는다. 이것 역시 뭔가 낡은 이야기라고! 그러면서 그들은 자기 아이들을 자신들의 이미지에 맞춰 키운다. 잘 있어라, 빌헬름! 나는 그것에 대해서는 더 이상 쓸데없는 소리를 지껄이고 싶지 않다.

7월 1일에

아픈 사람들에게 로테가 얼마나 위안을 주는 존재인지를 내 불쌍한 마음에 비춰서 느낄 수 있다. 그녀가 없으면 내 고통은 임종의

---

18 《신약성서》의 〈마태복음〉 18장 3절에 나오는 말이다―옮긴이.

병상에 누워 고통스러워하는 사람들보다도 더 크다. 그녀는 시내에 사는 어느 성실한 부인의 저택에 가서 이삼 일을 보내게 될 것이다. 의사의 말에 따르면 그 부인은 임종이 가까웠고 마지막 순간에 로테를 곁에 두고 싶어 한다는 것이다. 지난주에 나는 로테와 함께 성(聖) ○○읍에 사는 목사를 방문했다. 그곳은 여기서 남쪽으로 한 시간쯤 떨어져 있는 산골 마을이다. 우리는 오후 네 시경에 그곳에 도착했다. 로테는 둘째 여동생을 데리고 갔다. 높이 자란 호두나무 두 그루가 그늘을 드리우고 있는 목사관에 도착했을 때, 관사 문 앞의 벤치에 마음 좋아 보이는 그 늙은 목사가 앉아 있었다.

그는 로테를 보자 다시 생기가 돌더니 지팡이도 잊은 채 일어나 그녀를 향해 걸어오려고 애썼다. 로테는 그에게 달려가 벤치에 억지로 다시 앉히고 자기도 곁에 앉아 부친의 안부를 전해 주었다. 그리고는 늙은 목사의 응석받이인 지저분한 개구쟁이 막내아들을 들어 올려 안아주었다. 그녀가 얼마나 지극하게 그 노인을 대했는지 그 모습을 자네도 보았어야 했다. 그녀는 반쯤 귀가 먹은 그 늙은 목사가 알아들을 수 있도록 목청을 높여 뜻하지 않게 일찍 세상을 떠난 젊고 씩씩하던 사람들 이야기도 하고, 자연 경치가 훌륭한 칼스바트[19]의 온천 이야기도 해주었다. 올 여름에는 그곳으로 휴양을 떠나겠다는 목사를 칭찬해 주고, 지난번 보았을 때보다 안색이 훨씬 더 좋고 더 활달해 보인다고 말해 주었다. 그 사이에 나는

---

19 칼스바트(Karlsbad): 현재 독일과의 국경 근처인 체코의 북서부에 위치한 온천 및 요양 도시. 당시에는 보헤미아에 속해 있었다 ─옮긴이.

목사 부인을 예의를 갖춰 상대해주고 있었다. 늙은 목사는 아주 쾌활해졌다. 내가 다정하게 그늘을 만들어 주는 그 멋진 호두나무에 대해 칭찬을 아끼지 않자 그는 비록 목소리가 약간 불편하기는 했지만 우리에게 나무의 유래를 이야기해 주었다.

"두 그루 중 오래된 것은 누가 심었는지 우리도 모른다오."

라고 목사는 말했다.

"어떤 사람은 지난번 목사가 심었다고도 하고, 또 어떤 사람은 그 이전에 부임한 목사가 심었다고 해요. 하지만 저기 뒤에 서 있는 어린 나무는 내 아내만큼 나이를 먹었다오. 시월이면 쉰 살이 되는 거지요. 아내가 저녁에 태어나자 장인어른이 바로 다음날 아침에 심었다오. 장인은 내 전임 목사였지요. 저 나무를 그분이 얼마나 사랑했는지는 더 말할 필요도 없다오. 내가 이십칠 년 전 가난한 대학생으로 처음 이 관사 마당에 들어섰을 때, 아내는 저 나무 둥치에 앉아 뜨개질을 하고 있었지요."

로테가 늙은 목사에게 딸의 안부를 묻자, 그는 그녀가 슈미트 씨와 함께 들에서 일하는 일꾼들을 보러 나갔다고 말했다.

그는 하던 이야기를 계속했다. 그의 선임 목사가 자기를 좋게 보아 사위로 삼았으며, 처음에는 그의 대리 목사가 되었다가 나중에 후계자로 지정되었다는 것이다. 얼마 안 있어 목사의 딸이 슈미트라는 남자와 함께 정원을 지나 들어오자 목사는 이야기를 멈췄다. 그 젊은 아가씨는 로테를 따뜻하게 맞아주었다. 그녀는 그런 대로 내 마음에 들었다. 역시 외모가 좋고 피부가 갈색으로 이런 시골에서 잠시 동안 같이 지내면 사람을 즐겁게 해줄 수 있을 것 같은 인상을 풍겼다. 그녀의 애인인 슈미트라는 사람은 (그의 행동으로 보아 곧 애인이라는 것이 분명히 드러났다) 공손해 보이면서도 조용한 남자였는데, 로테가 우리의 대화에 끌어들이려고 몇 번이나 애썼지만 끼어들지 않았다. 그 남자의 표정을 보니 그가 자신을 드러내기를 꺼리는 것은 총명하지 못해서라기보다는 오히려 고집스러운 데다 별로 기분이 좋지 않아서인 듯해서 나는 몹시 당황했다. 안타깝게도 시간이 지날수록 그것은 너무나 뚜렷해졌다. 우리가 산책을 나갔을 때 프리드리케 양이 로테와 함께 걷다가 이따금 내 쪽으로 와서 나란히 걸어가기도 했는데, 그럴 때면 그렇잖아도 갈색인 슈미트 씨의 안색이 더욱 눈에 띄게 어두워졌다. 로테는 내 소매를 잡아당기면서 프리드리케 양에게 너무 다정하게 대하지 말라는 암시를 주곤 했다.

내가 가장 싫어하는 것이 바로 그런 것이다. 특히 젊은이들이 마음을 활짝 열어놓고 온갖 것을 즐길 수 있는 인생의 청춘기에 며칠간만이라도 서로 함께 장난치며 보내는 것을 못마땅해 하다가, 뒤늦게야 자신들이 놓치고 만 그 청춘을 다시 돌이킬 수 없어 후회하는 것 따위 말이다. 그 일로 나는 기분을 완전히 망쳐 버렸다. 그래서 저녁 때 목사관으로 되돌아와 식탁에 앉아 우유를 마시면서 세상사의 희비에 대해 이야기를 나눌 때, 나는 그 실마리를 잡고 좋지 않은 기분을 풀기 위해서라도 먼저 이야기를 꺼내지 않을 수 없었다.

"우리는 보통 사는 동안에 좋은 날은 별로 없고 나쁜 날들만 계속 된다고 불평합니다. 그러나 저는 그런 불평이 대개는 옳지 않다고 생각합니다. 하나님이 매일 우리에게 주시는 좋은 것을 즐길 수 있는 솔직한 마음을 늘 가진다면, 설령 불행한 일이 닥치더라도 그것을 참고 견딜 힘이 충분히 생길 겁니다."

"하지만 자신의 기분을 마음대로 다루기는 쉽지 않아요."

라고 목사 부인이 대꾸했다.

"많은 것이 몸의 상태에 따라 좌우되지요! 몸이 안 좋으면 매사가 즐겁지 않아요."

나는 그녀의 말에 동의하고 계속해서 말했다.

"그것을 병으로 간주한다면 혹시 그에 대한 처방은 없을까 묻고 싶습니다."

"그럴 듯한 이야기예요."

라고 로테가 말했다.

"저는 적어도 많은 것이 우리 자신에게 달렸다고 생각해요. 제 경우만 봐도 알 수 있지요. 왠지 화가 나거나 속상한 일이 있을 때면 자리에서 일어나 정원으로 뛰쳐나가서 춤곡을 노래하며 이리저리 산책을 해요. 그러다 보면 우울한 기분은 곧 가시고 말지요."

"제가 말하려는 것이 그것입니다." 내가 대답했다.

"나쁜 기분이란 나태함과 같은 것입니다. 그것은 일종의 태만이니까요. 우리들의 기질은 그렇게 되기 쉽지요. 그러나 일단 자신에게 경고할 힘이 생기면 다시 새롭게 일이 손에 잡히고, 그러다 보면 진정으로 기쁨을 느끼게 됩니다."

프리드리케 양은 내 말에 귀를 기울이고 있었지만 그녀의 애인인 젊은 신사는 반박했다. 그의 주장은, 사람은 자신을 마음대로 다룰 수 없으며 적어도 자기의 감정을 마음대로 좌우할 수는 없다는 것이었다.

"여기서 문제는 불유쾌한 감정입니다." 내가 다시 말했다.

"누구나 그것을 기꺼이 떨치고 싶어 하지요. 그러나 자신의 힘이 어디까지 미칠지는 직접 시험해 보지 않고는 아무도 모릅니다. 물론 사람들은 몸이 아프면 의사를 찾아가 진찰을 받겠지요. 그러고는 자신이 바라는 건강을 되찾으려고 쓰디쓴 약도 마다하지 않을 것입니다."

성실한 늙은 목사가 우리의 대화에 참여하고 싶어 잘 안 들리는 귀를 애써 기울이고 있는 것을 알아차린 나는 그 쪽을 보면서 소리 높여 말했다.

"저는 지금까지 악덕에 대한 설교는 수없이 들어왔어도[20], 불쾌한 기분을 씻어 주기 위해 교단에서 설교하는 것은 본 적이 없습니다."

"그거야 도시의 목사들이 해야 할 일이라오."

목사가 내 말에 대꾸했다.

---

20   현재 이 문제에 대해서는 라바터(Lavater, 1741~1801년)라는 스위스의 젊은 신학자의 설교가 있다. 그 중에서도 《구약성서》의 〈요나서〉에 관한 그의 설교는 뛰어나다.

"농부들이야 기분 나쁠 일이 없으니까요. 물론 때때로 그런 설교를 하는 것도 해가 되지는 않겠지요. 적어도 농부의 아내나 관리 양반한테는요."

그 말에 우리는 모두 웃음을 터뜨렸다. 목사도 함께 웃다가 심한 기침 발작을 일으키는 바람에 우리는 대화를 한동안 중단했다. 그런 다음 이번에는 젊은 슈미트 씨가 드디어 그 주제에 대해 이야기하기 시작했다.

"당신은 불유쾌한 기분도 하나의 악덕이라고 말씀하지만, 제 생각에 그건 좀 과장된 것 같군요."

"천만에요." 내가 대꾸했다.

"자기 자신과 이웃에게까지 해를 끼치는 일이라면 당연히 악덕이라는 이름을 붙일 만합니다. 우리는 서로를 행복하게 해주지도 못하면서 때때로 각자가 스스로 마련한 기쁨마저도 서로 빼앗아야 되겠습니까? 아니면 자기는 불유쾌한 기분에 젖어 있으면서도 예의바르게 그것을 감추고 혼자 감수하면서 주위 사람들의 기쁨을 망치지 않을 만큼 훌륭한 사람이 있으면 한 번 대보시지요! 아니면, 그것은 오히려 자신의 무가치함에 대해 마음속 깊이 느끼는 불쾌감은 아닐는지요? 그것은 어리석은 허영심으로 부추겨지고 늘 질투심에 젖기 쉬운 스스로에 대한 불만이 아닐까요? 우리는 스스로 행복하지 못하면서도 다른 행복한 사람을 보면 참지 못하는 것이지요."

로테는 내 몸짓을 바라보며 미소를 지었고, 프리드리케 양의 눈에서는 눈물이 반짝였다. 나는 두 사람의 그런 모습에 힘을 얻어 더욱 들뜬 기분으로 말했다.

"누군가의 가슴속으로부터 싹터 오르는 소박한 기쁨을 빼앗으려고 그 가슴에다 폭력을 휘두르는 사람들이야말로 가련한 사람입니다. 세상의 어떤 선물이나 만족도 자신에 대해 만족하는 순간만큼 값질 수는 없습니다. 폭군처럼 질투에 찬 우리의 불유쾌함은 그러한 순간을 망치려 들죠."

그 말을 하는 순간, 내 가슴속은 과거의 수많은 추억으로 가득 찼다. 그리고 그것이 내 영혼 속으로 파고들어 오자 눈물이 솟구쳐 올랐다. 나는 외쳤다.

"자신에게 날마다 이렇게 말할 수 있는 사람은 없을까요. '그대는 그대의 친구들과 함께 즐기면서 그들이 기뻐하고 더 행복하게 해주는 것 외에 그들에게 해 줄 것은 없다. 그들의 영혼이 불안한 열정으로 깊이 괴로워하고 근심으로 망가져 있을 때, 그대는 과연 그들에게 한 방울의 위안이라도 줄 수 있는가? 그대가 청춘시절에 망쳐 놓은 한 여인이 죽을병에 걸려 가련하게도 병상에 누워 눈은 아무런 느낌도 없이 허공을 응시하고 있을 때, 그리고 마침내 임종의 순간에 식은땀이 그녀의 창백한 이마 위로 흘러내릴 때, 그대는 무엇을 할 수 있는가? 그대는 죽어 가는 자의 침상 앞에 저주받은 자처럼 무력하게 선 채, 아무것도 해줄 수 없음을 뼈저리게 느낄 뿐이다. 단지 생명이 꺼져 가는 그 여인에게 한 방울의 기력, 한순간의 생기라도 불어넣어 줄 수 있다면 무슨 희생이든 치르겠다고 생각하며 불안해하지만 결국 아무것도 할 수 없다.'라고 말입니다."

이런 말을 하는 동안 나는 언젠가 함께 했던 그러한 임종의 광경이 엄습해 왔다. 나는 손수건을 눈에 대고 사람들이 모여 있는 그 자리를 떠났다. 그리고 뒤에서 "우리 이제 돌아가요."라고 나에게 외치는 로테의 목소리가 들려왔을 때 비로소 정신을 차렸다. 그리고 돌아가는 길에 그녀는 내가 모든 일에 너무 열렬히 관여한다고 나무라면서, 그것이 나한테 큰 해가 될 거라고, 그리고 자신을 돌보라고 말하는 것이었다! 오, 천사여! 내가 살아야 하는 이유는 당신 때문입니다!

7월 6일에

로테는 여전히 임종이 가까워 온 그 여자 친구의 집에 가 있다. 친절하고 상냥한 그녀의 눈길이 미치는 곳이면 언제 어디서나 고통이 줄어들고 기쁨이 넘쳐흐른다. 그녀는 어제 저녁에도 여동생 마리안네와 어린 말헨을 데리고 산책을 나갔다. 그것을 미리 알고 있던 나는 도중에 그녀를 만나서 함께 걸었다. 우리는 한 시간 반쯤 걷다 시내로 되돌아가 예전에 내가 발견한 그 샘가로 갔다. 나에게 소중한, 지금은 전보다 수 천 배나 더 소중해진 샘이었다. 로테는 샘가의 낮은 담 위에 앉았고 우리는 그녀 앞에 서 있었다. 나는 주위를 돌아보았다. 그러자 아! 내 마음이 그토록 외로웠던 그 시절이 되살아나는 것이었다!

"다정한 샘물이여!" 나는 말했다.

"그때 이후로 한 번도 너를 찾아 시원한 물가에서 쉬지 못하였구나. 바삐 지나치느라 때로는 너를 보지도 못하고 말았구나."

아래를 내려다보니 말헨이 물을 한 컵 떠서 바삐 돌계단을 올라오고 있었다. 나는 로테를 바라보면서 그녀의 덕성을 이해하는 마음이 가득찼다. 그동안 말헨이 물 담은 컵을 가져왔다. 그러자 마리안네가 먼저 그것을 낚아채려고 했다.

"안 돼요!" 말헨은 귀여운 목소리로 말했다.

"안 돼요, 로테 언니가 먼저 마셔요!"

그처럼 착한 마음씨를 가진 어린 소녀의 너무도 순진한 모습에 나는 그만 황홀해졌다. 그런 감정을 어떤 말로 표현해야 할지 몰라, 나는 그 아이를 번쩍 안아 올려 생동감 넘치게 키스를 해주었다. 그러자 소녀는 곧 소리치며 울기 시작했다. 나는 당황했다.

"아이를 귀찮게 했군요."라고 로테가 말했다.

"이리와, 말헨." 로테는 소녀의 손을 잡고 계단을 내려갔다.

"여기 시원한 샘물로 씻어라, 빨리 빨리. 그러면 괜찮아질 거야."

말헨은 손에 물을 묻혀 부지런히 뺨을 문질렀다. 아이는 마치 기적의 샘물을 떠서 모든 불결한 것을 씻어 내려는 것 같았다. 혹시 남자들의 보기 싫은 수염이 제 뺨에서 자라기라도 할까 봐 자꾸 씻어 내는 것이었다.

로테가 그만 해도 된다고 말했지만, 순진한 소녀는 더 씻어야 된다고 생각했는지 계속 씻고 있었다. 빌헬름, 자네에게 말하지만 나는 지금껏 어떤 세례식도 그처럼 경외로운 마음으로 바라본 적이 없다. 만약 로테가 다시 계단을 올라왔다면, 나는 마치 한 민족의 죄악을 씻어낸 어느 예언자 앞에서처럼 기꺼이 그녀 앞에 무릎을 꿇었을 거다.

그날 저녁에 나는 가슴이 너무 벅차서 그 일을 어느 신사에게 털어놓지 않을 수 없었다. 나는 평소에 그가 분별력이 있어 그나마 믿을 만하다고 생각했었는데, 그 신사의 대답은 뜻밖이었다.

"그것에 대해선 로테 양이 잘못했습니다. 아이들에게 그런 것을 마치 진실인 양 믿게 해서는 안 되지요. 그런 일은 아이들에게 일찍부터 금해야 합니다. 그렇지 않으면 나중에 커서 오류나 미신 따위를 믿게 될 수가 있으니까요."

이제 나는 그 신사가 불과 일 주일 전에 아이에게 세례를 주게 한 사실이 떠올라 그의 말을 그냥 흘려들었다. 그리고 내 마음속에 있는 진리에 충실하려고 했다. 우리는 바로 신이 우리로 하여금 즐거운 미망 속에 헤매도록 내버려두실 때 우리가 가장 행복하므로, 신이 우리를 대하듯이 우리는 어린아이들을 대해야 한다는 진리 말이다.

7월 8일에

사람이란 얼마나 어린애 같은가! 그러한 눈빛을 애타게 그리워하고 있다니! 사람이란 얼마나 어린아이 같은가! 우리는 발하임으로 갔다. 여자들은 마차를 타고 갔다. 산책을 하는 동안, 나는 로테의 검은 눈동자를 들여다보았다고 생각했다. 나는 바보이다, 나를 용서해다오! 자네도 그녀를, 그녀의 이 눈동자를 보았어야 하는데. 간단히 쓰겠다(졸려서 눈꺼풀이 저절로 감기니 말이다). 그러니까 여자들은 다시 마차에 올라탔고, 마차 주위에 젊은 W, 젤슈타트, 아우드란 그리고 내가 서 있었다. 이들은 서로 수다를 떨기 시작했다. 물론 쾌활하고 경박스러운 사람들이었으니 당연했다. 나는 로테의 시선을 찾고 있었다. 아, 그녀의 시선은 이 사람 저 사람에게로 옮겨가고 있었다! 제발 내게로 향하기를! 나에게로! 나에게로! 오직 그녀만을 바라보는 나에게로 그 시선은 돌아오지 않았다. 나는 마음속으로 그녀에게 수천 번이나 작별을 고했다! 하지만 그녀는 나를 보지 않았다!

마차는 곁을 스쳐 달려가 버렸고 내 눈에는 눈물이 고였다. 가득 맺힌 눈으로 그녀의 뒷모습을 바라보았다. 로테가 쓴 모자가 마차 밖으로 나와 있었다. 그녀는 몸을 돌려 주위를 둘러보았다. 아! 나를 본 것일까? 친구여! 나는 이 불안 속에서 헤매고 있다. 그러면서도 그 속에서 어쩌면 그녀는 몸을 돌려 나를 보았을지 모른다는 위안을 갖는다! 아마 그럴 것이다! 잘 자라! 아, 나야말로 얼마나 어린애 같은가!

7월 10일에

사람들이 모인 자리에서 로테에 대한 이야기가 나오면 내가 얼마
나 당황하는지 자네도 한 번 보아야 할 것이다! 특히 그녀가 얼마
나 마음에 드느냐고 누가 물을 때면 그렇다. 마음에 드느냐고! 나
는 그 말을 죽도록 싫어한다. 로테가 마음에 든다는 정도로 말하
는 남자는 대체 어떤 녀석인가. 그녀를 보면서 온 마음과 감성이
그녀로 가득차지 못하는 자라면 그녀를 사랑할 자격조차 없다! 마
음에 드느냐고! 최근에 누군가가 나에게 오시안[21]을 얼마나 좋아하
느냐고 물었다!

---

21   오시안(Ossian)은 고대 스코틀랜드의 설화에 등장하는 서기 3세기에 살았
을 것으로 추정되는 전쟁 영웅이다. 그는 나이 들어 눈이 멀자 유랑 가인(歌人)이 되
어 자기 아버지 칼레도니아왕의 업적을 찬양하는 노래를 부르며 떠돌아다녔다. 오
시안의 설화에 대해서는 스코틀랜드의 작가 제임스 맥퍼슨(James Macpherson)이
1765년 고대 켈트어에서 스코트와 켈트어로 번역한《오시안의 작품(The Works of
Ossian)》이 유명하다. 실제로《젊은 베르테르의 슬픔》의 저자인 괴테는 청년 시절에
헤르더(Herder)라는 젊은 독일 지성인을 만나, 그를 통해 천재사상과 오시안의 존재
에 대해 알게 되고 고대 영국의 서사시에 깊은 관심을 가졌다. 그 영향은 이 소설의
후반부에서 베르테르가 열정적으로 〈오시안의 시〉를 읊는 것으로 나타난다. 그러면
서 베르테르는 앞서 언급했던 '호메로스'에 대한 관심이 결정적으로 '오시안'에게로
넘어 간다 — 옮긴이.

7월 11일에

M부인의 병세가 아주 나쁘다. 나는 그녀를 제발 살려 달라고 기도했다. 왜냐하면 나도 로테와 함께 고통을 나누고 있기 때문이다. 로테는 요즘 다른 여자 친구들과도 잘 어울리지 않는다. 그리고 오늘 그녀는 나에게 놀라운 이야기를 들려주었다. M부인의 남편인 늙은 M씨는 매우 인색하고 난폭한 구두쇠여서 평생 M부인에게 궁색하게 살도록 괴롭혔다. 그러나 M부인은 이를 참고 견딜 줄 알았다. 며칠 전 의사가 와서 그녀의 임종이 다가왔다고 말해주자, M부인은 자기 남편을 불러 (로테도 방 안에 있었다) 그에게 이런 말을 했다고 한다.

"내가 죽은 후에 당신을 혼란스럽고 귀찮게 할 수도 있을 한 가지 일을 고백해야겠어요. 저는 지금까지 집안일을 맡아왔어요. 힘닿는 대로 절약하며 살림을 꾸렸지요. 그러나 지난 삼십 년간 저는 당신을 속여 왔어요. 용서해 주세요. 우리가 처음 결혼했을 때 당신은 부엌살림과 다른 가계비로 얼마 안 되는 돈을 주셨어요. 하지만 살림이 커지고 우리 가게가 번창해 가는데도 당신은 주당 생활비를 형편대로 늘려줄 생각은 안 했지요. 간단히 말해, 당신도 아시겠지만, 생활비가 가장 많이 들던 시절에도 당신은 나에게 일주일에 겨우 7굴덴밖에 주지 않았고 나는 그것을 아무 불평 없이 받아들였어요. 하지만 나머지 부족한 액수는 매주 가게의 매상에서 몰래 빼냈어요. 집안의 주부가 가게에서 돈을 훔칠 거라고 추측

하는 사람은 아무도 없었거든요. 저는 한 번도 그 돈을 탕진한 적은 없으니까, 굳이 고백하지 않고도 죄책감 없이 저 세상으로 떠날 수 있겠지만, 만약 제 뒤를 이어 다른 여자가 들어와 살림을 꾸려 가면서 어쩔 줄 모를 때, 혹시 당신이 나서서 첫 번째 아내는 그 정도 돈으로도 살림을 꾸려나갔다고 주장하지 않을까 해서 말씀드리는 거예요."

인간의 마음이란 물질적인 것에 한번 현혹되면 그 늙은 M씨처럼 지독하게 변해 버리는 것 같다. 나는 그것에 대해 로테와 이야기를 나누었다. 살림 비용이 족히 두 배는 들었을 텐데도 일주일을 겨우 7굴덴으로 꾸려나가야 했다면 그 뒤에 무언가를 숨겼다 해도 화를 내지 말아야 할 것이다. 그러나 나는 저 예언자[22]가 말한 영원히 마르지 않는 기름 단지가 자기 집에도 있을 거라고 놀라는 기색도 없이 믿는 사람들도 있다는 것을 알고 있다.

7월 13일에

아니, 나는 속은 것이 아니다! 나는 그녀의 검은 눈동자 속에서 나에 대해, 그리고 나의 운명에 대해 진정으로 관심을 갖고 있다는 것을 읽을 수 있다. 그래, 나는 그것을 느낄 수 있고 내 진심으로

---

22 《구약성서》의 〈열왕기 상〉 17장 16절에 나오는 선지자 엘리야를 가리킨다—옮긴이.

믿을 수 있네, 그녀가 ― 아, 천국을 이런 말로 표현해도 될까? 과연 표현할 수 있을까? ―그녀가 나를 사랑하고 있다고!

　　나를 사랑한다! 그러니 나는 자신에게 얼마나 값진 존재인가. 그녀를 사랑한 이후로 ― 자네한테는 말해도 되겠지. 자네는 내 감정을 이해하니까 ― 나는 얼마나 나 자신을 존중하게 되었는가! 이것은 추정일까, 아니면 진정으로 우리의 관계가 그렇다고 느껴서일까? 두렵건대 로테의 마음속에 있을 그 남자에 대해 나는 모른다. 그런데도, 그녀가 자기의 약혼자에 대해서 그토록 따스하고 그토록 사랑스럽게 이야기할 때면, 나는 마치 자신의 모든 명예와 지위는 말할 것도 없이, 몸에 지닌 검마저 빼앗긴 사람과 같다.

7월 16일에

아, 내 손가락이 그녀의 손가락에 닿거나 우리의 발이 탁자 밑에서 서로 부딪칠 때면, 내 몸속의 피가 끓어오르는 것 같다! 나는 마치 불에 덴 듯 뒤로 움츠리다가도 나도 모르는 힘에 이끌려 다시 손을 내민다. 나는 온몸에 현기증을 느낀다. 아! 그런데도 그녀의 순진무구함, 그녀의 솔직한 영혼은 그 사소하면서도 친근한 접촉이 내 마음을 얼마나 괴롭히는지 모르고 있다. 대화 중에 그녀의 손이 내 손 위에 올려 지거나 그녀가 이야기에 열중해서 내 곁으로 바싹 다가와 앉거나 그녀의 입가에서 흘러나오는 천상의 입김이 내 볼에 닿을 때면, 나는 마치 벼락을 맞아 쓰러질 것만 같다. 그러니, 빌헬름! 만약 언젠가 내가 이 천국을, 그녀의 신뢰를 내 것으로 만들 수만 있다면! 자네는 내 의도를 이해할 것이다. 아니, 내 마음은 그토록 타락하지는 않았다. 약하다! 너무도 약한 것이다! 그러니 그것이 결국 타락이 아닌가?

그녀는 나에게 성스러운 존재다. 그녀 앞에 있으면 모든 욕망은 침묵하고 만다. 그녀 곁에 있으면 나는 도무지 어느 곳에 있는지 모르겠다. 마치 내 영혼이 몸 구석구석으로 고동치는 것 같다. 그녀가 피아노로 마치 천상에서 울려나오는 듯 하는 곡을 칠 때면, 그 선율은 소박하면서도 영혼 가득히 울려 퍼진다! 그것은 그녀가 좋아하는 가락이고 그녀가 그 첫 음절을 치기만 해도 나는 온갖 고통과 혼란과 우울함에서 벗어난다.

음악이 지닌 매력에 대해 예로부터 전해오는 이야기에 대해 나로서는 하나도 의심할 것이 없다. 소박한 노래가 어쩌면 이다지도 내 마음을 사로잡는가! 그리고 이따금 내 머리에 총알을 한 방 쏘고 싶어질 때 그녀는 그 곡을 얼마나 멋지게 연주하곤 하는지! 그럴 때면 내 영혼을 휘젓던 혼란과 암흑은 불시에 흩어져 사라지고, 나는 다시 자유로이 숨을 쉬게 된다.

7월 18일에

빌헬름, 만약에 사랑이 없다면 우리의 마음에 이 세상은 어떤 모습이겠는가! 그것은 마치 빛이 없는 마술 환등(幻燈) 같지 않겠는가! 그 속에 불을 넣어야 비로소 다채로운 영상이 흰 벽에 비치는 것 말이다! 그리고 설령 그것들이 스쳐지나가는 이상한 환영들에 불과할지라도, 우리는 생기발랄한 소년들처럼 그 앞에 서서 기뻐할 때면 언제나 행복하다. 오늘 나는 로테에게 갈 수 없었다. 피할 수 없는 모임이 나를 못 가게 하였다. 그래서 어떻게 했는가? 내 하인을 대신 보냈다. 누구든 오늘 로테에게 가까이 갔던 사람을 내 곁에 두고 싶었기 때문이다. 나는 얼마나 초조하게 그 하인이 돌아오기를 기다렸으며 그를 다시보자 얼마나 기뻤던가! 부끄러운 생각만 들지 않았다면 나는 기꺼이 그의 머리를 감싸 안고 키스라도 해주었을 것이다.

'보노나의 돌'에 관한 전설이 있다. 그 형광석(螢光石)을 햇빛에 내놓으면 빛을 흡수하여 밤에도 빛을 발한다고 한다. 바로 그 젊은 하인이 내게는 형광석과 같았다. 그의 얼굴, 뺨, 윗옷 단추, 그의 외투 깃 위에 그녀의 시선이 머물렀으리라는 생각에 내게는 그의 모든 것이 그토록 신성하고 값져 보였다! 그 순간에는 누가 나한테 천 타르를 준다 해도 그 하인을 내주지 않았을 것이다. 그가 나타나 준 것이 나에게는 그토록 기쁜 일이었다. 맙소사, 자네는 그 말을 듣고 웃는군. 빌헬름, 우리를 기쁘게 해주는 것이 있다면 그것이 단지 환상이겠는가?

7월 19일

"나는 그녀를 만날 것이다!" 아침에 일어나 찬란히 떠오른 태양을 바라볼 때면 나는 기분이 상쾌하고 명랑해져 그렇게 외친다. 나는 그녀를 만날 것이다! 그러고 나면 그날은 온종일 더 이상 아무것도 바라지 않는다. 모든 것이, 모든 것이 이 기대 속으로 다 빨려들어가고 만다.

7월 20일

그 공사(公使)와 함께 ○○로 부임해 가라는 자네의 제안은 받아들이고 싶지 않다. 나는 남 밑에서 일하는 것을 좋아하지 않을뿐더러, 우리 모두 알다시피 그 공사라는 자는 몹시 역겨운 사람이다. 우리 어머니는 내가 사회에 나가 활동하기를 바라신다고 자네가 말하는데, 그 말은 나를 웃게 만들었다. 지금의 나도 활동하고 있지 않은가? 게다가 완두콩을 세든 렌즈콩을 세든 결국은 매한가지 아닌가? 세상만사에는 얼마나 많은 속임수가 판을 치는가. 자신이 진정 갈망하는 것, 필요한 것을 위해 열정을 쏟는 게 아니라 돈이나 명예 또는 그 밖의 다른 것을 위해 일하는 자야말로 언제나 어리석은 사람이다.

7월 24일에

나에게 그림 그리는 일을 게을리 하지 말라고 자네는 염려해 주지만, 나는 그 이후로 별로 그림을 그리지 못했다고 자네한테 말하기보다는 차라리 아무 말 안 하고 그냥 넘어가고 싶다.

나는 지금처럼 행복한 적이 없다. 자연에 대해, 작은 돌 하나, 풀포기 하나에 이르기까지도 나의 감정이 지금처럼 예민하고 풍요로웠던 적도 없었다. 그런데도, 나를 어떻게 표현해야 할지 모르겠다. 너무나 미약한 나의 상상력 때문에, 내 영혼 앞에서 모든 사물은 허우적거리고 흐늘거릴 뿐 어떤 윤곽도 뚜렷이 붙잡히지 않는다. 그러나 나는 흙이나 밀랍이 있다면 무슨 형상이라도 빚어낼 것이라고 상상한다. 또 만약 이런 상태가 더 오래 지속된다면 나는 흙을 집어 뭐라도 빚을 것이다. 그것이 빵 반죽이 되더라도!

로테의 초상화를 그리려고 세 번이나 시작해 보았지만 실망스럽게 번번이 망치고 말았다. 얼마 전까지만 해도 잘 그려져 매우 행복했던 것을 생각하면 더욱 더 화가 난다. 그런 다음에 나는 그녀의 실루엣 초상을 그렸고 그것으로 만족해야 할 것 같다.

7월 26일에

그래요, 사랑하는 로테, 나는 모든 것을 다 잘 처리하겠습니다. 당신은 저에게 더 많이 더 자주 부탁을 하십시오. 다만 한 가지, 저에게 보내는 편지에는 잉크가 빨리 마르도록 뿌리는 모래를 사용하지 말아 주십시오. 오늘 저는 당신의 편지를 받고 재빨리 그것을 입술에 갖다 대었다가 그만 모래가 입으로 들어와 이 사이에서 바삭거렸습니다.

7월 26일에

나는 로테를 너무 자주 만나지 않겠다고 이미 몇 번이나 결심했다. 그러나, 누가 그것을 견뎌낼 수 있을까! 매일 그녀를 만나고 싶은 유혹에 빠지면서, 내일은 그녀를 만나지 않겠다고 스스로 다짐한다. 그러다가 다음날 아침이 되면 또다시 어쩔 수 없는 이유를 만들어 내고, 스스로 납득하기도 전에 벌써 그녀의 집에 가 있다. 전날 저녁에, 그녀가 "내일도 오시겠지요?"라고 말하면 어떻게 가지 않고 배기겠나? 아니면 그녀가 나에게 어떤 일을 부탁했을 때 직접 결과를 알려 주기 위해서 그녀를 찾아가는 것이다. 또 날씨가 너무 좋다는 핑계로 발하임에 간다. 거기에서 반시간만 더 가면 그녀를 만날 수 있다! 그녀에게 너무 가까이 다가간다고 느끼지만 어느 새! 나는 이미 그녀가 있는 곳에 가 있다. 우리 할머니께서 '자석산(磁石山)의 전설'에 대해 이야기해주신 적이 있다. 그 산은 그 쪽으로 배가 가까이 다가갈 때면 배의 쇠붙이를 모두 끌어당겨 빼앗아 갔다고 한다. 배 안의 박힌 못들이 모두 빠져나가 그 산을 향해 날아가면, 뱃사람들은 가엾게도 무너지는 선체의 판자들에 파묻혀 목숨을 잃고 말았다고 한다.

7월 30일에

알베르트가 도착했으니, 나는 떠날 것이다. 그가 모든 점에서 가장 훌륭하고 가장 고귀한 사람이라 하더라도, 그에 비해 모든 면에서 내 자신이 열등하다고 여길 각오가 되어 있다 해도, 그처럼 완벽한 것들을 내 눈앞에서 그 혼자 소유하고 있는 것을 보는 일은 참을 수 없다. 소유한다고! 좋다, 빌헬름, 그 약혼자가 왔다! 유능하고 다정스러운 남자여서 사람들이 좋아하지 않을 수 없다. 그녀가 그를 마중할 때 다행히도 나는 거기에 없었다. 그 자리에 있었더라면 내 가슴은 갈가리 찢기고 말았을 것이다. 또 그는 아주 예의 발라서 내 앞에서 단 한 번도 로테에게 키스를 한 적이 없다. 신이시여, 그를 칭찬하소서! 솔직히, 여성을 존중한다는 점에서는 그를 좋아하지 않을 수 없다. 그 역시 나를 잘 대해주려고 하는데, 아마도 스스로 그렇게 행동하는 것이기보다는 로테가 시킨 듯하다. 그런 일에야 여성들이 더 섬세하고 옳기 때문이다. 두 명의 숭배자를 얻으면서 그 두 사람의 사이 또한 좋다면 그 여성이 얻는 이득이야 더욱 크겠지. 물론 그것이 성공하는 일은 드물지만.

어쨌든 나는 알베르트에게 경의를 표하지 않을 수 없다. 그의 의젓하고 침착한 태도는 감추지 못하는 불안한 내 성품과는 아주 뚜렷한 대조를 이룬다. 그는 감정이 풍부하고 또 누구보다 로테를 잘 알고 있다. 그는 도무지 기분이 불쾌해지지 않는 것 같다. 그리고 자네도 알겠지만, 그거야말로 내가 사람들에게서 가장 싫어하는 악덕이다.

그는 나를 어느 정도 분별력 있는 사람으로 여기고 있다. 그리고 로테에 대한 나의 애착, 그녀가 보이는 모든 행동에 대해 느끼는 나의 훈훈한 즐거움은 그의 승리감을 더 높여 주며, 그런 만큼 그는 더욱 그녀를 사랑한다. 혹 그도 이따금 조금은 질투를 느껴 그녀를 괴롭힐지도 모르지만, 그런 의심은 그만 두자. 만약 내가 그라면 이런 악마 같은 질투심에서 완전히 벗어나지는 못할 것이다.

그러나 그가 어떤 기분이든 무슨 상관이란 말인가! 내가 로테 곁에 있으면서 느끼던 기쁨도 끝났다. 이것을 어리석음이라고 불러야 할까, 현혹이라고 불러야 할까? 뭐라고 부르든 무슨 소용인가! 사실 자체가 말해 주고 있는데! 내가 지금 알고 있는 것은 알베르트가 오기 전에 이미 다 알고 있었다. 나는 그녀에게 어떤 요구도 할 수도 없다는 것을 알고 있었고, 또 사실 아무것도 요구하지 않왔다. 그 말은 그처럼 사랑스러운 여인의 곁에 있으면서도 될 수 있는 한 아무런 갈망도 하지 않았다는 뜻이다. 그런데, 이제 다른 남자가 와서 그 여인을 빼앗아가자 이 멍청이는 놀라서 눈을 크게 뜨고 멀거니 바라보고만 있는 것이다.

나는 이를 악문 채 나 자신의 비참함을 비웃고 있다. 그리고 이런 나에게 달리 어쩔 수 없을 테니까 체념하라고 말하는 사람들을 두 배 세 배로 비웃고 있다. 그런 얼간이들에게서 벗어나게 해다오! 나는 숲속을 정처 없이 헤매고 돌아다니다가도 로테를 보러 달려가곤 한다. 그러나 정원의 정자(亭子) 아래 로테 곁에 앉아 있는 알베르트를 보면 더 이상 가까이 다가갈 수 없음을 깨닫고, 바보처럼 마구 떠들거나 갖은 미치광이 짓을 한다.

"제발." 오늘 로테는 나에게 말했다.

"부탁이니 어제 저녁처럼 시끄러운 일은 없게 해주세요! 당신이 지나치게 명랑해지면 오히려 겁이 나요."

우리끼리 말이지만, 나는 알베르트가 바쁜 시간이 언제인지 기회를 엿본다. 후다닥! 밖으로 나가서 로테가 혼자 있는 것을 발견하면 나는 언제나 기분이 좋아진다.

8월 8일에

용서해다오, 사랑하는 빌헬름, 피할 수 없는 운명에 굴복하라고 요구하는 인간이야말로 참을 수 없는 존재라고 욕했지만, 결코 자네를 두고 한 말은 아니다. 나는 자네도 비슷한 견해를 갖고 있으리라고는 정말이지 생각 못했다. 물론 근본적으로는 자네가 옳다. 다만 한 가지, 이 세상에는 '이것이냐, 저것이냐'로 해결되는 일은 별로 없다. 감정 그리고 행동방식들 사이에는 매부리코에서 주먹코까지 전 영역에 걸쳐 다양한 종류의 코가 있듯이 엇비슷하면서도 많은 차이가 있다.

그러니 내가 너의 주장을 모두 시인하면서도, '이것이냐, 저것이냐' 사이로 빠져나가려 한다고 해서 기분 나쁘게 생각지는 말아다오.

자네 말은, 로테에 대한 희망이 있거나, 아니면 없거나 둘 중의 하나라는 것이지. 좋다. 전자의 경우라면 그녀를 맹렬히 밀어 붙여 나의 소원을 이루도록 애쓰고, 후자의 경우라면 스스로 정신 차려서 내 원기를 모두 소모시킬 뿐인 이 비참한 감정으로부터 벗어나도록 노력하라는 말이겠지. 친구여! 말은 좋지만 쉬운 일이 아니다.

자네는, 점점 깊숙이 스며드는 병으로 서서히 죽어가고 있는 불행한 사람에게 단검을 찔러 단숨에 그 고통을 끝장내라고 말할 수 있겠는가? 그리고 그 사람의 기운을 소모시키는 그 질병은 그것에서 벗어나고자 하는 그의 용기마저 빼앗고 있지 않은가?

물론 자네는 내게 비슷한 비유를 들면서 대답할 수도 있겠지.

"의심하고 주저하면서 자신의 생명을 위험에 빠뜨리기보다는 차라리 팔 하나만을 잃으려고 하는 것이 낫지 않겠냐?"라고.

나도 모르겠다! 우리는 비유를 들어가면서 서로 싸우지 말자. 그것으로 충분하다. 그래, 빌헬름, 나는 이따금 한순간에 모든 것을 떨쳐버릴 용기가 솟구치기도 한다. 그리고 내가 어디로 가야 할지 알기만 한다면, 나는 기꺼이 그리로 갈 것이다!

저녁에

나는 얼마 전부터 쓰기를 게을리 했던 일기를 오늘 우연히 다시 손에 들었다. 그리고 내가 그토록 잘 알고 있으면서도 이 모든 일에 한 걸음 한 걸음 깊숙이 빠져들고 있었다니, 깜짝 놀랐다! 나 자신의 상태를 아주 분명하게 보고 있으면서도 어린아이 같은 무모한 짓을 계속 하고 있었다니. 그리고 지금도 여전히 훤히 보고 있지만, 조금도 나아질 기미는 없다.

8월 10일에

만약 내가 어리석지만 않다면, 나는 누구보다도 행복한 생활을 할 수 있을 것이다. 사실, 지금 내가 처해 있는 상황처럼 한 인간의 영혼을 기쁘게 해주는 호의적인 상황들이 한꺼번에 주어지기도 그리

쉽지 않으니까 말이다.

아! 정말이지, 오직 우리의 마음만이 우리를 행복하게 해줄 수 있다. 행복한 집안의 일원이 되어서 그 집 노인에게서는 아들처럼 사랑받고, 아이들한테서는 아버지처럼 환영받고, 로테한테서도 사랑을 받고 있다! 그리고 훌륭한 알베르트, 그도 변덕스러운 행동으로 내 행복을 방해하지 않으며 진심 어린 우정으로 나를 대해준다. 사실 나는 세상에서 로테 다음으로 그에게 가장 소중하다! 빌헬름, 우리가 산책을 하면서 로테에 관해 서로 이야기하며 귀를 기울일 때면 즐겁다. 이 세상에서 아마 이런 관계처럼 우스꽝스러운 것은 없을 것이다. 하지만 그 때문에 자주 내 눈에 눈물이 고인다.

그는 훌륭하신 로테의 어머니에 대해 나에게 이야기해주곤 하였다. 그녀는 임종 시에 로테에게 집안 살림과 아이들을 맡기고, 알베르트를 로테의 정혼자로 삼았다고 한다. 그때부터 로테는 전혀 다른 사람처럼 활기를 띠며 집안 살림을 돌보았고, 그 일에 진지하게 몰두해 가는 동안에 모든 일을 어머니처럼 할 수 있게 되었다는 것이다. 그녀는 늘 애정을 가지고 손에서 일을 놓지 않으면서도, 명랑하고 경쾌한 표정을 결코 잃은 적이 없다고 한다. 나는 그렇게 그의 곁에 걸어가면서 길가에 핀 꽃을 꺾어 조심스럽게 다발로 엮은 다음 흘러가는 시냇물에 던진다. 그리고 조용히 떠내려가는 꽃들을 바라본다. 알베르트는 이곳에 머무르면서 그를 상당히 신임하는 궁정에서 그럴 듯한 관직을 맡게 될 것이고 보수도 상당할 거라고 내가 자네에게 써 보냈는지 모르겠다. 나는 사무에서 그만큼 질서정연하고 부지런한 사람을 별로 보지 못했다.

8월 12일에

확실히, 하늘 아래 알베르트처럼 훌륭한 사람은 없을 거다. 나는 어제 그와 함께 있다가 놀라운 장면을 하나 목격했다. 나는 작별 인사를 하려고 그를 찾아갔었다. 왜냐하면 말을 타고 산에 올라가 돌아다닐 생각이 들었기 때문이다. 지금도 산 위에서 이 글을 쓰고 있다. 나는 그의 방 안에서 왔다 갔다 하고 있을 때 그가 소장한 권총 몇 자루가 눈에 띄었다. 그래서 내가 말했다.

"여행을 하려고 하는데 그 총을 좀 빌려주십시오."

"그러지요. 하지만 장전하는 수고만은 당신에게 맡기고 싶군요. 총들은 그저 장식품으로 걸어둘 뿐이니까요."

내가 총을 한 자루 내리자 그는 계속해서 말했다.

"주의를 기울인다는 것이 오히려 잘못되어 좋지 않은 일이 발생한 적이 있지요. 그 후로 총에는 손도 안 댑니다."

나는 무슨 일이었는지 알고 싶은 호기심이 일었다. 그는 이야기를 했다.

"전에 약 석 달간 친구의 시골집에 머문 적이 있었지요. 그때 권총 두 자루를 가져갔는데, 탄환은 재지 않고 내려놓은 채 잠을 자곤 했습니다. 그러던 어느 날 비가 막 쏟아질 것 같은 오후였습니다. 나는 무료한 끝에 갑자기, 혹시 집안에 누가 침입해 들어올지도 모른다. 그때는 권총이 필요할 거다라는 생각을 했습니다. 내가 어떻게 했는지 당신도 짐작하겠지요. 나는 총을 하인에게 내주면서 잘 닦은 다음 탄환을 장전하라고 했습니다. 그런데 그 하인은 하녀를 유혹하여 그녀를 놀래려다, 맙소사, 꽂을대가 총열에 꽂힌 채 총이 발사되어 하녀의 오른손 끝을 스치고 말았지요. 그 바람에 그녀의 엄지손가락이 떨어져 나갔습니다. 나는 정말 얼마나 난처했는지 모릅니다. 결국 하녀의 치료비까지 물어주고, 그 후로는 총을 장전해 두지 않습니다. 하지만 친구, 주의한다는 게 뭐죠? 위험이란 예측할 수 없어요! 다만……."

이제 자네도 알겠지만, 나는 그 사람을 매우 좋아한다. 그러나 이 '다만'이라는 말만은 싫다. 모든 일반적인 원칙에는 예외가 있다는 것은 당연한 일 아닌가? 그러나 이 사나이는 너무나 빈틈이 없다! 뭔가 조급한 것, 일반적인 것, 절반쯤만 진실인 것을 말했다 싶으면, 곧 그것을 한정시키거나 수식하거나 말을 첨삭하여 완전을 기하려고 한다. 결국 핵심이 다 빠져 버릴 때까지 말이다. 이번 경우에도 그는 이 주제 속으로 아주 깊이 빠져 들어갔다. 나는 더 이상 그의 얘기에 귀를 기울이지 않았을 뿐더러 불쾌해지기까지 했다. 그래서 불쑥 총구를 들어 내 오른쪽 눈자위에다 갖다 대었다.

"이런! 무슨 짓이오?" 알베르트가 총을 빼앗으며 말했다.

"총알이 없잖아요." 내가 말하자,

"그래도, 대체 이게 무슨 짓이오." 그는 참을 수 없는 듯이 말했다.

"자기를 쏠 정도로 그렇게 인간이 어리석다는 것은 상상할 수 도 없습니다. 그런 생각만 해도 역겨워져요."

"당신 같은 사람들이란……" 나는 소리쳤다.

"어떤 사실에 대해 이야기하면 곧장, 이것은 어리석다, 저것은 현명하다, 그것은 좋다, 그것은 나쁘다는 식으로 판단을 해야만 속 이 시원하지요! 하지만 그런 것이 다 무슨 의미가 있습니까? 그렇 게 해서 행위 속에 깊이 감춰진 사실을 찾아냈습니까? 왜 그런 일 이 일어났는지, 왜 일어나야만 했는지 그 원인을 확실하게 알아낼 수 있습니까? 만약 그럴 수 있다면 당신 같은 사람들은 그처럼 성 급하게 판단하지는 않을 겁니다."

"당신도 인정은 하겠지요." 알베르트가 말했다.

"어떤 동기로 일어났든 간에 어떤 행위들은 사악한 행위로 남 는다는 것을요."

나는 어깨를 으쓱하며 그의 말을 인정했다. "하지만, 친구여." 나는 계속 말했다.

"여기에도 역시 몇 가지 예외가 있습니다. 물론 도둑질이 악덕 인 것은 사실이지요. 그러나 굶어 죽을지도 모르는 자신과 가족을 살리려고 도둑질을 한 사람은 동정을 살 만합니까, 아니면 형벌을 받아야 합니까? 정당한 분노의 폭발로 자신의 부정한 아내와 그녀 의 비열한 정부를 죽인 남편에게 누가 먼저 돌을 던질 수 있습니 까? 기쁨에 충만 된 순간 억제할 수 없는 사랑의 환희에 빠진 여자 에게도 과연 돌을 던질 수 있습니까? 융통성이라고는 조금도 없는 우리의 냉혈한 법조차도 감동되어 형벌 내리기를 주저할 것입니다."

"그건 경우가 전혀 다릅니다." 알베르트가 대꾸했다.

"자신의 열정에 휩싸이는 사람은 술에 취해 사리판단력을 모두 잃은 미치광이로 간주해야 됩니다."

"아아, 당신네 분별력 있는 사람들이란……!" 나는 조소를 띠며 소리쳤다.

"열정! 술주정! 미치광이! 그런 말을 당신들은 그처럼 태연하게, 마치 자기와는 무관한 듯이 내뱉는군요. 당신들은 소위 도덕심으로 가득 찬 사람들이지요. 술주정뱅이를 욕하고, 제정신이 아닌 사람을 경멸합니다. 그런 사람들 곁을 마치 사제[23]라도 되는 듯이 스쳐 지나가면서 당신들을 그런 사람들처럼 만들지 않으신 하나님께 감사의 기도를 드리지요. 모세의 율법을 지키는 것만을 중시하고 일반 서민들을 경멸하면서 자기들은 늘 영혼이나 육신이 깨끗한 것처럼 행세하고 다니던 저 옛 유대의 바리세인들처럼 말이오. 나 자신만 해도 취해 본 적이 한두 번이 아닙니다. 열정에 휩싸이면 늘 미친 사람처럼 굴었지요. 그래도 나는 후회하지 않습니다. 예로부터 뭔가 위대한 일, 뭔가 불가능해 보이는 일을 해낸 뛰어난 사람들이야말로 술주정꾼이나 미치광이로 소외당했던 사람들이

23　《신약성서》의 〈루가복음〉 10장 31절에 보면 "마침 한 제사장이 그 길로 내려가다가 그를 보고 피해서 지나갔고, 또 마찬가지로 한 레위인도 그곳에 이르러 그를 보자 피해서 지나갔으며……"라는 구절이 나온다.

라는 것을 나름대로 이해하기 때문입니다. 일상생활에서도 누군가 자유스럽고 고귀하며 생각지 못한 거창한 일을 벌이면, 사람들은 곧 그에게 '저 자는 술에 취했어, 저 자는 바보야'라고 말하는데, 그런 걸 보면 저는 참을 수 없습니다. 당신네 이성적이라는 사람들은 창피한 줄을 아시오, 부끄러워하시오, 소위 현명하다는 당신들 말이오!"

"당신은 지금 또 우울해진 모양이군요."라고 알베르트가 말했다.

"당신은 모든 것을 너무 예민하게 보고 있어요. 적어도 지금 말하는 자살이라는 것을 위대한 행위에 비유하는 것은 옳지 않습니다. 자살이란 나약함으로 간주할 수밖에 없습니다. 물론, 고통스러운 삶을 군이 참고 견디기보다 죽는 것이 더 쉬워서겠지만요."

나는 그쯤에서 대화를 중단하고 싶었다. 나는 진심에서 우러나오는 이야기를 하고 있는데, 누군가 아무런 의미도 없는 상투적인 격언 따위를 자랑삼아 들먹이며 주장을 내세울 때처럼 나를 흥분하게 만드는 것은 없기 때문이다. 그러나 이런 일은 이미 많이 겪어온 데다가 그때마다 자주 분개했던 터라 이번에는 자중하기로 했다. 그래서 일부러 조금 활기 띤 목소리로 알베르트에게 대꾸했다.

"당신은 그것을 나약함이라고 말합니까? 부탁이니 제발 겉만보고 속단하지 마시오. 폭군에게 참기 어려운 억압을 받으며 한숨만 내쉬고 살아오던 백성들이 마침내 들끓고 일어나 그들을 조인 쇠사슬을 끊어버린다고 해서 그들을 나약하다고 말하렵니까? 화재가 자기 집을 덮치자 놀라 잔뜩 긴장된 사람이 평소에는 찾아볼 수 없던 민첩한 행동으로 짐들을 밖으로 내놓거나, 또 어떤 사람이 모욕을 당한 데 분개해서 자기를 조롱한 여섯 사람을 때려눕힌 것을 나약하다고 비난합니까? 알베르트, 힘든 노력은 강인함이라고 부르면서, 과도한 긴장은 왜 그 반대여야 합니까?"

알베르트는 나를 바라보며 말했다.

"내 말을 언짢게 생각하지 마시오. 당신이 든 예들은 지금 우리가 말하는 문제와 맞지 않는 것 같군요."

"그럴지도 모르지요"라고 내가 말했다.

"제가 연상하거나 말하는 방식이 허튼 소리에 가깝다는 비난을 종종 들었으니까요. 그럼 평소에 안락한 생활을 해온 사람이 그 생활의 짐을 내던져 버리기로 결심하면 어떤 기분이 들지 우리 어디 다른 방식으로 상상할 수 있는지 봅시다. 왜냐하면 우리는 어떤 사안에 공감하는 한에서만 그것에 대해 이야기할 수 있으니까요."

나는 말을 계속했다. "인간의 본성에는 한계가 있습니다. 즐거움도, 근심도, 고통도 일정한 한도까지만 참을 수가 있으며 그 한계를 넘어서면 곧 파멸하고 맙니다. 그러니까 여기서 문제는 나약한가 강인한가가 아니라, 사람이 고뇌를 참을 수 있느냐 없느냐의 문제가 아닌가요? 정신적으로든, 육체적으로든 말입니다. 그러나 고약한 열병을 앓다가 죽은 사람을 비겁하다고 말하는 것이 부당하듯이 스스로 목숨을 끊는 사람을 비겁하다고 말하는 것 역시 부당하다고 봅니다."

"이치에 맞지 않아요! 그야말로 모순입니다!" 알베르트가 외쳤다.

"당신이 생각하는 것처럼은 아닙니다." 내가 대답했다.

"당신도 인정하겠지요. 우리의 본성이 침해당해 기력이 소모되고 효력을 잃게 되어 다시는 회복될 수도 없고, 어떤 방법으로도 일상생활을 할 수 없는 상태가 되었을 때, 이를 '죽음에 이르는 병'이라고 부릅니다. 이제, 그것을 정신에 적용해 봅시다. 정신적으로 계속 억제되어 있는 사람을 예로 들어 봅시다. 그가 받은 인상들은 그의 마음에 영향을 미치며 머릿속에 떠오르는 생각들은 그를 꽉 붙들어, 결국 그는 열정이 폭발하여 조용한 감성의 힘을 모두 빼앗긴 채 파멸합니다. 냉정하고 이성적인 인간은 그런 불행한 사람의 상태를 통찰할 수도 없으며 그에게 말을 거는 것조차 소용없는 일입니다. 어느 건강한 사람이 병든 사람의 침상 앞에 서 있지만 그에게 자신의 힘을 조금도 불어넣어 줄 수 없는 것과 마찬가지지요."

알베르트에게 그 말은 지극히 일반적으로 들린 것 같았다. 그래서 나는 얼마 전 익사한 한 소녀의 일을 상기시키면서 그 이야기를 다시 들려주었다.

"집안일과 한 주일 동안 자신에게 주어진 일에만 힘쓰면서 바깥출입은 거의 하지 않고 자란 착한 아가씨였습니다. 그녀는 일요일 같은 때에 하나 둘씩 모아둔 옷가지로 치장을 하고 또래의 소녀들과 함께 교외로 산책을 나가거나, 어쩌다 화려한 축제가 벌어질 때만 동네 젊은이들과 함께 춤을 추고, 그 밖에 이웃 여자들과 둘러앉아 어디에 싸움이 있었다거나 좋지 않은 소문에 대해 관심을 갖고 활발하게 떠드는 것 외에는 생활에 별다른 기대 같은 것은 없었지요. 그러나 열정적인 성품을 품고 있던 그녀는 마침내 내면 깊이에서 솟아나는 욕구를 느꼈으며, 남자들이 그녀에게 아첨을 하며 접근해 오자 그것은 더욱 커졌습니다. 예전에는 즐겁던 일들도 점차 시시하고 지루해졌지요.

마침내 그녀는 한 남자를 만나 야릇한 감정으로 빠져들어 갔습니다. 소녀는 그 남자에게 자신의 모든 희망을 걸었습니다. 그 남자 이외의 다른 세계는 잊어갔고, 그의 말 외에는 아무것도 듣지 않고, 다른 것은 보지도 않고, 느끼지도 않았습니다. 오직 그 남자만이 그녀가 그리워하는 사람이 되었습니다. 그러나 소녀는 아직은 불안한 허영심이 부추기는 공허한 쾌락 속으로 타락해 들어가지는 않았으므로, 그 남자에 대한 욕구를 그의 아내가 되겠다는 마음으로 다져갔습니다. 그와 결합하여 그 동안 자신이 못 누렸던 행복을 맛보고, 동경해 온 온갖 기쁨도 함께 누리겠다고 생각했지요. 남자의 반복된 약속은 그녀의 모든 희망을 보장해 주는 듯했고, 대담한 애무는 그녀의 욕망을 더욱 키워주고 그녀의 영혼을 온통 휘어잡았습니다. 그녀는 몽롱한 의식 속에서 온갖 즐거움을 상상하며 잔뜩 설레어 있었습니다.

마침내, 그녀는 그 모든 소망을 붙들기 위해 팔을 뻗쳤습니다.

그런데, 그녀의 애인은 떠나고 말았습니다. 소녀는 경악했습니다. 아무것도 느낄 수 없었습니다. 그녀 주위는 온통 어둠뿐이었고, 아무런 기대도, 어떤 위안이나 예감도 없었습니다. 그에게서 버림받은 그녀는 홀로된 자신의 존재를 뼈저리게 느껴야 했습니다. 눈앞에 펼쳐진 드넓은 세상도 더 이상 보이지 않았고, 그녀가 잃은 것을 채워줄 사람도 없었습니다. 스스로 끔찍한 곤경에 처해 있다는 절박감에 눌린 소녀는 눈이 먼 채 심연 아래로 몸을 던지고 말았습니다. 죽음으로써 자신의 모든 고통에 종지부를 찍으려 한 것이지요.

자, 알베르트, 이것은 많은 인간들의 이야기입니다! 말해보시오. 이것이 바로 죽음에 이르는 병이 아닙니까? 혼란스럽고 모순되는 힘들이 뒤얽힌 미로에서 인간은 빠져나올 어떤 출구도 찾을 수 없습니다. 그때 인간은 죽을 수밖에 없는 것입니다.

그것을 보면서, '어리석은 여자여! 좀 더 기다릴 것이지, 시간이 해결해 주도록 기다렸더라면 얼마 가지 않아 절망은 가라앉고 자신을 위로해줄 다른 남자를 발견할 수 있었으련만.' 하고 말하는 사람이 있다면 유감입니다. 그것은 마치 병으로 죽은 사람을 가리켜 '어리석은 자여, 열병으로 죽다니! 자신의 힘이 되살아날 때까지 기다렸더라면, 원기가 되살아나고 그의 핏속을 흐르는 혼란이 가라앉아 모든 것이 잘 되고 오늘날까지도 살아 있으련만!'이라고 말하는 것과도 같지요."

여전히 내 비유가 이해되지 않은 듯이 알베르트는 몇 가지 반론을 폈다. 이것이 그 중에 하나이다. 그는 내가 언급한 그 소녀를 단순하고 어리석은 여자의 예일 뿐이라고 단정 지으면서 말했다.

"그러나 만약 그런 절박한 지경에 처하지 않을 만큼 이성적이고 통찰력이 있는 사람도 그런 식의 변명이 통할지 모르겠군요."

"이보시오." 나는 소리쳤다.

"인간은 결국 인간일 뿐입니다. 만약 열정이 폭발하여 인간의 한계에 부딪히면, 그가 아무리 이성적이라 해도 그런 것은 거의, 아니 조금도 고려되지 않습니다. 그 이야기는 다음에 합시다."

나는 그렇게 내뱉고 나서 모자를 집어 들었다. 아, 내 가슴은 격해져 있었다. 우리는 그처럼 서로 이해하지 못한 채 헤어지고 말았다. 다른 사람을 이해하기는 쉬운 일이 아니다, 빌헬름.

8월 15일에

확실히, 이 세상에서 사랑처럼 사람을 필요한 존재로 만드는 것은 없다. 나는 로테의 태도에서 그녀가 나를 잃고 싶어 하지 않는다는 것을 느낀다. 그녀의 동생들도 다음날이면 으레 내가 다시 찾아오리라는 것 외에 다른 생각은 하지 않는다. 오늘도 나는 로테의 피아노를 조율해 주기 위해서 갔었다. 그러나 동생들이 동화를 들려달라고 내 뒤를 졸졸 따라다니는 바람에 그 일은 할 수 없었다. 로테 자신도 그냥 아이들이 원하는 대로 해달라고 말했다. 내가 아이들에게 저녁식사로 빵을 나누어주자 모두들 마치 로테에게서 받는 것처럼 기뻐하면서 받아갔다. 나는 내가 잘 아는 '여러 손들의 시중을 받는 공주님'의 이야기[24] 가운데 주요한 대목만을 골라서 들려주었다. 그러면서 나는, 자네에게 분명히 말하지만 많은 것을 배운다. 그리고 이야기가 아이들에게 얼마나 큰 인상을 주는지 놀랍기만 하다. 같은 동화를 다음 번에 다시 이야기할 때면 나는 이따금 이야기의 실마리를 찾지 못해 내용을 새로 지어내곤 하는데, 그때마다 아이들은 어찌나 민감한지 곧바로 "지난번에는 그렇게 이야기하지 않았는데요."라고 말한다. 그래서 이제는 같은 동화를 들려줄 때면 내용이 틀리지 않기 위해서 노래하듯 낭송하면서 외우는 연습을 한다.

이런 경험을 하면서 나는 만약 어느 작가가 자기가 쓴 소설의 개정판을 낸다면, 그것이 비록 문학적으로는 더 나아질는지 몰라도 자기의 작품에 반드시 손상을 가하게 된다는 사실을 깨달았다. 사람들은 으레 첫인상은 쉽게 받아들인다. 기상천외한 이야기라도 시간이 지나면 믿고 받아들이려고 한다. 그리하여 곧 사람들의 기억 속에 확고하게 자리 잡는다. 그래서 그것을 다시 지워낼 없애버리려 한다면 딱한 일이다!

---

24 미움을 사서 감옥에 갇혀 굶어 죽게 된 공주를 감옥 천장에서 많은 손들이 내려와 먹을 것을 주고 구했다는 이야기다 ─ 옮긴이.

8월 18일에

인간을 행복하게 해주는 것이, 또다시 불행의 원천이 될 수 있다는 것은 정녕 변할 수 없는 것일까?

생생한 자연을 보았을 때 내 마음에 일던 따스한 느낌은 나를 너무나 환희에 넘치게 해주었고, 내 주위의 세계는 낙원으로 변했었다. 그러나 이제 자연은 나를 참을 수 없이 괴롭히고 고통을 주는 유령이 되어 어디에나 나를 쫓아다니고 있다.

예전에는 강 위의 바위에 올라가 저 언덕 끝까지 풍요롭게 펼쳐진 골짜기를 내려다보며 내 주위의 모든 것이 싹트고 발랄하게 솟아오르는 것을 바라보았었다. 산들은 기슭으로부터 정상에 이르기까지 울창한 나무들로 덮여 있고, 구불구불한 골짜기는 사랑스러운 숲들이 그늘을 이루고 있었다.

다정한 시냇물은 바삭거리는 갈대 숲 사이로 졸졸거리며 흘러가고, 물 위에는 감미로운 밤바람에 실려 하늘에 이리저리 떠가는 아름다운 구름들의 모습이 비쳤다. 그러고 나면 내 주위의 숲 속에 생기를 불어넣는 새들의 울음소리가 들렸고, 마지막 석양 빛 속에서 무수한 작은 벌레들이 떼 지어 움직이는 것이 보였으며, 깜박이던 햇살이 드디어 마지막 빛을 발할 때면 수풀 속에서 딱정벌레들이 자유로이 윙윙거리며 날아다니기 시작했다. 내 주위 여기저기에서 이처럼 생물들이 윙윙거리고 붕붕거리며 움직이는 소리를 들으면서 땅 위로 시선을 돌려보면, 내가 서있는 단단한 바위에서 먹이를 취하는 이끼들과 황량한 모래 언덕 위에서 아래쪽에 걸쳐 자라는 관목들은 나에게 자연의 가장 내밀하고 신성한 생명의 온기를 보여 주었다. 그때 그 모든 것들이 내 마음속으로 얼마나 따스하게 파고들어왔던가.

그 넘쳐나는 풍요로움 가운데서 나는 마치 신이 된 듯한 황홀한 느낌 속으로 얼마나 깊이 빠져들어 갔던가. 이 무한한 세계의 영광스러운 형상들은 내 영혼 속으로 와 얼마나 생생하게 살아 움직였던가. 거대하고 웅장한 산들은 나를 에워쌌고 앞에는 깊은 계곡이 벌어져 있었다.

폭우로 시냇물은 힘차게 아래도 떨어져 내렸고, 내 발치에는 콸콸 소리를 내며 강물이 힘차게 흘러가고 있었다. 숲과 산들은 음향을 토해내었고, 그것들이 서로 뒤얽히어 땅속 깊은 곳에서 작동하는 것이 보였다. 모든 것이 근원을 캘 수 없는 위력들로 가득 차 있었다. 그리고 이제 지상 위에서, 하늘 아래에서 다양한 피조물들이 움직인다. 모든 것이, 모든 것들이 수천수만 가지의 형상들로 채워져 있다.

그리고 인간들은 작은 집안에 안전하게 모여 앉아 둥지를 틀고 살면서, 마음속으로 이 넓은 세계를 지배하려 든다! 가련하고 어리석은 자들이여! 그들은 모든 것을 하찮은 것인 양 무시하는데, 결국 자신들이 보잘 것 없는 존재이기 때문이다. 전혀 발길이 닿지 않은 오지 위에 펼쳐져 감히 접근하기 힘든 산에서부터 미지의 대양 끝에 이르기까지 영원한 창조자의 정신의 숨결이 불어올 때면,

만물은 그것을 받아들여 생기를 띠며 심지어 티끌마저도 기쁨에 젖는다.

아! 그 당시 나는 내 머리 위를 날아 헤아릴 수 없이 드넓은 바닷가로 날아가는 학의 날개를 얼마나 자주 동경했던가. 무한한 신의 거품이 이는 잔 속에 넘쳐흐르는 생명의 희열을 마시고자 얼마나 갈망했던가. 모든 것을 자신 속에서, 자신을 통해 창조해 내는 신의 본질인 지복한 생명의 물방울을 내 가슴속의 억압된 힘 속에서 한순간이라도 느끼고 싶은 마음이 얼마나 간절했던가.

형제여, 그 시간을 회상만 해도 나는 기쁨에 젖는다. 그 형용할 수 없는 느낌들을 다시 불러와 표현하고 싶어 애태울 때조차도 내 영혼은 승화된다.

그러나 그런 환희가 지나간 다음에는 지금처럼 나는 더 깊은 불안에 싸이고 만다. 나의 영혼 앞에 어두운 장막이 드리워진 것 같다. 그리고 무한한 삶의 무대는 내 앞에서 영원히 열려 있는 무덤 같은 심연으로 바뀌고 말았다.

자네는 '그것은 존재하고 있다!'라고 자신 있게 말할 수 있겠는가? 모든 것은 지나가 버리고 마는데도? 모든 것이 뇌우처럼 빠르게 스쳐 지나가 버리고, 존재하는 모든 힘은 온전히 지속되는 일이 드물고, 아! 강물에 휩쓸려 사라져 버리거나 물속으로 가라앉으며, 바위에 부딪쳐 산산조각이 나버리고 마는데도 말이다.

한순간도 네 자신과 네 주위에 있는 사람들의 힘을 모두 소모시키지 않은 때는 없다. 한순간도 네가 파괴자이지 않은 때가 없는 것이다. 천진난만한 마음으로 산책을 할 때에도 가련한 벌레들의 생명은 무수히 짓밟힌다. 네가 내딛는 한 걸음 한 걸음이 개미들이 공들여 쌓아놓은 집을 허물어뜨리고 그 작은 세계를 비참한 무덤으로 만들어 버린다. 무덤이라니. 하하! 이 세상에 어쩌다 일어나는 대단한 환란도, 우리가 사는 마을을 휩쓸어가 버리는 대홍수도, 우리가 사는 도시를 삼켜 버리는 지진도 내 마음을 움직이지 못한다. 내 마음을 무너뜨리는 것은, 바로 자연의 삼라만상 속에 숨어 있는 파괴력이다. 그것이 만들어내는 것은 무엇이든 그 이웃과 자기 자신을 파괴하고 만다. 그리고 그것을 생각하며 나는 불안에 휩싸여 휘청거린다! 내 주위의 하늘과 땅, 그리고 그 창조해내는 힘이여! 내 눈에는 영원히 삼켜 버리고 영원히 반추하는 괴물만 보일 뿐이다.

8월 21일에

아침이 오면 간밤의 무거운 꿈에서 간신히 깨어나, 그녀를 향해 팔을 뻗쳐 보지만 헛된 일이다. 밤이 되면 다시 침대 속에서 그녀의 모습을 찾지만 헛수고일 뿐이다. 행복하고도 소박한 꿈에 속아 나는 마치 풀밭에서 그녀 곁에 앉아 그녀의 손을 잡고 손에 수천 번 키스를 하는 환상을 본다. 아, 그리고 나서 선잠 속에서 여전히 그녀를 찾아 더듬거리고, 그것만으로도 기쁨에 젖을 때면, 나의 억눌린 가슴에서는 한없이 눈물이 쏟아져 흐른다. 그리고 나는 어두운 미래를 향해 위로할 길 없는 눈물을 흘린다.

8월 22일에

이거야말로 불행한 일이다, 빌헬름. 나의 활동력은 어느덧 불안한 무기력함으로 바뀌었다. 나는 한가로이 지내지도 못하면서도 아무 일도 할 수가 없다. 나는 자연을 바라봐도 더 이상 아무것도 상상할 힘이 없고, 아무런 느낌도 들지 않는다. 책 따위는 역겹기만 하다. 우리는 자신을 잃으면 결국 아무것도 남지 않는다. 자네에게 고백하는데, 가끔 나는 아침에 눈을 뜨면 차라리 내일을 고대하고, 충동과 희망을 가진 날품팔이가 되는 것이 더 낫다는 생각이 든다. 이따금 서류 더미 속에 얼굴을 파묻고 일에 열중하는 알베르트를 보면 부럽기도 하고, 내가 그의 위치에 있다면 얼마나 기쁠까 하는 상상에 잠기기도 한다! 벌써 몇 번이나 자네에게 편지를 쓰고 또 공사에게 편지를 써서 사무관 자리를 하나 구해볼 생각을 하였다. 자네도 보증하듯이 그 자리를 거절당하지는 않을 것이다. 나 자신은 그렇게 믿는다. 그 궁정 대신은 전부터 나를 좋아했고, 오래전부터 나보고 어떤 일에 몰두해 보라고 간절히 말하곤 했었다. 그리고, 나도 한 시간만이라도 그렇게 해보고 싶다. 그러나 다시금, 자유로움에 싫증이 난 말이 자기 등 위에 다시 안장과 마구를 채우게 한 다음 사람을 태우고 실컷 달리다가 결국 지쳐 쓰러져 죽고 말았다는 우화가 떠오를 때면, 나는 어찌해야 할지 모르겠다. 그러니 나의 친구여! 지금 이 상태가 변하기를 내가 갈망한다는 것은 어쩌면 결국 어디를 가든 내 뒤를 쫓는 내면의 불안한 초조함이 아니겠는가?

8월 28일에

만약 누군가 내 병을 치유할 수 있다면 바로 이 사람들이 그렇게 할 것이다. 오늘은 내 생일[25]이다. 그래서 아침 일찍 알베르트가 보내온 선물을 받았다. 그 상자를 열자마자 분홍색 리본이 하나 눈에 들어왔다. 로테를 처음 만났을 때 그녀의 옷에 달려 있던 것인데, 그녀에게 그 리본을 달라고 몇 번이나 부탁한 적이 있었다. 상자 안에는 12절판의 작은 책 두 권도 들어 있었다. 베트슈타인 판의 작은 호메로스 작품인데, 내가 늘 끼고 다니는 무거운 어네스트 판 대신에 그토록 갖고 싶었던 것이다. 봐라! 그들은 내가 원하는 것을 미리 알고 있다가, 이런 특별한 날 아무리 사소한 것이라도 어김없이 찾아내어 우정의 표시를 한다. 이러한 선물은 받는 사람을

---

25 여기서 베르테르의 생일이 8월 28일로 되어 있는데, 실제로 작가 괴테의 생일도 8월 28일이었다 —옮긴이.

얄잡아보는 듯 하는 허영심 가득한 현란한 선물들보다 수천 배는 더 값진 것이다. 나는 이 리본에 수천 번 키스를 하며, 숨을 쉴 때마다 얼마 안 되는 행복했던 날들, 다시는 돌아오지 않을 날들에 대한 기억을 들이마신다.

빌헬름, 그렇다. 나는 아무런 불만도 없다. 인생의 황금기라고 하는 것도 그저 눈에 보이는 환상일 뿐이다! 많은 것들이 흘러가고 나면 그 뒤에는 아무런 자취도 남지 않으며, 열매를 맺는 것들은 얼마나 적은가, 그리고 이 열매들이 무르익는 경우도 역시 얼마나 적은가! 그런데도 그런 것들은 넘쳐나고 있다. 그러니, 친구여, 우리는 무르익은 열매들을 소홀히 하고 경멸하고 향유하지도 않은 채 썩도록 내버려둘 수 있겠는가!

잘 있어라! 찬란한 여름이다. 나는 가끔 로테 집안의 사냥별장 근처에 있는 과수원에 가서, 과일나무 위에 올라 앉아 긴 막대기로 꼭대기에 있는 배를 딴다. 그녀는 나무 아래에 서 있다가 내가 내려주는 과일을 받아든다.

8월 30일에

불행한 인간이여! 너는 바보가 아닌가? 자신을 속이고 있지 않은가? 끝없이 날뛰는 이 열정을 도대체 어찌한단 말인가? 나는 오직 그녀를 위해서만 기도하고, 상상 속에는 오직 그녀의 모습만 떠오를 뿐이다. 그리고 내 주위 세계에서 모든 것은 오로지 그녀와의 관계 속에서만 보인다. 그리고 그런 것들은 나에게 더없이 행복한 시간을 만들어 준다. 비록 내가 다시 그녀로부터 벗어나야 할 때까지에 불과하겠지만! 아, 빌헬름! 왜 이리도 내 가슴은 종종 답답한 것일까! 두 시간이든 세 시간이든 그녀의 곁에 앉아서 천상의 음성처럼 들려오는 그녀의 목소리를 황홀하게 들으면서 나의 감각이 점차 온갖 나래를 펼치다가, 눈앞이 흐려지고 거의 아무 소리도 들리지 않을 때면, 마치 나를 살해하려는 자가 내 목덜미를 조이는 듯 가슴이 답답해져서 숨통을 트려고 애쓰지만 오히려 더욱 혼란스러워질 때면, 빌헬름, 종종 나는 내가 이 세상에 존재하고 있는지 알 수 없게 된다! 그리고 때때로 우울함이 지나치지 않을 때면, 그리고 로테의 손에 내 얼굴을 대고 실컷 울도록 그녀가 동정어린 위안을 허용하지 않을 때면, 나는 떠나지 않을 수 없다. 밖으로 뛰쳐나가지 않을 수 없다! 그리고는 멀리 들판을 정처 없이 돌아다니다가 가파른 산을 오르고, 길이 없는 숲속을 헤쳐 나아가고, 울타리를 지나가다 몸에 상처를 입고, 내 살갗을 찢는 가시덤불도 마다하지 않고 뚫고 가는 것이 나의 기쁨이 된다! 그러고 나면 기분이 나아진다! 조금은! 그리고 때로는 깊은 밤에 가는 도중 지치고 갈증이 나서 이따금 아무 데나 몸을 눕히면, 보름달이 내 머리 위에 높이 떠 있고, 고요히 드리워진 고독한 숲이 나를 감싸 안는다. 상처 난 발바닥의 통증을 누그러뜨리려고 구부러진 나무뿌리 위에 몸을 기대면 나는 이내 노곤해지면서 희미한 빛 속에서 조용히 잠 속으로 빠져든다! 아, 빌헬름! 내 영혼이 너무나 시달려 은둔자의 외로운 오두막의 편안함, 거친 베로 짠 옷, 가시로 만든 허리띠가 바로 내 영혼이 갈망하는 청량제가 될 것이다. 잘 있어라! 이 비참함의 끝에 내 눈에 보이는 것은 오로지 무덤뿐이다.

9월 3일에

나는 떠나야만 한다! 흔들리는 내 결심을 붙잡아 주어서 고맙다, 빌헬름. 벌써 두 주일째 그녀를 떠나야겠다는 생각이 맴돌고 있다. 나는 떠나야 한다. 그녀는 또다시 시내에 나가 친구와 같이 있다. 그리고 알베르트는…… 그리고…… 나는 떠나야 한다!

9월 10일에

견디기 힘든 밤이었다! 빌헬름! 이제 나는 모든 것을 견뎌가고 있다. 다시는 그녀를 만나지 않겠다! 아, 자네에게 달려가 목을 껴안고 셀 수 없이 많은 눈물과 기쁨을, 내 가슴에 휘몰아치는 감정들을 털어놓을 수만 있다면, 친구여. 그러나 나는 여기 앉아 숨을 들이마시고 애써 마음을 진정시키면서 아침이 오기만을 기다리고 있다. 날이 밝으면 마차가 오도록 주문을 했다.

　아, 그녀는 조용히 잠들어 있으며, 다시는 나를 보지 못하리라고는 전혀 생각지도 못하고 있다. 나는 스스로 단념했으며, 두 시간 동안 대화를 나누면서도 내 결심을 알리지 않을 만큼 마음을 단단히 가졌다. 그러나 맙소사, 그 대화는 어떠했던가!

　알베르트는 저녁 식사를 마치면 곧 로테와 함께 정원으로 나오겠다고 나에게 약속했었다. 나는 높은 밤나무 아래의 테라스 위에 서서 마지막으로 그 사랑스러운 골짜기와 부드럽게 흐르는 강 너머로 지는 해를 바라보았다. 나는 그녀와 함께 자주 이곳에 서서 그 장엄한 광경을 바라보곤 했었다. 그리고 이제, 나는 나에게 아주 다정했던 가로수 길을 걸어갔다. 내가 로테를 알기도 전에 그곳에 감돌던 비밀스러우면서도 친밀한 분위기가 그토록 자주 내 발길을 끌었었다. 그리고 우리가 처음 알게 되었을 때 우리 둘 다 이 장소에 마음이 끌린다는 사실을 알고 얼마나 기뻤던가. 그곳은 예술적으로 만들어진 것으로서 내가 본 것 중 정말이지 가장 낭만적인 장소였다.

　먼저 그 밤나무들 사이로는 전망이 넓게 펼쳐져 있다. 아, 기억이 난다. 네게 보낸 편지에도 그것에 대해 많이 쓰곤 했다고 생각한다. 높은 너도밤나무 숲이 에워싼 그곳에는 작은 덤불숲이 인접해 있고, 그곳에 이어진 어두운 가로수 길을 따라가다 보면 마침내 고독의 전율이 주위에 감도는 작은 폐쇄된 장소가 나온다. 나는 어느 한낮에 처음으로 그곳에 발을 들여놓았을 때 얼마나 비밀스런 느낌이 들었던지, 아직도 그 느낌을 갖고 있다. 그곳이 지극한 행복과 함께 고통을 주는 무대가 되리라는 것을 나는 아주 희미하게나마 예감했던 것이다.

나는 약 반 시간 동안 이별과 재회의 고통스러우면서도 달콤한 생각에 잠겨 있다가 그들이 테라스로 올라오는 소리를 들었다. 나는 그들에게 달려가 전율을 느끼면서 그녀의 손을 잡고 키스를 했다. 우리가 막 계단을 올라갔을 때 덤불진 산 뒤로 달이 떠올랐다. 우리는 이런저런 이야기를 하면서 어느새 으슥한 별실 가까이 다가갔다. 로테는 안으로 들어가 자리에 앉았다. 알베르트가 그녀 옆에 앉고, 나도 앉았다. 그러나 불안한 마음에 나는 오래 앉아 있지 못했다. 나는 자리에서 일어나 서성거리다가 다시 앉았다. 불안한 상태였다. 그녀는 너도밤나무 숲 끝에 비스듬히 걸린 채 우리 앞의 테라스를 환하게 비추고 있는 달빛이 보여주는 아름다운 효과에 우리의 주의를 환기시켰다. 아주 멋진 광경이었는데, 우리 주위로 깊은 어둠이 스며들고 있었으므로 그 광경은 더욱 더 놀라웠다. 우리는 침묵을 지키고 있었는데, 얼마 후에 그녀가 입을 열기 시작했다.

"저는 달빛이 비칠 때는 결코 산책하지 않아요, 결코. 돌아가신 어머니 생각이 날까 봐, 죽음에 대한 생각이, 미래에 대한 생각이 떠오를까봐 두려워서랍니다. 죽음 후에도 우리에게 삶이 있겠지요!"라고 그녀는 황홀한 느낌의 목소리로 말을 계속했다.

"그러나 베르테르, 우리는 저 세상에서 다시 만나게 될까요? 만나면 다시 알아볼까요? 당신은 어떻게 생각하세요? 당신의 의견은 어떠세요?"

"로테." 나는 그녀에게 손을 내밀며 말했다. 내 눈에는 눈물이 가득 고였다.

"우리는 다시 만나게 될 겁니다! 어디에서든 다시 만나게 될 겁니다!"

나는 더 이상 계속해서 말을 할 수가 없었다. 빌헬름, 마음 졸이는 이 불안한 이별을 가슴에 담고 있었는데, 하필 그녀가 나한테 그것을 물어야 했다니!

"그리고 돌아가신 정다운 분들은 우리들의 일을 알고 계실까요?"라고 그녀는 계속 말했다.

"그분들은 우리가 언제 잘 지내는지를, 우리가 따뜻한 애정으로 그들을 기억하고 있다는 것을 느끼고 있을까요? 아! 저는 조용한 저녁에 어머니의 아이들, 그러니까 내 아이들 사이에 앉아 있고 그들이 어머니 주위에 둘러 있을 때처럼 제 주위에 모여 있으면, 어머니의 생전 모습이 늘 제 주위에 감돌아요. 그리움에 눈시울이 젖어 하늘을 바라보면서 어머니가 임종하시던 순간에 동생들을 어머니처럼 잘 보살펴 주겠다고 한 약속을 제가 지키고 있다는 것을 어머니가 한순간이라도 내려다보실 수 있다면 하고 바랄 때면, 저는 감정에 벅차 이렇게 외치곤 하지요. '사랑하는 어머니, 어머니께서 동생들에게 하셨듯이 그렇게 잘 돌보지 못하더라도 저를 용서하세요. 아! 저는 정말 최선을 다하고 있어요. 동생들에게 옷을 입히고, 양육하고, 아, 그리고 무엇보다도 중요하게 그들을 보살피고 사랑하고 있어요. 거룩하신 어머니, 당신께서 우리가 화목하게 지내는 것을 보신다면요! 어머니가 마지막으로 절실한 눈물을 흘리시며 자식들의 안녕을 위해 신에게 기도하셨듯이 이제는 뜨거운 감사와 찬양의 기도를 드리시겠지요."

그녀는 그렇게 말했다! 아, 빌헬름, 그녀가 한 말을 누가 다시 되풀이할 수 있겠는가! 차갑고 생명이 없는 글로 어찌 이 천사와도 같은 영혼에서 피어나는 꽃을 표현할 수 있을까! 알베르트가 부드럽게 그녀의 말을 가로챘다.

"당신은 너무 복받쳐 하고 있어요, 사랑하는 로테! 당신의 마음이 늘 그 생각에 매달려 있는 것은 알지만, 제발 부탁이니."

"오, 알베르트." 그녀가 말했다.

"아버지가 공무여행을 떠나셨을 때, 아이들을 잠자리로 보내고 우리 셋이서 작은 둥근 탁자에 둘러앉아 있던 저녁들을 당신은 잊지 않았을 거예요. 당신은 종종 좋은 책을 들고 계셨지만 그것을 읽는 일은 별로 없었지요. 거룩하신 어머니의 정신과 접촉하는 일이 어떤 것보다도 더 중요하지 않았던가요? 아름답고 부드럽고 활발하며 언제나 활동적인 분이셨어요! 저는 언제나 침대에 눕기 전에 눈물을 흘리며 엎드려서 '하나님, 저를 어머니 같은 사람이 되게 해주소서.'라고 기도하지요. 신은 분명히 그런 저의 눈물을 알고 계실 거예요."

"로테!" 나는 그녀 앞에 몸을 던지면서 외쳤다. 그녀의 손을 붙들고 한없이 눈물을 흘렸다.

"하나님의 축복과 당신 어머니의 영혼이 당신을 보호하시기를!"

"만약 당신도 저의 어머니를 아셨더라면……." 로테는 내 손을 꼭 잡으며 말했다.

"어머니는 당신이 아셔도 좋을 만한 훌륭한 분이었어요!"

나는 숨이 멎을 것만 같았다. 이제껏 누가 나에 대해서 그처럼 위대하고 자랑스러운 말을 한 적이 없었기 때문이다. 로테는 계속 말했다.

"하지만 어머니는 인생의 청춘기에 세상을 뜨시고 말았지요. 막내아들이 태어난 지 여섯 달밖에 안 되었을 때였어요. 어머니의 병은 오래 가지 않았어요. 조용히 마음을 비우고 저 세상으로 가셨답니다. 다만 아이들, 특히 막내가 마음에 걸리셨는지 임종 때 '아이들을 데려 오너라.' 하고 저에게 말씀하셨어요. 제가 동생들을 데리고 왔을 때도 철없는 아이들은 아무것도 모른 채 침대를 둘러싸고 손을 모아 기도만 드렸어요. 어머니는 그 애들에게 차례로 키스를 하고 모두 내보낸 다음 저에게 말씀하셨어요. '저 아이들의 어머니가 되어다오!' 저는 그 말씀에 손을 들어 맹세했습니다. 그러자 '너는 무리한 약속을 하는구나, 로테.' 하고 어머니는 말씀하셨어요. '그것은 어머니의 마음과 어머니의 눈을 가지는 것이다. 나는 네가 감사의 눈물을 흘릴 때 그런 마음을 갖고 있다는 것을 알았단다. 그 마음을 네 동생들을 위해 간직하거라. 네 아버지께도 아내처럼 신뢰와 순종을 보여주어라. 너는 그분을 위로해 줄 수 있을 거다.' 어머니는 마지막으로 아버지를 찾으셨지만, 아버지는 참을 수 없는 슬픔을, 갈갈이 찢기는 마음을 보이고 싶지 않아 밖으로 나가고 안 계셨어요. 알베르트, 그때 당신도 방 안에 계셨지요. 인기척을 느끼신 어머니는 당신을 가까이 불렀어요. 그리고 당신과 저를 보시면서 위안을 얻은 조용한 눈길로 행복하라고, 함께 행복하게 살라고 말씀하셨지요."

알베르트는 그녀를 꺼안고 키스하며 외쳤다.

"우리는 행복해요! 우리는 행복할 겁니다!"

성품이 조용한 알베르트도 그만 감정이 격해져 있었다. 그리고 빌헬름, 내 감정은 더 말할 것도 없었다.

"베르테르." 로테는 말하기 시작했다.

"하지만 어머니는 세상을 뜨셔야 했지요! 하나님! 자신이 가장 사랑하는 사람을 떠나보내야만 할 순간이 있구나 하는 생각이 가끔 들어요. 그리고 그것을 아이들만큼 예민하게 느끼는 사람도 없지요. 동생들은 검은 옷을 입은 사람들이 와서 어머니를 저 세상으로 데려갔다며 오랫동안 슬퍼했답니다."

그녀가 일어서자 나는 정신이 들었으나, 망연자실해서 앉은 채로 그녀의 손목을 잡았다.

"우리는 가야겠어요. 시간이 되었어요."

그녀는 나에게서 손을 빼려 했지만 나는 그 손을 더욱 꼭 붙잡았다.

"우리는 다시 만나게 될 것입니다." 나는 소리쳤다.

"우리는 다시 만나게 될 것이고, 어떤 사람들 틈에 있더라도 서로를 알아볼 겁니다. 저는 갑니다."

나는 말을 계속했다. 이미 마음을 진정할 수가 없었다.

"저는 기꺼이 갑니다. 그러나 영원히 잊지 않도록 말할 것이 있습니다. 저는 견디지 못할 것입니다. 잘 있어요, 로테! 잘 있어요, 알베르트! 우리 다시 만납시다."

"내일 말이지요." 그녀는 농담처럼 대꾸했다.

그 내일이라는 것이 나는 느껴졌다! 아, 그녀는 내 손에서 자기 손을 빼면서도 모르고 있었다. 그들은 오솔길을 따라 걸어갔고, 나는 그 자리에 홀로 남아 달빛 아래에 서서 그들의 뒷모습을 응시했다. 그리고는 땅바닥에 쓰러져 실컷 울다가 다시 벌떡 일어나 테라스로 뛰어올라갔다. 높이 솟은 보리수 그늘 아래로 그녀의 하얀 드레스가 정원 문 쪽을 향해 희미한 빛을 발하며 움직여 가는 것을 내려다보았다. 나는 팔을 뻗쳤지만, 그녀의 옷자락은 이내 사라지고 말았다.

제2권

《젊은 베르테르의 슬픔》을 읽으며 감동에 젖은 소녀들

1771년 10월 20일에

어제 우리는 여기에 도착했다. 공사는 몸이 좋지 않아 며칠간 나오지 않을 거라고 한다. 그가 무뚝뚝하지만 않다면 만사가 좋을 텐데. 나는 안다. 알고 있다. 운명이 나에게 가혹한 시련을 주고 있다는 것을. 그러나 명랑한 마음을 갖자! 마음이 가벼우면 모든 것을 견뎌나갈 수 있다! 가벼운 마음이라고? 그 말을 내가 펜으로 쓰고 있다니 우습다. 내 혈관 속을 흐르는 피가 조금만 더 가볍다면 나는 태양 아래 가장 행복한 사람이 될 수 있으련만. 뭐라고! 다른 사람들은 얼마 안 되는 역량과 재능을 가지고도 만족하며 안락하고 행복하게 살고 심지어 큰소리치며 돌아다니기까지 하는데, 나는 왜 내 역량과 재능에 절망하고 있단 말인가? 신이시여! 제게 모든 것을 부여해 주신 당신은, 왜 그 절반을 거두고 대신 자신감과 만족하는 마음을 주지 않으셨습니까?

참아야지! 참아야 한다! 그러면 더 나아질 것이다. 왜냐하면 친구여, 자네에게 말하지만 자네가 옳기 때문이다. 나는 소박한 서민들 틈에 섞여 하루하루 그럭저럭 소일하고 그들이 하는 일을 바라보면서 예전보다 훨씬 잘 견뎌나가고 있다. 확실히, 우리는 타인들을 우리 자신과 비교하고 또 우리 주변 사람들을 우리와 비교하도록 만들어졌기 때문에, 행복과 불행은 우리 가까이 있는 환경들 속에 들어 있다. 그러므로 고독하게 머무는 일만큼 위험한 것은 없다. 문학적인 환상들로 자양분을 얻은 우리의 상상력은 본질적으로 더 높은 것을 추구하려는 충동에 끌려 존재하는 대상들을 한층 고양시킨다. 거기에서 우리들 자신은 가장 낮은 존재이며, 우리를 제외한 모든 것이 더 훌륭해 보이고 다른 사람은 누구든 우리보다 더 완전해 보인다. 그리고 그런 생각은 아주 자연스럽게 일어난다. 우리는 늘 스스로 어떤 것이 부족하다고 느끼며, 바로 우리에게 없는 것들을 다른 사람들은 소유하고 있는 것처럼 보인다. 그것을 얻기 위해서 우리는 갖고 있는 모든 것을 바친다. 그뿐인가, 이상적이고 진정으로 소중한 삶마저도 기꺼이 희생한다. 그렇게 해서 행복은 완전히 사라지고 만다. 우리들 스스로가 그렇게 만드는 것이다.

그와 반대로 비록 우리가 나약하고 힘들더라도 계속 노력해 나가면, 불어 닥치는 바람에 밀려 흔들리면서 이리저리 방향을 바꾸더라도, 결국 돛과 노의 힘을 빌려 평범하게 저어가는 다른 사람들보다 더 멀리 나아간다는 것을 종종 발견한다. 즉 다른 사람들과 나란히 가거나 그들보다 앞서 나아갈 때 비로소 스스로에 대해 진정한 느낌을 갖게 되는 것이다.

1771년 11월 26일에

나는 여기서 그럭저럭 잘 지내기 시작하고 있다. 충분히 할 일이 있어서, 또 각양각색의 사람들을 만날 수도 있어서 가장 좋다. 새로 만나는 그 사람들의 갖가지 모습들을 보면 내 눈앞에 다채로운 연극이 펼쳐지는 듯하다. 나는 여기서 C라는 백작을 알게 되었는데, 그는 만날수록 존경스러운 인물이다. 그는 머리에 대단한 지식을 갖추고 있지만 그렇다고 성품이 차갑지는 않다. 많은 것을 통찰하고 있는 덕택이지. 그와 교제하면 우호적이고 다정한 감정을 절로 느낄 수 있다.

내가 그에게 어떤 사무적인 일을 부탁했을 때 그는 나에게 호의적인 관심을 보여주었고, 우리가 처음 몇 마디를 나눴을 때 그는 우리가 서로를 잘 이해했고 또 여느 사람과는 달리 내가 이야기 상대가 된다는 것을 알아차렸다. 그가 나에게 보여주는 솔직한 태도 역시 칭찬을 아낄 수가 없다. 타인에게 자신을 열어 보이는 사람을 만나는 것보다 이 세상에서 진정으로 마음이 따뜻해지고 기쁠 때가 없다.

1771년 12월 24일에

예상은 하고 있었지만 공사는 정말 견디기 어려운 사람이다. 쓸데 없이 모든 것을 정확하고 꼼꼼하게 챙기는, 그야말로 바보 같은 사람이다. 일거수일투족을 간섭하고 일을 일부러 번거롭게 하기 좋아하는 것이 영락없이 까다로운 아낙네 같다. 결코 자기 자신에게도 만족하지 못하니 다른 사람에게도 고마워할 줄을 모른다. 나는 쉽게 일을 처리하고 한 번 끝낸 일은 그대로 두는데, 그 공사는 내가 제출한 서류를 되돌려 주면서 기껏 이렇게 말한다.

"잘 썼네. 하지만 좀 더 자세히 살펴보게. 그러면 더 좋은 말이나 멋진 문구가 생각날 걸세."

그럴 때면 나는 화가 나서 미칠 것 같다. '그리고', '혹은' 이라는 말이나 생각을 나타내는 기호 따위는 문서에 써서는 안 된다는 것이다. 게다가 나는 가끔 무의식중에 도치법을 쓰곤 하는데 공사는 그런 문체를 몹시 싫어한다. 복잡한 문장들을 통상적인 어법에 맞춰 읽어 주지 않으면 그는 이해조차 못한다. 그런 사람하고 계속 일해야 하는 것이야말로 고통이 아닐 수 없다.

C백작의 신뢰가 그나마 유일하게 나를 버티게 해준다. 지난번에 그는 나에게 내 상관인 공사가 행동이 굼뜨고 일을 할 때 늘 망설여서 불만스럽다고 아주 솔직하게 말했다. 자기 자신은 물론 다른 사람들도 힘들게 만드는 사람들이 있다. 그러나 백작은 높은 산을 오르는 여행자처럼 그것을 받아들이고 체념해야 한다고 말했다. 산이 가로막고 있지 않다면 물론 길을 가기에 더 편하고 빠르겠지만, 일단 산이 있으면 어쩔 수 없이 그것을 넘어야 한다는 것이다!

공사는 물론 내가 자기보다 백작을 더 좋아하는 것을 알고 바로 그 점을 못마땅해 하고 있다. 그래서 기회만 있으면 내 앞에서 백작을 헐뜯곤 한다. 물론 그때마다 내가 반박하므로 상황은 더욱 나빠지고 있다. 어제만 해도 그 공사 때문에 얼마나 화가 났는지 모른다. 백작을 겨냥한 그의 험담 속에 은연 중 나도 포함되고 있어서였다.

"세속적인 일을 처리하는 것이야 그 백작도 잘한다지, 사소한 일은 처리하기도 쉬운데다가 그 사람도 필력은 있으니까 그렇겠지. 하지만 그는 깊은 학식은 없는 문외한일 뿐이야."

그러면서 공사는 얼굴에 미소를 띠었는데, '한방 먹은 기분이지?'라고 말하는 것 같았다. 그러나 그런 정도의 말로 내게 영향을 줄 수는 없었다. 나는 그런 식으로 생각하고 행동하는 인간을 경멸했다. 나는 그에게 대들었고 아주 격렬하게 말다툼을 했다. 내가 말했다.

"그 백작은 성품이나 지식 면에서 존경할 만한 분입니다. 나는 그분만큼 자신의 정신 영역을 넓히고 많은 것을 알고 있거나 평범한 생활에서도 그런 정신 활동을 계속적으로, 그것도 성공적으로 하는 사람을 보지 못했습니다."

그런 말을 그 공사라는 작자가 이해할 리 없었으므로 나는 더이상 이런 터무니없는 일로 말다툼 하다 쓴맛을 보고 싶지 않아서 그냥 작별을 하고 나와 버렸다.

내가 그런 일을 겪게 된 데는 자네들도 책임이 있다. 이런 생활을 하도록 내게 족쇄를 채우고, 보람 있는 활동을 많이 할 수 있을 거라고 노래를 부르다시피 했으니 말이다. 활동이라니! 감자를 심고, 곡식을 팔기 위해 마차를 타고 도시로 나가는 평범한 농부도 나보다는 더 가치 있는 일을 할 것이다. 만일 그것이 사실이 아니라면, 내가 이렇게 묶여 있는 이 노예선 안에서 앞으로 십 년이라도 더 혹사당하며 일해도 나는 좋다.

그뿐인가, 여기 서로 뒤섞여 사는 구역질나는 사람들 속에서 지내야 하는 이 비참하고 지루한 생활이라니! 눈만 뜨면 상대방보다 한 발자국이라도 더 앞서가려고 서로 속고 속이면서 서열 다툼을 하는 꼴이라니. 이런 비참하고 초라하기 짝이 없는 열정들은 아주 노골적으로 드러나고 있다. 예를 들어 누구에게나 자기의 가문과 고향을 자랑하곤 하는 한 여자가 있다. 그래서 낯선 사람은 '저 여자는 바보로군. 별것도 아닌 가문과 고향에 대해 대단한 듯이 떠벌리다니.'라고 생각할 것이다. 그러나 더 화나는 것은 그 여자는 이 근방에 사는 어느 관청 서기의 딸에 지나지 않는다는 것이다. 그런 것을 보면 나는 그처럼 천박한 행동을 하고 돌아다니는 뻔뻔하고 지각없는 인간들을 이해할 수 없다.

친구여, 물론 나는 다른 사람들을 내 기준에 맞추려는 생각이 얼마나 어리석은 일인지 매일 깨닫고 있다. 그리고 나 스스로 할 일이 너무 많고 내 가슴은 거세게 물결치고 있어서 아, 나는 그들이 무슨 일을 하든 상관하고 싶지 않다. 다른 사람들도 내가 가는 길을 방해하지 말고 그냥 내버려두었으면 좋겠다.

나에게 가장 거슬리는 것은 시민생활이 보여주는 숙명적인 서열관계이다. 물론 나는 신분의 구별이 필요하고 또 그것이 나에게도 많은 이익을 가져다준다는 것을 누구 못지않게 잘 알고 있다. 다만, 그 신분이라는 것이 내가 이 지상에서 약간의 기쁨이나 반짝하고 이내 사라질 작은 행복이나마 누리려 할 때 방해가 되서는 안 될 것이다. 나는 최근에 산책을 나갔다가 B라는 아가씨를 알게 되었다. 그녀는 답답한 생활 속에서도 자연스러운 면을 많이 간직하고 있는 사랑스러운 여성이다. 우리는 이야기를 나누다 서로 호감을 가지게 되었다. 그래서 우리가 헤어질 때 나는 그녀의 집에서 만날 수 있게 해달라고 부탁했다. 그녀는 기꺼이 허락해주었는데, 나는 그녀를 방문할 적당한 시간이 될 때까지 기다리는 것조차 거의 참을 수 없을 지경이었다. 그녀는 이곳 출신은 아니어서 지금은 숙모의 집에 머물고 있다. 그러나 그 숙모라는 나이든 부인은 인상이 별로 마음에 안 들었다. 나는 그녀에게 예의를 갖추고 많은 관심을 보이면서 주로 그 부인 쪽으로 말머리를 돌리려고 하였다. 그리고 반시간도 지나지 않아서 나는 그 부인에 관한 상황을 대략 파악하였다. 나중에 B양도 나에게 고백했듯이, 그녀의 숙모는 그처럼 나이가 들어서도 제대로 갖추고 있는 것이 없었다. 내세울 만한 재산도 없고, 그렇다고 신통한 재주가 있는 것도 아니며, 의지할 것이라고는 조상들의 족보뿐이고, 그녀를 보호해줄 것이라고는 그녀의 신분밖에 없었다. 그런데도 그 부인은 그런 가문이나 신분 속에 자신을 가둔 채 높은 계단 위에 서서 서민들을 경멸하는 듯한 시선으로 내려다보는 것 말고는 다른 즐거움을 모른다는 것이다. 젊었을 때는 꽤 아름다워서 인생을 제멋대로 즐기면서 보냈다고 한다. 독선적이고 거만한 성격으로 많은 불쌍한 젊은이들을 괴롭혔고, 성숙한 나이가 되어서는 어느 늙은 장교의 보호막 아래로 들어갔으나 이 남자는 보호한다는 명목으로 그녀에게 약간의 생활비만 주면서 수십 년간 실컷 부려먹다가 세상을 떴다는 것이다. 이제 그녀는 완전히 외로운 처지가 되어서 만약 그녀의 조카딸이 그처럼 공손하게 대해주지 않으면 누구도 그녀를 신경 쓰지 않으리라는 것이다.

1772년 1월 8일

온통 겉치레에만 정신이 팔려 있고, 모여서 회식이라도 할 때면 식탁에서 어떡하든 앞쪽으로 의자 하나라도 당겨 더 상석을 차지하려고 애쓰는 데만 몇 년이고 보내는 사람들이란 대체 어떤 족속들인가! 그리고 그런 자들은 그런 일 외에 다른 할 일이 없는 것일까. 아니, 오히려 진저리가 나는 하찮은 일들 때문에 정작 중요한 일들은 미뤄져서 쌓여만 간다. 지난주만 해도 썰매를 타다가 서로들 다투는 불상사가 생겨서 온갖 재미를 망치고 말았다.

　원래 지위라는 것은 사실 대수로운 것이 아니며 가장 상위를 차지하고 있다고 해도 가장 중요한 역할을 하는 것은 아주 드물게

나 있는 일인데, 그것을 간파하지 못하는 자들이야말로 정말 바보들이다! 얼마나 많은 왕들이 그들의 대신들에게 지배당하고, 또 얼마나 많은 대신들이 그들의 비서들에게 지배당하고 있는가! 그렇다면 가장 상위를 차지하고 있는 사람은 대체 누구일까? 내 생각으로는, 다른 사람들보다 더 뛰어나게 통찰하고 그들이 지닌 힘과 열정을 끌어다 자신의 계획을 실행하는 데 이용할 수 있는 힘이나 지략을 지닌 사람이다.

1월 20일에

사랑하는 로테, 당신에게 이 글을 쓰지 않을 수 없습니다. 나는 심한 눈보라를 피해서 이곳 조그만 농가의 거실에 들어와 있습니다. 당신이 있는 고장을 떠나 이 서글픈 D시에 와서, 너무도 낯설게만 느껴지는 사람들 사이에서 오랫동안 방황하며 돌아다니느라 당신에게 소식을 전해야겠다는 생각조차 하지 못했습니다. 그런데 지금 이 오두막, 이 고독한 곳, 진눈깨비가 미친 듯이 마구 창가로 나부끼는 이곳에 갇혀 있으니 당신이 맨 먼저 떠올랐습니다. 안으로 들어서자 당신의 모습, 당신에 대한 추억이, 아아, 로테! 너무도 거룩하고 다정한 이여! 오 신이여!, 우리가 처음 만나 행복했던 순간이 다시 나를 엄습했습니다.

  나의 가장 소중한 이여, 만약 당신이 걷잡을 수 없이 신란한 마음으로 흔들리고 있는 내 모습을 보신다면요! 내 감정이 얼마나 메말라가고 있는지를 말입니다. 한순간도 마음이 흡족한 적이 없습니다! 한순간도 행복한 적이 없습니다! 아무것도 없습니다! 아무것도! 나는 마치 주마등같은 요술상자 앞에 서서 눈앞에 요정같이 작은 사람들과 작은 말들이 뱅뱅 돌아가는 것을 바라보고 있는 사람과 같습니다. 그리고는 종종 이것이 눈속임은 아닐까라고 스스로에게 물어봅니다. 나도 함께 어울려 놀고 있습니다. 아니, 오히려 꼭두각시가 된 듯이 조종당하고 있으며, 이따금 그 조그만 남자 요정의 나무로 만든 손을 잡았다가 깜짝 놀라서 손을 움츠립니다. 저녁이 되면 다음날 해가 뜨는 것을 즐기려는 마음을 갖고 있지만, 정작 아침이 되면 침대 속에 파묻혀 나오지 않고, 한낮이 되면 저녁의 달빛을 즐기고 싶은 마음이지만, 정작 저녁이 되어도 방 속에 틀어박혀 있습니다. 나는 내가 왜 잠자리에서 일어나고 다시 잠을 자러 가야 하는 것인지도 잘 모릅니다.

나의 삶에 활력을 넣어주던 효소가 없어졌습니다. 깊은 밤이 되면 내 기분을 자극하고 아침이 되면 나를 잠에서 깨어나게 했던 매력도 사라져버렸습니다.

이곳에서 유일하게 여성다운 한 여성을 나는 찾아냈습니다. B 양이라고 하는데, 그녀는 당신과 비슷합니다. 사랑하는 로테, 감히 누군가를 당신과 비교할 수 있다면 말입니다. 아! 당신은 말하겠지요. 사람이란 그럴싸한 칭찬에 기꺼이 몸을 맡긴다고요! 전혀 틀린 말은 아닙니다. 얼마 전부터 나는 아주 점잖아졌습니다. 달리 방법이 없어서였습니다. 나는 농담도 많이 하면서 사람들 기분을 맞춰 주므로, 부인들은 나만큼 세심하게 칭찬을 잘 하는 사람은 없다고 말합니다. (그리고 거짓말도 잘 한다고 당신은 덧붙이겠지요. 거짓 말을 하지 않고는 제대로 해 나갈 수 없기 때문입니다. 당신은 이 해하십니까?)

나는 B양에 대해서 이야기하려던 참입니다. 그녀는 풍부한 감 정을 지니고 있는데, 그것은 그녀의 푸른 눈동자에서 솟아나옵니 다. 그녀의 신분은 그녀에게는 오히려 자신의 가슴속에 간직한 소 망을 하나도 만족시켜주지 못하는 짐일 뿐입니다. 그녀는 이 혼탁 한 소용돌이 속에서 빠져나오고 싶어 합니다. 그래서 우리는 말을 타고 시골로 나가 자연 풍경을 바라보며 몇 시간이고 뒤섞이지 않 는 순수한 행복에 관한 환상에 빠져들기도 합니다. 아! 그리고 로 테, 당신에 대한 환상도 만들어 갑니다! 그녀는 얼마나 자주 당신 에게 경의를 표하는지 모릅니다. 그럴 필요가 없는데도 기꺼이 그 렇게 합니다. 당신에 대한 이야기를 즐겨 듣고 싶어 하고 당신을 좋 아하고 있습니다.

아, 다정하고 온화했던 예전의 그 방에서 또다시 당신의 발치 에 무릎을 꿇을 수만 있다면요. 그리고 작고 귀여운 아이들이 우리 의 주위에서 함께 뛰어 놀고, 당신이 보기에 그 아이들이 너무 시 끄러워지면 나는 아이들을 한데 조용히 모아놓고 무서운 이야기를 들려주려 했었지요.

눈이 쌓여 하얗게 빛나는 이 고장에도 찬란한 석양빛이 내리쬐고 있습니다. 눈보라는 사라졌고, 나는 나 자신을 또 다시 새장 속에 가둬야 합니다.

안녕! 알베르트는 다시 당신 곁으로 돌아왔습니까? 그리고 어찌 지내십니까? 신이시여, 나의 이런 질문을 용서하소서!

2월 8일

일주일 전부터 진저리가 날 정도로 고약한 날씨가 계속되고 있지만, 나에게는 차라리 이런 날이 더 좋다. 이곳에서 지내는 동안 아름다운 날씨가 하늘에 펼쳐질 때마다 누군가가 나를 찾아와 그 좋은 날을 망쳐놓지 않은 날이 없기 때문이다. 그래서 폭우가 쏟아지고 눈발이 마구 날리고 얼음이 얼었다가 다시 녹을 때면, 하! 정말이지 외출하는 것보다 방 안에 있으면 적어도 더 나빠질 리는 없다는 생각이 든다. 아니면 거꾸로 그대로가 좋다고 생각하기도 한다. 그리고 아침에 해가 뜨면서 청명한 하루를 약속하는 듯이 보이면 나는 견딜 수 없어서 이렇게 외친다.

"여기 다시 하늘이 선물을 내려주고 있다. 사람들은 서로 그것을 빼앗으려고 다투겠지."

사람들은 무엇이든 빼앗으려고 서로 다투거나 심하면 해치기도 한다. 건강, 명성, 즐거움, 휴식! 그러나 대개는 지각이나 이해심이 없고 소견머리가 좁아서 일어나는 일들이다. 그런 사람들의 말에 귀를 기울여 보면 모두 다 일리가 있어 보이기도 한다. 가끔 나는 그들에게 무릎을 꿇고서라도 그들 자신의 오장육부를 분노로 마구 휘젓지 말아달라고 빌고 싶은 심정이다.

2월 17일에

공사와 나는 더 이상 서로 함께 버텨나가기 힘들 것 같아서 두렵다. 그는 정말 참을 수 없는 인간이다. 그가 일을 하고 업무를 추진하는 방식이라는 것이 너무도 우스꽝스러워서 사사건건 맞서지 않을 수가 없으며 그가 맡기는 일을 종종 내 방식으로 바꿔놓지 않으면 안 된다. 물론 그가 그것을 좋아할 리가 없다. 그래서 그는 최근에 궁정에다 내 근무태도에 대해 불만을 호소했다. 궁정 대신은 나를 두 번이나 부드럽게 견책했다. 그러나 견책은 어디까지나 견책일 뿐이다. 그래서 나는 관직을 떠나야겠다고 생각하던 중에 그 궁정 대신에게서 사적인 서한[26]을 한 통 받았다. 그는 참으로 훌륭하고 존경할 만한 분이다. 나는 그의 편지 앞에서 무릎을 꿇고 그 안에 담긴 고상하고 현명한 의미에 대해 경의를 표했다. 궁정 대신

---

26 이 훌륭한 인물에 대한 존경심에서, 여기서 이야기된 서한과 훨씬 뒤에 나오는 또 한 통의 서한을 이 서한집에서 제외시켰다. 만일 그것을 게재한다면 독자들이 아무리 따뜻한 마음으로 받아들이더라도 용서받기에는 너무 지나친 행동일 것 같아서이다.

은 나의 지나친 감수성을 훈계하면서도, 내가 무척 긴장된 사무를 보면서도 자신의 이념을 잃지 않고 있다고 칭찬하고, 다른 사람들에 대한 나의 영향력과, 젊은이로서 선하고 참신한 용기로 업무를 해 나가는 능력을 존중한다고 말했다. 따라서 그것을 완전히 뿌리 뽑으라는 뜻은 아니고, 다만 조금 완화시켜서 그 힘이 제대로 발휘되도록 진심으로 마음을 쓰라고 충고했다. 나 역시 한 주일 동안에 걸쳐 기력이 조금 회복되었고 마음은 다시 평온해졌다. 마음의 안식이란 훌륭한 것이며 자기 자신에 대한 기쁨이기도 하다. 사랑하는 친구여, 다만 그처럼 아름답고 값진 보석이 쉽게 부서지는 것만 아니라면 얼마나 좋겠는가.

2월 20일에

신께서 사랑하는 당신들에게 축복을 내려주시고, 또 내가 누려보지 못한 좋은 나날들을 당신들에게 부여해주시기를 바랍니다!

당신이 나를 감쪽같이 속인 일에 대해서, 알베르트 감사합니다. 나는 당신 두 사람의 결혼식이 언제일지 소식을 기다리고 있었습니다. 그리고 그날은 엄숙하게 의식을 갖춰 벽에 걸린 로테의 실루엣 초상화를 내려서 다른 서류들 틈에 끼워 버려야겠다고 결심했습니다. 이제 당신들은 부부가 되었는데, 아직도 그녀의 초상화가 여기에 걸려 있습니다! 하지만 지금은 그대로 둘 작정입니다! 그 래서 안 될 이유라도 있습니까? 나 역시 언제나 당신들과 함께 있습니다. 당신에게 해를 끼치지 않고도 내 위치는 로테의 마음속에 자리하고 있습니다. 진정으로 그녀의 마음속에 두 번째 자리를 차지하고 있으며, 또 그러기를 바라고 앞으로도 그럴 것입니다. 만일 그녀가 나를 잊는다면 나는 미치고 말 것입니다. 알베르트, 그런 생각 속에는 지옥이 도사리고 있는 것 같습니다. 알베르트, 안녕히 계십시오! 안녕히! 하늘의 천사 로테여! 안녕히 계십시오!

3월 15일

너무나도 불쾌한 일을 당해서 나는 당장이라도 이 고장을 떠나 버리고 싶은 심정이다. 나는 지금도 분해서 이를 갈고 있다! 빌어먹을! 그에 대해 달리 할 수 있는 일은 아무것도 없다. 그리고 그에 대한 책임은 오직 나한테 아무런 의미도 없던 자리 따위에 취직하라고 나를 부추기고 괴롭힌 당신들에게 있다. 이제 나는 끝장이 난 셈이다! 당신들도 마찬가지다! 그리고, 나의 지나친 이념이 모든 것을 망친다고 당신들이 또 다시 말하지 않도록, 사랑하는 친구여, 마치 연대기를 기록하듯이 쉽고 솔직하게 이야기를 하나 해주겠다.

C백작은 나를 좋아하고 각별하게 대해준다. 이미 수백 번은 이

야기했으니까 자네도 알고 있겠지. 나는 어제 그의 집에 식사 초대를 받아 갔었다. 바로 그 날 저녁에, 그의 집에 상류사회의 신사 숙녀들이 모여서 만찬을 즐기기로 되어 있었는데 나는 그 사실을 전혀 몰랐고, 또 나 같은 하위직 관리가 그런 모임에 어울릴 거라는 생각도 전혀 떠오르지 않았다. 어쨌든, 나는 백작과 함께 식사를 하고 난 후에 커다란 홀 안을 이리저리 거닐며 환담을 나누었다. 그때 B대령이 와서 함께 있었다. 전체 모임의 시간이 다가오고 있었지만 나는 정말이지 별다른 생각이 없었다. 그때 지나치게 고상한 체하는 S부인이 남편과 잘 부화된 거위 같이 생긴 딸, 납작한 가슴에다 말쑥한 코르셋을 두른 딸을 데리고 들어왔다. 이들은 지나가면서 습관이 된 거만한 눈빛과 콧구멍을 보여주었다. 나는 그런 족속이 역겨워서 형식적으로만 인사하고, 백작이 그 구역질나는 수다스러운 잡담에서 빠져나오기만을 기다리고 있었다. 그때 B양이 들어왔다. 나는 그녀를 만나면 언제나 가슴이 조금은 후련해지므로, 잠시 그녀와 함께 있을 생각으로 그녀가 앉은 의자 뒤로 가서 서 있었다. 그러나 점차 시간이 지나자, 나를 대하는 그녀의 태도가 전처럼 솔직하지 않고 얼굴에 무언가 당황한 표정이 깃들여 있음을 알았다. 그것이 내 눈에 띠었다.

'이 여자도 다른 사람들과 다를 것이 없구나.' 하는 생각이 들어서 나는 기분이 더 상하기 전에 그곳을 떠나려고 하다가 그냥 머물러 있었다. 왜냐하면 그녀의 그런 태도를 용서하고 싶었고, 사실은 그렇게 변한 것을 믿고 싶지 않았기 때문이다. 그리고 그녀에게 한 마디 무슨 말이라도 듣고 싶은 바람도 있었다. 그러는 동안에 많은 사람들이 모여들었다. F남작이라는 사람은 프란츠 1세의 대관식 때나 입던 연미복 차림을 하고 나타났고, 궁중 고문관인 R씨도 보였다. 그는 사교계에서는 신분을 높여 귀족 칭호를 덧붙여 '폰 R씨'로 불리고 있었다. 마치 벙어리처럼 말이 없는 그의 아내도 뒤에서 함께 모습을 드러냈다. 옷차림이 허술한 J씨의 모습도 잊히지 않는다. 그는 고대 프랑크 식 낡은 연미복에 난 구멍에다 최신식의 천을 기워 붙이고 나타났다. 이런 사람들이 떼를 지어 몰려왔다. 그리고 나는 그들 가운데 안면이 있는 몇몇 사람들과 이야기를 나누었다. 그런데 그들은 모두가 매우 말수가 적었다. 나는 내 생각으로 바빴고 오직 B쪽으로만 관심을 기울이고 있었다. 그 홀의 끝쪽에 여자들이 모여서 귓속말로 뭐라고 속닥거리고 그 말이 남자들에게까지 돌아가고 있는 것은 물론, S부인이 백작과 뭐라고 수군거리는 것조차 나는 눈치 채지 못했다(그 모든 것은 나중에 B양이 나에게 들려주었다). 마침내 백작이 내 쪽으로 오더니 나를 창가로 데리고 갔다.

"자네도 알다시피……"라고 그는 말했다.

"우리들의 관습이란 게 이상해서, 내가 보기에 여기 모인 사람들은 자네가 여기 있는 것이 불만인 모양이네. 하지만 나는 결코……"

"각하……" 나는 그의 말을 가로막았다.

"진심으로 죄송합니다. 저는 벌써 그 생각을 했어야 했습니다.

각하께서 저의 불찰을 용서해 주시리라 믿습니다. 저는 벌써부터 하직인사를 드리려 했습니다만 본의 아니게 이렇게 지체하고 말았습니다."

나는 미소를 지으며 그렇게 말을 덧붙이고 고개를 숙였다. 백작의 다정한 손이 내 손을 꼭 잡았는데, 거기에는 모든 것을 말해 주는 듯한 강인함이 서려 있었다. 나는 그 고상한 체 하는 사람들의 모임에서 슬그머니 빠져나와 이륜 포장마차에 몸을 싣고 M읍으로 떠났다. 그곳에 도착하자 언덕 위로 올라가서 해가 지는 모습을 바라보았다. 그리고 쓸데없이 바빠 한동안 잊고 있었던 호메로스의 작품을 펴들고, 고향을 떠나 방랑하던 오디세우스가 착한 돼지치기 목동들에게서 대접받는 훌륭한 대목을 읽었다. 그것은 참으로 마음에 들었다.

저녁 때 나는 식사를 하려고 식당으로 돌아왔다. 안에는 사람이 별로 없었다. 단지 몇몇 사람들이 식당 한 구석에서 식탁보를 뒤집어 놓고 주사위 놀이를 하고 있었다. 그때 솔직한 성품의 아델린이 들어오더니 나를 보자 모자를 벗어 놓고 다가와 나직하게 말했다.

"안 좋은 일이 있었다면서요?"

"내가요?" 내가 말했다.

"백작이 당신을 저녁 모임에서 쫓아냈다고 하던데요?"

"그런 파티는 질색입니다!"라고 나는 말했다.

"밖으로 나와 바람을 쐬니 기분이 좋더군요."

"다행입니다……" 그가 말을 받았다.

"당신이 그것을 대수롭지 않게 생각한다니 말이에요. 다만 불쾌한 것은, 어디를 가나 벌써 그 소문이 자자합니다."

그러자 비로소 나는 화가 나기 시작했다. 식탁으로 와서 나를 바라보고 있는 사람들이 그 일 때문에 나를 쳐다보고 있다는 생각이 들었다! 나는 피가 거꾸로 솟았다.

그런데 오늘은 내가 가는 곳마다 사람들이 나를 딱하게 여기고, 또 나를 시기하는 자들은 승리감에 넘쳐서 "머릿속에 뭔가 좀든 게 있다고 우쭐해져서 신분이나 모든 것을 뛰어넘을 수 있을 거라고 믿는 건방진 작자들의 말로가 어떤지 보라고."라는 식으로 온갖 험담을 한다는 말을 들었다. 나는 그야말로 나 스스로 칼로 가슴을 찌르고 싶은 심정이었다. 남들이 뭐라든 간에 태연자약하면 된다고 사람들은 말하지만, 악당들이 남의 약점을 잡아서 험담하는데 그것을 참을 수 있는 사람이 있다면 어디 만나보고 싶다. 그런 자들이 지껄이는 말이 근거 없는 하찮은 것이라면 그냥 가볍게 넘길 수도 있을 테지만.

3월 16일에

모든 것이 나를 초조하게 만들고 있다. 오늘 가로수 길에서 B양을 만났는데, 나는 그녀에게 말을 걸지 않고는 견딜 수가 없었다. 사람들이 있는 곳에서 멀찍이 떨어져 우리 둘만 있게 되었을 때, 최근에 그녀가 보인 태도에 대해 내가 마음이 상했던 것을 이야기했다.

"아, 베르테르 씨……." 그녀는 자못 부드러운 말투로 말했다.

"당신은 제 마음을 아시면서 제가 당황했던 것을 그런 식으로 해석하시는군요. 저는 그 홀에 들어서는 순간부터 당신 때문에 얼마나 괴로웠는지 몰라요! 저는 이미 그 상황을 짐작하고 있었기에 당신에게 몇 번이나 말을 하려고 했답니다. 저는 S부인과 T부인 등이 당신과 함께 그곳에 계속 있기보다는 차라리 자기 남편들과 함께 일찍 자리를 뜨고 싶다고 말하는 것을 들었어요. 물론 C백작님과 당신이 서로 의를 상해서는 안 된다는 것도 저는 알고 있었지요. 그러다 보니 일이 그렇게 된 거랍니다!"

"뭐라고요, 아가씨?"라고 말하면서 나는 나의 놀라움을 감추려 했다. 그저께 아델린이 말해준 모든 것이 이 순간 내 혈관 속에서 마치 끓어오르는 물처럼 치닫고 있었다.

"그 때문에 저도 얼마나 괴로웠는지 몰라요!"라고 B양은 말했다. 그녀의 눈에는 눈물이 고여 있었다. 나는 스스로 더 이상 억제할 수가 없어서 그녀의 발치에 무릎이라도 꿇고 싶은 심정으로 "똑똑히 말씀해 주십시오."라고 외쳤다. 그녀의 볼에 눈물이 흘러내렸다. 나는 제정신이 아니었다. 그녀는 눈물을 감추지 않고 닦아냈다.

"당신도 제 숙모님을 아시지요……." 그녀가 말을 꺼냈다.

"어제 그분도 그곳에 계셨어요. 그리고, 아, 숙모님이 어떤 눈으로 그 모든 상황을 바라보셨는지 아세요? 베르테르, 어제 저는 참을 수가 없었습니다. 그리고 오늘은 내내 당신과 사귀는 일에 대해서 숙모님이 늘어놓는 설교를 들어야 했어요. 당신의 체면을 깎아내리고 모욕하는 말을 들어야만 했어요. 그러면서도 저는 당신을 마음속으로 생각한 것의 절반도 변호할 수가 없었고 또 그러도록 허용되지도 않았습니다."

그녀가 하는 말은 한 마디 한 마디 비수가 되어 내 가슴을 찔렀다. 차라리 그 모든 것을 말하지 않는 것이 나에게 자비를 베푸는 일이라는 것을 그녀는 느끼지 못하는 것 같았다. 그뿐 아니라, 사람들이 계속해서 무슨 이야기를 지껄였으며, 그 사건에 대해 어떤 신분의 사람들이 승리감을 느낄지 따위를 계속해서 말하는 것이었다. 이제부터 그들은 자만심이 강하고 전부터 나를 비난하던 남들을 대수롭지 않게 여기던 내가 벌을 받은 거라고 키득거리면서 즐거워하리라는 것이다. 빌헬름, 진정으로 나를 염려하는 그녀의 목소리로 그 모든 이야기를 들으면서 내 가슴은 무너져 내리는 것 같았다. 지금도 내 가슴 깊숙한 곳에는 분노가 이글거린다. 만약 누군가 노골적으로 나를 비난하려 든다면 나는 단검으로 그의 몸통을 찌르고 말 것이다. 피를 보고 나면 좀 나아질지도 모르니 말이다. 아아! 이 답답한 가슴을 후련히 뚫기 위해서라도 나는 수백 번이나 비수를 집어 들었다. 귀한 혈통의 말은 지나치게 흥분을 하거나 너무 많이 달려서 숨이 가빠지면 본능적으로 스스로 혈관 한 군데를 물어뜯어 숨을 돌린다는 이야기를 들은 적이 있다. 지금의 나도 역시 그런 심정이다. 나의 혈관 하나를 터뜨려 버리고 싶다. 그렇게 하면 영원한 자유를 얻을 수 있지 않을까.

3월 24일에

나는 궁정에 사직원을 제출했는데, 아마 수리될 것 같다. 미리 그대들의 양해도 구하지 않은 나를 용서해 주기 바란다. 이제 나는 마침내 이곳을 떠날 수밖에 없다. 그리고 나보고 이곳에 계속 머물도록 설득하기 위해 그대들이 무슨 말을 할지도 다 알고 있다. 우리 어머니에게는 이 일에 대해 적당히 말씀드려다오. 내가 직접 말할 수는 없다. 내가 도움을 주지 못하더라도 어머니는 그것으로 만족하실 거다. 물론 마음은 아프시겠지. 당신의 아들이 추밀원 고문이나 공사직을 목표로 시작한 멋진 인생행로를 느닷없이 중단하고 마치 말을 끌고 마구간으로 되돌아온 꼴이 되었으니 말이다! 이제 무엇이든 그대들 마음대로 생각하고, 어떤 경우였더라면 내가 유임할 수 있었을까 등 여러 정황들을 마음대로 이야기해보라. 그만 하면 충분하다. 나는 떠날 것이다. 그리고 내가 어디로 갈지 그대들에게 알려주겠는데, 이곳에는 ○○후작이라는 분이 있다. 그분은 나와 가까이 지내고 싶어하는데, 내가 이곳을 떠날 의도를 비치자 그분은 나에게 자신의 영지로 가서 함께 멋진 봄을 즐기자고 했다. 전적으로 내 마음 내키는 대로 지내게 해주겠다고 약속까지 했다.

우리는 어느 선까지는 서로 이해하는 사이이므로 나는 이 행운을
놓치지 않고 그와 함께 가려고 한다.

4월 19일에

자네가 보내준 두 통의 편지는 고맙게 받았다. 답장을 보내지 않은
것은 궁정에 낸 사직원이 수리될 때까지 이 편지를 부치지 않고 그
냥 놓아두었기 때문이다. 우리 어머니께서 혹시 내 계획을 막으려
고 장관에게 청탁이나 하시지 않을까 염려했었다. 그러나 이제 일
이 처리되었고 나의 사직원도 수리되었다. 사직 허가가 나오기까지
얼마나 우여곡절이 많았으며 장관이 나한테 뭐라고 써 보냈는지에
대해서는 그대들에게 들려주고 싶지 않다. 이야기를 하면 그대들
은 새삼 슬퍼하고 비탄에 빠지게 될 테니 말이다. 황태자께서는 나
한테 25듀카덴[27]의 석별금과 작별인사를 보내왔다. 나는 너무 감격
해서 눈물을 흘렸다. 그러니까 얼마 전에 어머니께 송금해달라고
부탁했던 돈은 신경 쓰지 않아도 좋다.

---

27 원래는 이탈리아의 베네치아에서 쓰이던 금화였으나 후에 독일에서도 쓰인
제국화폐 ─ 옮긴이.

5월 5일에

내일이면 나는 여기를 떠난다. 가는 길목에서 겨우 6마일쯤 떨어진
곳에 내가 태어난 고향 마을이 있으니, 그곳을 다시 찾아가 옛날의
행복하고 꿈결 같던 시절을 회상하려고 한다. 바로 그 마을의 성문
을 통해서 들어갈 것이다. 아버지가 돌아가신 후에 어머니는 그 정
답고 친숙했던 그 마을을 떠날 때 나와 함께 마차를 타고 바로 그
성문을 통해 나왔었다. 그 후에 어머니는 지금의 이 견디기 힘든
도시에 와서 웅크리고 살고 계신다. 잘 있거라, 빌헬름. 여행 도중에
소식을 또 보내주겠다.

5월 9일에

나는 순례자처럼 온갖 존경심을 품고 고향을 향해 떠났던 여행을
마쳤다. 예상하지 못한 온갖 감회가 나를 사로잡았다. S읍으로 향
해서 시내로부터 십오 분쯤 달리다 보면 커다란 보리수가 서 있다.
나는 거기에서 우편마차를 세운 다음 내렸다. 마차를 먼저 떠나보
냈다. 나 혼자 걸으면서 예전의 추억들을 하나씩 새롭게, 그리고 가
슴속에 생생하게 음미하고 싶어서였다. 이제 나는 그 보리수 아래
에 가서 섰다. 소년 시절 그 나무는 나의 산책 목적지이자 한계선

이기도 했었다. 지금은 얼마나 많이 달라졌는지 모른다! 그 당시 나는 아무것도 모른 채 행복했고 미지의 세계로 나가고 싶은 동경에 젖어 있었다. 그곳에는 노력하면서 열렬히 갈망하는 나의 가슴을 채워주고 만족시켜줄 수많은 양식과 수많은 즐거움이 있으리라는 희망을 가졌었다. 이제, 나는 그 넓은 세계로부터 되돌아왔다. 아, 친구여, 나는 얼마나 많은 소망이 좌절되고, 얼마나 많은 계획이 짓밟히고 말았는가! 수천 번이나 내 소망의 대상이 되었던 산들이 내 눈앞에 서 있는 것을 보았다. 몇 시간이고 나는 이곳에 앉아 멀리 바라보며 동경을 하고, 내 영혼은 눈앞에 너무도 다정하고 흐릿하게 모습을 드러낸 숲을 따라 골짜기 속으로 한없이 빠져 들어갈 수 있었다. 이윽고 시간이 되어서 집으로 되돌아가야 할 때면, 나는 얼마나 그 정겨운 장소를 떠나기 싫어했던가! 시내가 가까워지면서 나는 옛 기억에 남아 있는 정원이 달린 작은 집들을 보자 일일이 아는 채 하며 지나갔다. 새로 지은 집들은 마음에 들지 않았다. 다른 바뀐 것들도 모두 마찬가지였다. 성문 안으로 들어서자 곧 나는 고향에 돌아와 있는 나 자신을 다시 발견할 수 있었다. 사랑하는 친구여, 자세한 이야기는 하지 않으련다. 그것이 나에게는 매력적이었지만 만약 이야기를 하다 보면 너무나 단조로워질 테니까. 나는 시장 근처 우리가 예전에 살던 집의 바로 옆집에 묵기로 결심했다. 가다가 보니까 예전에 성실한 노부인이 어린아이들을 한곳에 모아 놓고 가르치던 교실이 지금은 잡화점으로 변해 있었다. 그 굴 속 같은 좁은 곳에서 느껴야 했던 불안, 눈물, 그리고 감각이 마비되는 것 같던 기억이 다시 떠올랐다. 한 걸음씩 내딛을 때마다 묘한 기분이 들지 않는 곳이 없었다. 성지를 찾아가는 어떤 순례자도 종교적인 회상을 불러일으키는 장소를 이처럼 많이 만나지는 못할 것이며, 그의 영혼도 이처럼 거룩한 감동에 젖지는 못할 것이다. 이야기하고 싶은 것은 너무 많지만 오늘은 한 가지만 더 하겠다. 나는 강을 따라서 어느 저택이 있는 곳까지 내려갔다. 그곳은 전에 내가 다니던 길이기도 했다. 그곳에서 우리 사내아이들은 납작한 돌을 물속에 던져 가장 멀리 튀게 하는 연습을 하곤 했었다. 나는 예전에 이따금 걸음을 멈추고 서서 그 시냇물을 바라볼 때면, 신비로운 예감을 갖고 그 물의 흐름을 좇으면서 그 물이 흘러가 닿을 곳이 어디가 될지에 대해 모험 가득한 상상을 펼쳤고, 그러다가 곧 내 상상력의 한계를 느끼곤 했던 일이 생생하게 기억났다. 그러나 그 시냇물은 계속 흐르고 흘러 내 시야에서 보이지 않는 먼 곳으로 사라지곤 하였다. 보아라, 친구여, 우리의 훌륭했던 옛 조상들은 그처럼 제한된 삶을 살면서도 얼마나 행복했던가! 그들의 감정, 그들이 지어낸 시들은 얼마나 어린아이처럼 순수했던가! 오디세우스가 망망한 바다와 끝없는 대지 위를 방랑하며 겪었던 일들에 대해 이야기할 때면, 그것은 너무도 진실하고, 인간적이며, 친밀하고, 신비로 가득 차 있다. 이제와서 내가 어린 학생들을 일일이 붙잡고 지구는 둥글다고 뒤에서 말해보았자 무슨 소용이 있는가? 인간은 즐기며 살기 위해서는 발을 디딜 조금의 흙덩이만 있어도 충분하며, 안식을 위해서라면 더 적은 흙으로도 충분한 것이다.

지금 나는 지난번 말했던 그 후작의 영지에 있는 사냥별장에 와 있다. 아직은 그 후작과 아주 잘 지내고 있는 편이다. 그는 진실하고 소박한 사람이다. 그러나 그의 주위에 모여드는 이상한 사람들은 내가 도무지 이해할 수 없다. 그들은 협잡꾼처럼 보이지는 않지만, 그렇다고 해서 솔직한 사람에게서 느껴지는 품위가 엿보이는 것도 아니다. 이따금 내가 보기에 솔직하게 느껴지기도 하지만 그래도 믿을 수는 없다. 또 나에게 유감인 것은, 후작은 대화를 할 때 자신이 듣거나 읽은 일들에 관해서만 이야기한다는 점이다. 그것도 다른 사람들에게서 들은 관점을 그대로 본떠서 말하곤 한다.

물론 후작은 내 마음보다는 내 지성과 재능을 더 높이 사고 있다. 사실 나의 유일한 자랑은 모든 것, 모든 힘, 온갖 행복과 불행의 원천인 내 마음인데도 말이다. 아, 내가 알고 있는 지식은 누구라도 다 알 수 있는 것이다. 그러나 나의 이 마음만은 오직 나 혼자만의 것이다.

5월 25일에

나는 머릿속에 뭔가 계획이 있었다. 그러나 실행하기 전에는 그대들에게 말하지 않을 작정이었는데, 이제 그 일이 모두 허사로 돌아가 버렸으니 아무래도 상관없게 되었다. 실은 전쟁에 종군할 생각이었다. 오랫동안 내 가슴속에 담아둔 것이었다. 내가 후작을 따라서 여기까지 온 것도 그 이유가 컸다. 후작은 ○○연대에 근무하는 장군이다. 언젠가 산책을 나갔을 때 내 계획을 밝혔더니 그분은 나를 말렸다. 내가 그런 생각을 품었던 것은 열정이라기보다는 변덕이었던 것 같다. 만약에 그것이 열정이었다면 그분이 내세우는 여러 가지 이유들에 귀를 기울이려고 하지 않았을 테니까 말이다.

6월 11일에

자네가 무슨 말을 하던 간에 나는 더 이상 이곳에 머물 수가 없다. 여기서 내가 무슨 할 일이 있겠는가? 시간이 나한테는 지루할 뿐이다. 후작은 될 수 있으면 나를 붙들려고 하지만 내 처지는 그렇지가 못하다. 우리 두 사람은 근본적으로 서로 공통된 관심사가 전혀 없다. 후작은 비록 지성을 갖추고 있는 사람이지만, 그것은 아주 평범한 지성일 뿐이다. 그와 계속 교제하고는 있지만, 나는 잘 써진 책을 읽는 것 이상의 즐거움은 느끼지 못하고 있다. 일주일만 더 머문 다음에 나는 다시 정처 없이 길을 떠날 것이다.

그나마 이곳에 머물면서 좋았던 것은 그림을 그릴 수 있었던 것이다. 후작도 나름대로 예술 감각은 지니고 있다. 만약 그의 지성이 지루한 학문이나 평범하고 제한된 상투적인 용어 따위로 무장되지만 않는다면 그는 예술을 훨씬 더 깊이 느낄 수 있을 것이다.

이따금 나는 그가 자연과 예술을 향해 온화한 상상력을 널리 뻗칠 수 있도록 도와주곤 한다. 후작은 제법 잘 따라오는 것처럼 보일 때가 있다가도, 다시 케케묵은 예술용어를 쓰며 휘청거리는 것을 보면 나는 이가 갈리곤 한다.

6월 16일에

그렇다, 나는 방랑자일 뿐이다. 이 지상을 떠도는 순례자다! 그렇지만 그대들은 과연 이보다 더 낫다는 말인가?

6월 18일에

내가 어디로 가려고 하느냐고? 신뢰하는 자네에게는 솔직히 털어놓겠다. 나는 이곳에 이 주일 가량 더 머물러야 한다. 그런 다음에는 ○○의 광산을 찾아가려고 생각하고 있지만 원래 그것은 구실에 불과하고, 다만 나는 다시 로테가 살고 있는 곳 가까이로 가고 싶을 뿐이다. 그것이 전부다. 그리고 이러한 내 마음을 향해 웃지 않을 수 없다. 그러면서도 나는 마음이 시키는 대로 하고 있다.

7월 29일에

아니, 그것으로 좋다! 모든 것이 좋다! 내가 그녀의 남편이라면! 오, 저를 창조하신 신이시여, 만약 당신이 저에게 그런 행복을 내려주셨더라면, 저는 평생을 당신에게 기도를 하며 지낼 것입니다. 당신을 원망하려는 것이 아닙니다. 그러니 나의 이 눈물을 용서해 주십시오! 나의 헛된 소망을 용서해 주십시오! 그녀를 내 아내로 맞이할 수만 있다면! 태양 아래 가장 사랑스러운 그 여인을 내 품에 안을 수만 있다면! 알베르트가 그녀의 가는 몸을 휘어 감는 상상을 하면, 빌헬름, 나는 온몸이 오싹해진다.

그리고 이런 말을 해도 괜찮을까? 왜 안 될 것도 없지 않은가, 빌헬름? 그녀는 알베르트보다 나와 함께 있었다면 더 행복해졌을 것이다. 아, 그는 그녀가 마음속에 간직한 소망들을 다 채워줄 그런 위인이 아니다. 그는 감수성이 부족하다. 어떤 감수성인지는 자네 좋을 대로 생각하라. 아아! 서로 좋아하는 책을 읽으면서 내 마음과 로테의 마음이 하나가 될 때에도, 그의 가슴은 공감하여 고동치는 일이 없다. 제 삼자의 행동에 대해 나와 로테의 감정이 하나로 일치되어 드러나는 경우에도 마찬가지다. 사랑하는 빌헬름! 물론 그는 로테를 진심으로 사랑하고 있다. 그러니 그러한 사랑도 역시 그만한 보답을 받지 않겠는가!

참을 수 없는 인간이 찾아와서 방해가 되었다. 내 눈물은 메말라버렸고, 마음은 산란하다. 잘 있어라, 사랑하는 친구여!

8월 4일에

이런 일이 나한테만 일어나는 것은 아니다. 어떤 사람이든 자신이 간직한 소망이 좌절되기도 하고, 기대하던 것이 틀어지기도 한다. 나는 전에 보리수 밑에서 알게 된 그 선량한 농부의 아내를 찾아가 보았다. 그녀의 맏아들이 뛰어와 나를 맞아주었고, 기쁨에 찬 아이의 목소리를 듣고는 그 농부의 아내가 나왔다. 그런데 그녀는 매우 침울해 보였다. 그녀는 나를 보자마자 첫마디로, "선생님, 우리 한스가 죽었답니다!"라고 말했다. 한스는 그녀의 막내아들이다. 나는 할 말을 찾지 못했다. 그녀가 말했다.

"남편이 스위스에서 돌아왔지만 가져온 유산이라고는 아무것도 없어요. 그래서 마음씨 좋은 사람들이 도와주지 않았더라면 걸식을 해야 했을 거예요. 돌아오는 도중에 열병에 걸리기까지 했답니다."

나는 아무 말도 하지 못하고, 다만 아이에게 약간의 돈을 주었다. 그러자 그녀는 사과라도 몇 개 가져가라며 내놓았다. 나는 사과를 들고 슬픈 추억이 서려 있는 그곳을 떠났다.

8월 21일에

내 변덕스러운 마음은 손바닥을 뒤집듯이 바뀌곤 한다. 이따금 먼 동이 터 햇살이 모습을 드러내면 마치 내 인생이 즐거운 시선을 던지는 듯 느껴지기도 하지만, 아! 그것도 한순간뿐이다! 나는 꿈속을 헤맬 때면, '만약, 알베르트가 죽는다면 어찌 될까? 너는! 그래, 그녀는……' 하는 생각이 떠오르는 것을 어쩌지 못한다. 그리고는 공상을 쫓아 계속 달리다가 심연에 부딪혀서야 경악해서 뒤로 물러서곤 한다.

성문을 나서서 내가 처음 로테를 무도회에 데려가기 위해 마차를 타고 갔던 그 길을 따라서 걸어가노라니, 모든 것이 달라져 있었다! 모든 것이 지나가 버리고 말았다! 옛 시절의 자취는 아무것도 남아 있지 않았고, 그 당시에 뛰었던 내 감정의 맥박도 흔적조차 없어졌다. 나는 마치 불타 폐허가 되어 버린 성으로 되돌아온 망령과 같은 심정이다. 한때 영화롭게 살던 그 성의 영주가 직접 지어 정성껏 장식하고 가꾸다가 사랑하는 아들에게 희망과 더불어 남겨 주고 죽었으나 이제는 허물어진 그런 성으로 되돌아온 망령 말이다.

9월 3일에

이따금 어떻게 그녀를 다른 사람이 사랑할 수 있는지, 어떻게 사랑해도 되는지 상상할 수 없을 때가 있다. 그녀 외에는 아무것도 알지 못하고 아무것도 가진 것이 없는 내가 이처럼 진심으로 오로지 그녀를 사랑하고 있는데 말이다!

9월 4일에

그래, 그런 것이다. 자연이 벌써 가을을 향해 다가가고 있듯이, 내 마음속도 내 주위도 가을이 되어가고 있다. 나의 잎사귀들도 누런 단풍이 들고 있고, 이웃 나무들의 낙엽은 이미 시들어 떨어지고 말았다. 내가 여기로 왔을 때 곧바로 편지에 어느 젊은 하인에 대해 써 보낸 적이 있었지? 이제 나는 다시 발하임으로 그의 소식을 알아보았다. 들리는 말로 그는 일하던 데서 쫓겨났다고 하는데, 웬일인지 아무도 더 이상 그에 대해서 알려고 하지 않았다. 그런데 어제, 다른 마을로 가던 길에 우연히 그와 만났다. 나는 그에게 말을 걸었고, 그는 그동안 자신에게 일어났던 일들을 털어놓았는데 나는 굉장히 큰 감동을 받았다. 내가 자네한테 그 이야기를 다시 들려주면 자네도 왜 그런지 쉽게 이해할 것이다. 하지만 얘기한들 무슨 소용이 있겠는가! 왜 나는 나를 불안하게 하고 가슴 아프게 하는 것을 혼자만 간직하지 못하는 것일까? 왜 자네까지 심란하게 하는 것일까? 왜 늘 자네에게 나를 동정하게 하고 나를 질책할 빌미를 마련해 주는 것일까? 하기야 이것도, 내 운명이겠지!

겉보기에 조금 수줍어하는 기색에다 얼굴에 슬픔마저 띤 그 젊은 하인은 내가 물어보자 비로소 말문을 열더니, 이내 솔직하게 털어놓기 시작했다. 그는 돌연 나를 새삼스레 인식한 듯이 자신의 잘못을 고백하고 자신의 불행을 하소연했다. 친구여, 그가 했던 말 한 마디 한 마디를 그대로 전달할 수 있으면 좋으련만! 그렇다, 그는 지난 일을 다시 회상하면서 만족하고 행복한 표정으로 이야기를 들려주었다. 여주인을 향해 품었던 그의 열정은 날이 갈수록 커져서 마침내 자신이 무슨 짓을 하는지도 알 수 없었고, 자신이 어떻게 행동해야 할지, 도대체 어디에다 머리를 돌려야 할지조차 알수 없었다는 것이다. 그는 먹지도, 마시지도, 잠을 이룰 수도 없었으며, 목이 꽉 막혔고, 스스로 해서는 안 될 일을 하는가 하면, 반대로 자기에게 주어진 일은 잊어버리곤 했다고 한다. 마치 사악한 악마에게 쫓기는 기분이었다는 것이다. 그러던 어느 날 마침내, 그는 여주인이 위층 자신의 방에 혼자 있는 것을 알고 그리로 올라갔다고 한다. 아니, 자신도 모르게 이끌려 갔다고 하는 편이 옳았다. 그러나 아무리 사정을 해도 여주인은 그의 말을 들으려 하지 않았다고 한다. 그래서 그는 강제로 그녀를 어떻게 해보려고 했던 것이다. 그는 당시 자신에게 도대체 무슨 일이 일어났는지 알 수 없었다면서, 하지만 그녀에 대한 자신의 마음은 언제나 솔직했고 그녀와 결혼해 함께 일생을 보내는 것이 가장 간절한 소망이었음을 신께서도 증언해줄 수 있으리라는 것이었다. 한동안 이야기를 하던 그는 어느 순간 말을 더듬거리기 시작했다. 아마도 할 말이 남아 있으면서도 감히 꺼내지 못하는 듯했다. 마침내 그는 수줍어하면서 고백하기를, 여주인은 그가 작은 정의 표시를 보이는 것을 허락하였고 그가 그녀 가까이 가는 것도 받아주었다는 것이었다. 그는 두세 번 말을 하다가 끊고는, 자기는 여주인을 결코 나쁜 사람으로 만들고 싶지는 않으며 전과 마찬가지로 여전히 그녀를 사랑하고 소중히 여긴다고 열심히 변명을 했다. 그리고 그런 말을 지금까지 한 번도 입 밖에 낸 적이 없지만, 결코 자기가 엉뚱하거나 미치지 않았다는 것을 내게 확실히 알려 주려고 털어놓는다는 것이었다.

그런데 여기서, 친구여, 나는 내가 말할 때마다 항상 튀어나오는 버릇을 또 되풀이해야겠다. 내 앞에 서 있던 그 젊은 하인의 모습을, 아직도 내 앞에 어른거리는 그 모습을 자네에게 그대로 소개할 수 있다면 좋으련만! 내가 그 젊은이의 운명에 얼마나 관심을 갖고 있으며 갖지 않을 수 없는지를 자네가 느낄 수 있도록 말이다! 하지만 그러지 않아도 자네는 내 운명을 알고 있고 또 나라는 존재를 알고 있으니, 모든 불행한 사람들에게, 특히 이 불행한 젊은이의 운명에 대해 느끼는 나의 깊은 동정을 잘 알 것이다.

이 편지를 다시 읽어 보니, 그 일의 결말에 대해 이야기하는 것을 잊은 것 같다. 그러나 쉽게 짐작은 할 수 있을 것이다. 그 여자는 그 하인에게 저항했고, 마침 그때 그녀의 오빠가 방으로 들어왔다. 그는 오래전부터 그 하인을 못마땅하게 여겨 그 집에서 쫓아내고 싶어 했었다. 자기 누이에게 아이가 없기 때문에, 만약 그녀가 재혼을 하면 누이의 유산이 자기 자식들에게 돌아오지 못하게 될까봐 두려웠던 것이다. 그녀의 오빠는 즉각 하인을 집에서 쫓아내면서 소란을 피우는 바람에, 설령 그 부인이 내심 원했더라도 젊은 하인을 집안에 다시 들여놓을 수 없게 되었다. 이제 그 여주인은 다른 하인을 고용했다고 하는데, 여주인은 그 사람과도 서로 사랑하게 되었고, 그 때문에 자기 오빠와 불화가 생겼지만 사람들 말로는 그 둘은 분명 결혼할 거라고 했다. 그러나 쫓겨난 하인은 절대 그렇게 되도록 내버려두지 않기로 결심했다는 것이다.

내가 자네에게 하는 이야기는 조금도 과장하거나 꾸민 것이 아니다. 그렇다, 오히려 나는 사실보다 약하게 그 이야기를 했다. 그리고 우리가 일상적으로 쓰는 도덕적인 말만 쓰다 보니 오히려 이야기가 조잡해져 버렸다.

이 같은 사랑, 이 같은 순정과 열정은 그러니까 결코 시적(詩的)으로 창작해낼 수 있는 것이 아니다. 그것은 살아 있는 것이다. 우리 같은 사람들이 교양이 없고 거칠다고 여기는 낮은 신분의 사람들 속에 가장 위대하고 순수하게 살아 있는 것이다. 우리처럼 교양을 갖췄다는 사람들이야말로 아무 짝에도 쓸모없는 나약한 인간들이다! 이 이야기를 경건하게 읽어다오. 부탁이다. 이 글을 쓰다 보니 오늘 나는 마음이 차분하게 가라앉는다. 전처럼 그렇게 성급하게 뛰어넘거나 휘갈겨 쓰지 않은 내 글씨만 보더라도 자네는 알 것이다. 읽어다오, 사랑하는 친구여, 그리고 이것은 다름 아닌 자네 친구의 이야기이기도 하다는 것을 생각해다오. 그렇다. 내게도 그와 똑같은 일이 일어났으며, 나도 그렇게 될 것이다. 그러나 나는 용

기도 없고, 그 가난하고 불행한 젊은이가 가진 결단력의 절반밖에
는 갖고 있지 않으니 나를 그와 비교한다는 것은 감히 생각할 수
도 없다.

9월 5일에

그녀는 남편이 업무차 머물고 있는 시골에 보낼 편지를 한 통 썼다.
그 편지의 서두는 이러했다. "소중한 당신, 사랑하는 이여, 될 수 있
으면 빨리 오세요. 무한한 기쁨을 갖고 당신을 기다리고 있답니다."

그때 한 친구가 찾아와 사정이 생겨서 남편은 계획처럼 빨리
돌아올 수 없을 거라는 소식을 전해주었다. 그 편지 쪽지는 책상
위에 놓여 있었는데, 내가 저녁 때 들렀을 때 우연히 손에 들어왔
다. 나는 그것을 읽고 빙긋이 미소를 지었다. 그녀는 무엇 때문에
웃느냐고 물었다.

"상상력이란 정말 신이 내리신 선물이군요!"라고 나는 외쳤다.

"나는 한순간 이 편지가 나에게 보내려고 쓰인 것이라는 환상
에 빠졌습니다."

그녀는 갑자기 입을 다물었다. 기분이 언짢아진 듯했다. 그래서
나도 아무 말도 하지 않았다.

9월 6일에

내가 처음 로테를 만나 그녀와 춤을 출 때 입었던 푸른색 소박한
연미복을 벗어 버리기로 결심하기까지 무척 힘들었다. 그러나 결
국 너무 낡아서 보기가 초라해졌다. 그래서 먼저 것과 똑같은 모양
으로 한 벌 더 맞추었다. 깃과 소맷부리까지 똑같이 말이다. 거기에
덧붙여 예전처럼 노란 조끼와 바지까지 갖췄다.

하지만 새로 맞춘 옷이 예전의 옷과 똑같은 효과를 자아내지
는 못할 것이다. 다만 시간이 지나면 역시 점점 더 마음에 들겠거
니 생각한다.

9월 12일에

그녀는 알베르트를 데려오기 위해 며칠간 여행을 다녀왔다. 오늘
나는 그녀를 찾아갔다. 방으로 들어서자 그녀가 다가왔으므로 나
는 무한한 기쁨을 느끼면서 그녀의 손에 키스했다.

카나리아 새가 한 마리 거울 쪽에서 날아오더니 그녀의 어깨
위에 내려앉았다.

"새로 생긴 친구예요."라고 그녀는 말하면서 새를 유인해 자기
손바닥에 앉게 했다.

"아이들에게 줄 생각이에요. 너무 사랑스러워요! 좀 보세요! 빵 조각을 주면 날개를 퍼덕이면서 아주 우아하게 쪼아 먹는답니다. 저한테 키스도 해요. 보세요!"

그녀가 새에게 입을 내밀자, 카나리아는 그녀의 감미로운 입술에 다정하게 입을 맞췄다. 새는 마치 그 순간의 행복감을 음미할 줄 아는 것처럼 보였다.

"당신에게도 키스하게 하지요."라고 그녀는 말하고는 새를 내쪽으로 내밀었다. 새의 주둥이는 그녀의 입에서 내 입 쪽으로 방향을 바꾸었다. 그 새는 살짝 쪼듯이 내 입을 맞추었다. 그 감촉은 마치 사랑스러운 기쁨의 숨결 같았고 은밀한 예감 같았다.

"이 키스는……" 내가 말했다. "뭔가를 바라는 것 같군요. 먹이를 찾고 있어요. 공허한 애무에 만족하지 못한 채 돌아서는군요."

"이 새는 제 입으로 물어주는 것도 받아먹어요."라고 그녀가 말했다. 로테는 빵조각을 몇 개 입에 물고 새에게 내밀었다. 그녀의 입술은 천진난만한 사랑이 가득한 기쁨의 미소를 짓고 있었다.

나는 얼굴을 돌려 버렸다. 그녀는 그런 모습을 보이지 말았어야 했다! 이 세상의 것이 아닌 듯한 티 없는 표정과 지복한 모습을 보여 내 상상력을 자극하지 말았어야 했고, 이따금 잠에 빠진 채 삶을 무심하게 보내고 있는 내 가슴을 다시 깨우지 말았어야 했다! 하지만, 왜 그래서는 안 되는가? 그녀는 그토록 나를 신뢰하고 있는데! 내가 그녀를 사랑하는 것을 그녀는 알고 있다!

9월 15일에

이 지상에 조금밖에 남아 있지 않은, 아직도 가치 있는 것들을 이해하거나 느끼지 못하는 사람들이 있다니, 빌헬름, 생각만으로 분개하지 않을 수 없다. 내가 언젠가 성(聖) ○○읍의 성실한 목사를 찾아가 로테와 그 집 호두나무들 밑에 앉아 있던 이야기를 한 적이 있다는 것 자네도 알고 있을 것이다. 참으로 멋진 호두나무들이었다! 그 나무들은, 신도 아시겠지만, 언제나 나를 커다란 기쁨으로 가득 채워주었었다. 그 나무들은 목사관을 얼마나 친숙하게 만들어주었던가! 그 가지들은 얼마나 서늘하고 또 멋있었던가! 그리고 오래전에 그것들을 심었을 성실한 목사들에 대한 기억도 났다. 학교 선생님은 자기 할아버지에게서 들었다면서 이따금 그 목사들 중 한 사람의 이름을 입에 올리곤 했었다. 매우 훌륭한 분이셨다고 한다. 그래서 나는 그 나무들 아래에 앉아 그분에 대해 기억할 때면 언제가 거룩한 기분이 되곤 한다. 자네에게 말해야겠다. 어제, 그 선생님과 만나 그 나무들에 대해 이야기를 나누었는데, 그는 나무들이 베어 없어졌다고 말하면서 눈물을 글썽거렸다. 베어 없애 버렸다니! 나는 미칠 것 같다. 그 나무들에 첫 도끼를 댄 작자를 죽여 버리고 싶다. 만약 그런 나무 몇 그루가 내 집 마당에서 있다가 그 중 한 그루가 수명이 다해 시들어 죽어가더라도 나는 슬퍼할 텐데, 그런 야만적인 행동을 바라보고만 있어야 하다니. 사랑하는 친구여, 그런데 한 가지 일이 생겼다. 인간의 감정이란 무엇인가! 마을 사람들이 모두 불만을 드러낸 것이다. 목사 부인은 자신이 그런 짓을 함으로써 마을 사람들에게 얼마나 큰 상처를 주었는지를, 앞으로 그녀에게 들어올 버터나 계란, 그 밖의 다른 헌납품이 줄어드는 데서 느끼게 될 것이다. 문제는 바로 새로 부임한 목사의 아내에게 있었다. 옛 목사는 이미 세상을 떠났다. 바짝 마르고 병약한 새 목사 부인은 세상일에는 전혀 마음을 쓰지 않는 여자다. 물론 그녀에게 관심을 두는 사람이 없으니 그럴 만도 하겠지만, 그녀 자체도 학식 있는 체하며 성서 연구에만 몰두하는 바보이기 때문이다. 그 여자는 요즘 새로 유행하는 도덕적이고 비판적인 개혁을 주장하는 기독교 이론에 열렬히 참여하는가 하면, 스위스 신학자 라바터[28]의 광신적인 태도에는 어깨를 움찔거리며 거부 반응을 보이기도 한다. 정신적으로 깊이 병이 들어 있어서 하나님이 창조하신 이 지상에서는 어떤 기쁨도 느끼지 못하는 인간이다. 바로 그런 여자이기 때문에 나에게 그토록 소중히 느껴지던 호두나무를 여지없이 베어내고 만 것이다.

자네도 느끼겠지. 나는 생각만 해도 분이 삭지를 않는다. 상상해 보아라. 나무에서 떨어진 잎사귀들이 그녀의 집 마당을 더럽히고, 나무 그늘이 한낮의 햇빛을 차단하며 호두열매가 무르익으면 아이들이 그것을 따려고 돌팔매질을 하는 것 따위가 그녀의 신경을 건드린 것이다. 그녀는 자신의 깊은 사색이 방해받는 것을 참을

---

28 라바터(Lavater, 1741~1801년): 스위스 취리히 태생의 신학자 ─옮긴이.

수 없었던 거다. 한참 영국의 신학자 케니콧[29]과 독일의 신학교수인 제믈러[30]의 성서이론을 연구하고 있던 중이었으니까. 어디 그뿐인가. 독일 괴팅겐 대학의 동양어 교수이면서 성서연구도 하고 있는 미하엘리스[31]라는 사람의 신학강의 내용을 열심히 비교 검토하는 일에 방해된다는 것도 이유였다.

마을 사람들, 특히 노인들이 그 나무들이 베어 없어진 데 대해 몹시 불만스러워하는 것을 보고 내가 물었다. "왜 그대로 두고 보고만 계셨습니까?"

"이 고장에서는 면장이 원하는 일을……"

그들은 대꾸했다. "누가 막을 수 있겠습니까?"

그런데 알고 보니 거기에는 한 가지 사건이 있었다. 목사는 자기 아내가 자주 심술을 내며 수프를 형편없이 끓여주는 데 늘 불만을 갖고 있던 중에 그것을 이용해서 한몫 챙길 생각을 했다. 아내의 심술 탓으로 뒤집어씌우고 그 나무들을 베어 판 돈을 면장과 나눠 가질 심산이었다. 그러나 관리청이 그 사실을 알고는 바로 "대금을 관리청에 납부하라"고 통고했다고 한다. 호두나무들이 있던 자리는 원래 관리청 관할의 땅이기 때문이다. 결국 호두나무들

---

29 케니콧(Kennicot, 1818~1783년): 영국의 신학자. 특히 구약성서의 원전 비판가로 잘 알려져 있다—옮긴이.

30 제믈러(Semler, 1725~1791년): 경건주의자이지만 자유로운 종교 연구를 주창했다—옮긴이.

31 미하엘리스(Michaelis, 1717~1791년): 독일의 프로테스탄스 신학자이자 동양학자이며, 독일에서 성서연구를 처음으로 시도하였다—옮긴이.

은 관리청에 의해 비싼 값을 내겠다고 한 사람들에게 팔렸다고 한
다.

어쨌든, 그 나무들은 베어졌다! 아, 만약 내가 영주였다면! 촌
장이든, 목사든, 관리청이든 할 것 없이 모조리……. 영주라고! 그
래, 내가 정말로 영주라면 내 영지의 나무 따위에 무슨 관심을 가
지겠는가!

10월 10일에

나는 오직 그녀의 검은 눈동자를 바라보고만 있어도 행복하다! 그
런데 보아라! 내 울화가 치미는 것은, 알베르트는 내가 생각하는
것만큼 — 내가 그의 위치에 있다면 훨씬 더 행복할 텐데 — 행복해
보이지 않는다는 점이다. 나는 생각을 나타내는 이런 부호(—, —)
를 쓰기를 싫어하지만, 여기서는 어떻게 달리 내 기분을 표현할 수
가 없다. 그리고 이것만으로도 내게는 충분해 보인다.

10월 12일에

이제, 내 마음속에 오시안이 깃들면서 호메로스를 밀어내 버렸다.

그 위대한 시인은 나를 대체 어떤 세계로 이끌어 들이고 있는가! 나는 폭풍이 몰아치는 소리에 휩쓸려 황량한 벌판을 방황한다. 희미한 안개 속에서 몽롱하게 떠오르는 달빛이 선조들의 망령을 그리로 이끌어간다. 첩첩산중의 숲에서는 강물이 포효하며 흘러가고, 망령들은 그들이 누워 있는 동굴 속에서 신음소리를 내며 몸을 일으킨다. 그리고 숨이 넘어가듯 비탄에 잠긴 한 처녀의 탄식소리도 들려온다. 한때 고귀한 영웅이던 그녀의 애인, 지금은 쓰러져 잠든 그의 무덤 위에 둘러선 네 개의 묘석에는 이끼가 덮이고 잡초가 우거져 있다. 그리고 나는 끝없는 황야 위로 조상들의 발자취를 찾아 방랑하는 백발의 음유시인을 발견한다. 그리고 아아! 그들의 묘비도 발견한다. 시인은 비탄에 잠긴 채 파도가 밀려나가는 바다 속으로 자취를 감추는 저녁별을 우러러본다. 과거의 세월은 그 영웅시인의 영혼 속에 생생하게 되살아난다. 그 당시에는 용맹한 자들의 위험에 찬 앞길을 비춰 주는 따스한 햇빛이 있었고, 승리의 귀향을 하는 그들이 탄, 꽃다발로 치장된 배를 밝게 비춰 주는 달빛이 있었다. 나는 그 방랑시인의 이마에 깊이 새겨진 고뇌의 그림자를 읽으며, 찬란했던 과거의 마지막 자취가 완전히 퇴색하여 무덤을 향해 비틀거리며 다가가는 것을 본다. 이 최후의 영웅은 세상을 떠난 사람들의 그림자가 힘없이 모습을 드러낼 때면 언제나 새로이 고통스럽게 타오르는 기쁨을 느끼고, 온몸에 그 추억을 받아들이면서 차가운 땅과 무성하게 자라 바람에 나부끼는 잡초들을 바라보고 탄식한다.

"방랑자는 올 것이다. 나를 알고 있던 아름다운 모습의 그 방랑자는 올 것이다. 그리고 물을 것이다. '핑갈³²의 뛰어난 아들, 그 노래하던 영웅은 어디 있는가?'라고. 그는 말할 것이다. '그의 발걸음이 내 무덤 위를 지나간다. 그는 지상 위에서 헛되이 나를 찾아다니고 있다.'라고."

아, 친구여! 나도 역시 그 고귀한 용사처럼 당장 검을 빼어 들고 싶다. 그러고는 서서히 죽어가는 삶 속에서 아직도 떠나지 못하고 머뭇거리는 위대한 영주 오시안을 푹 찔러 단숨에 고통으로부터 자유로이 풀어주고 싶다. 그리고 내 영혼도 마치 반신(半神)처럼 자유로워진 그의 뒤를 따라가고 싶다.

10월 19일에

아아 이 공허함! 여기 이 내 가슴속에서 느껴지는 끔찍한 공허함! 나는 자주 이런 생각이 든다. 그녀를 한 번만, 단 한 번만이라도 꼭 안을 수만 있다면 이 공허함은 단숨에 채워질 것이라고.

---

32 핑갈(Pingal)은 아일랜드의 영웅이었으며, 오시안의 아버지이다. 그도 역시 영웅이었고 전사였다. 핑갈이 전투에 나가 용감히 싸우다 전사하자, 전쟁에서 살아남은 아들 오시안은 장님이 되어 칠현금 하나만을 손에 들고 음유시인으로서 방랑하면서 부친이 살았던 시대의 영웅들의 행적을 읊었다고 한다—옮긴이.

10월 26일에

그렇다, 나는 확실하다, 친구여, 한 사람의 존재란 별로 중요하지 않다는, 참으로 별 것이 아니라는 생각이 점점 더 확실해진다. 로테에게 한 여자 친구가 찾아 왔길래, 나는 책을 가지러 옆방으로 갔지만 읽을 생각이 나지 않아 펜을 들어 뭔가를 쓰기 시작했다. 그런데 두 사람이 나직하게 이야기하는 소리가 들려왔다. 별로 중요하지 않은 일로, 어떤 여자는 결혼을 한다든가, 어떤 여자는 몹시 아프다는 등, 시내에서 일어난 새로운 사건들에 대해 이야기하고 있었다.

"그 여자는 마른기침을 심하게 하고, 얼굴은 광대뼈가 불거져 나올 정도로 야위었어요. 게다가 혼수상태에 빠지곤 한대요. 이제 살아날 가망은 없는 것 같아요. 기도도 하지 않아요."라고 여자가 말하자,

"N. N.도 상태가 안 좋다지요?"라고 하는 로테의 목소리가 들렸다.

"그는 벌써 몸이 퉁퉁 부어 있어요." 상대방이 말을 받았다.

나의 활발한 상상력은 벌써 이 병들고 가련한 사람들의 병상으로 옮겨가 있었다. 그들은 얼마나 비참한 심정으로 이 세상을 등지지 않으려고 애쓰고 있는가. 그런데도, 빌헬름! 내가 사랑하는 여인과 그녀의 친구는 마치 자신들과는 아무 상관없는 일인 듯이 무심하게 얘기하고 있는 것이다. 방 안을 둘러보니 로테의 옷가지와 알

베르트의 서류들, 그리고 이미 내게 친숙해진 이 가구들, 심지어 이 잉크병까지 눈에 띄었다. 그것을 보며 나는 이런 생각을 했다.

'보라, 도대체 너는 이 집에서 뭐란 말인가! 결국 아무것도 아니지 않은가. 네 친구들은 너를 존중하고 있다! 너는 때로 그들에게 기쁨을 주면서도, 너 자신은 마치 그들이 없으면 아무 즐거움도 없을 거라고 생각한다. 그러나 만약 이제 네가 떠나가 버린다면? 이들 모임과 작별을 고한다면? 과연 그들은 너를 상실한 뒤 느끼는 쓰라린 공허감을 얼마나 오랫동안 느낄까? 얼마나 오랫동안?' 아아, 인간이란 그처럼 덧없는 존재다. 원래 자신의 존재를 확신할 수 있는 곳에서조차, 자신이 존재하고 있다는 것을 진정으로 인상 깊게 남길 수 있는 장소에서조차, 그리고 사랑하는 이들의 추억과 그들의 영혼 속에서조차 희미하게 사라져가고 만다. 그것도 순식간에!

10월 27일에

사람이 사람에게 이렇게 서로 냉담해질 수 있을까, 라는 생각을 하면 나는 가슴이 찢기고 머리가 터질 것만 같다. 아, 사랑도, 기쁨도, 온유함도, 환희도 내가 다른 사람에게 줄 수 없으면, 다른 사람도 그것을 나에게 주지 않을 것이다. 그리고 비록 나는 온 마음을 다하더라도, 차갑고 무력하게 내 앞에 서 있는 사람을 행복하게 해줄 수 없을 것이다.

10월 27일 저녁에

나는 이토록 많은 것을 갖고 있지만, 그녀에 대한 감정이 이 모든 것을 삼켜버린다. 나는 이토록 많은 것을 갖고 있지만, 그녀 없이는 이 모든 게 아무런 소용이 없다.

10월 30일에

나는 이미 수백 번도 더 자칫 그녀의 목에 매달릴 뻔하지 않았던 가! 그토록 사랑스러운 여인이 자기 눈앞에서 오가는 데도 다가가 만지도록 허락을 받지 못한 사람의 심정은 겪어보지 않은 사람은 모를 것이다. 다가가 만지고 싶은 것이야말로 인간의 가장 자연스러운 충동인데도 말이다. 아이들은 눈앞에 보이는 모든 것을 다가가서 만져보지 않는가? 그런데 나는?

11월 3일에

신께서는 아시겠지! 나는 잠자리에 누울 때면 자주 다시는 깨어나지 않기를 바라는 마음이 든다. 그러나 아침이 되면 나는 다시 눈

을 뜨고, 태양을 바라보면서 마음은 또다시 비참해진다. 아아, 변덕
스러운 내 기분을 날씨라든가, 제 삼자 혹은 실패한 어떤 사업 탓
으로 돌릴 수만 있다면 참을 수 없는 이 무거운 짐을 절반은 견뎌
낼 수 있을 텐데! 괴롭다! 오직 나한테 모든 죄가 있다는 것이 너
무도 절실히 느껴지니까. 아니, 그것은 죄가 아니다. 그러나 일찍이
온갖 행복의 원천이 이 가슴속에 들어 있었듯이 온갖 불행의 원
천도 역시 이 가슴속에 도사리고 있다. 나야말로 한때 온갖 감정
에 충만되어 활기차게 이리저리 떠돌아다녔고, 발걸음을 뗄 때마
다 마치 혼자서 천국의 기쁨을 다 안은 듯, 온 세상을 다정하게 포
옹할 듯 하지 않았던가? 그런데, 그 가슴은 이제 죽어 버리고 말았
다. 거기서는 아무런 기쁨도 흘러나오지 않는다. 눈물은 메말라 버
렸고, 더 이상 상쾌한 눈물로 원기를 회복할 수 없으리라는 불안
이 내 마음을 어둡게 한다. 너무나 큰 고통이 나를 짓누르고 있다.
내 인생의 유일한 기쁨이었던 것을 나는 잃어버렸고, 내 주위의 세
계를 창조하던 생명이 넘쳐나던 거룩한 힘은 사라졌다! 내 방 창가
로 다가가, 멀리 펼쳐진 언덕으로 아침의 태양이 솟아올라 안개를
거두어가고 고요한 들판에 찬란한 빛을 내리비치고 잎새들이 떨어
진 들판 사이로 감미로운 시냇물이 소리치며 흐르는 것을 보노라
면, 아아! 이 찬란한 자연도 이제는 니스 칠을 한 그림처럼 딱딱하
게 내 앞에 버티고 있을 뿐이다. 어떤 광경을 봐도 내 심장으로부
터 내 머리를 향해 한 방울의 기쁨도 솟구쳐 오르지 않는다. 그리
하여 사내대장부가 메말라 버린 샘이나 금이 간 물동이처럼 신 앞

에 무력하게 서 있다. 나는 이따금, 거칠고 메마른 땅에 엎드려 완고한 하늘을 향해 단비를 갈구하는 농부처럼, 내게도 눈물을 내려 달라고 신에게 기도했다.

그러나 아아! 아무리 간절히 기도해도 신은 비나 햇살을 내려 주시지 않는다. 그 시절의 아름답던 추억이 또다시 나를 괴롭힌다. 신의 정령이 내게 내려와 임하기를 참을성 있게 기다리던 시절, 신의 정령이 나에게 부여해준 환희를 가슴 가득 감사히 받아들였던 그 시절에 대한 추억이!

11월 8일에

그녀는 나의 무절제한 행동을 나무랐다! 아, 그런 그녀의 모습이 얼마나 사랑스러운지! 내 무절제한 버릇이란 처음에는 포도주 한두 잔에 이끌리다가 마침내 병 하나를 통째로 비워 버리는 것이다.

"그러지 마세요."라고 그녀는 말했다. "저를 생각해서라도요!"

"생각하라고요?" 내가 말했다. "그렇게 하라고 말할 필요가 있습니까! 나는 생각하고 있습니다! 아니, 생각 안 합니다! 당신을 늘 내 머릿속에 간직하고 있으니까요. 오늘도 나는 지난번 당신이 마차에서 내리던 바로 그곳에 앉아 있었습니다."

그녀는 내가 그 이야기에 너무 깊이 파고들까 봐 이내 화제를 바꿔 버렸다. 친구여, 나는 이제 끝장이 났다! 나는 그녀가 시키는 대로 끌려가고 있을 뿐이다.

11월 15일에

빌헬름, 자네의 진심 어린 관심과 충고는 고맙다. 하지만, 날 그냥
내버려 다오. 스스로 견뎌나가도록 말이다. 몸과 마음이 더없이 지
쳐 있긴 하지만 그래도 참고 견뎌나갈 힘은 충분히 남아 있다. 내
가 종교를 존중한다는 것은 자네도 알고 있다. 종교는 지친 이들에
게 지팡이가 되어 주고, 번민으로 초췌해진 사람들에게 평온과 용
기를 준다. 하지만 종교가 모든 사람에게 그런 역할을 하며 또 그
래야만 할까? 이 넓은 세상을 바라보면 목사의 설교를 들었든 듣
지 않았든 간에, 종교가 영향을 끼치지 못했거나 끼치지도 않을
듯한 사람들은 수도 없이 많다. 그런데도 종교가 나에게 과연 의지
할 수 있는 힘이 되어줄까? 하나님의 아들조차도 자기 주위에 모
여든 사람들은 하나님이 보내 주신 것[33]이라고 말하지 않았던가?
만일 내가 그 아드님에게 보내진 사람이 아니라면? 내 마음이 속
삭이듯이 만일 하나님이 나를 자기 곁에 붙잡아 두고 싶어 하신다
면? 부디 내 말을 오해하거나 순진하고 소박한 내 말 속에 뭔가 조
소가 담겨 있다고는 생각하지 말아다오. 나는 어느 때보다 마음

---

33 《신약성서》의 〈요한복음〉 17장 24절에 나오는 말이다—옮긴이.

을 활짝 열고 진심으로 말하고 있다. 만일 그렇지 않다면 나는 차라리 아무 말도 하진 않을 것이다. 나뿐 아니라 어느 누구도 알 수 없는 것에 대해 쓸데없이 이러쿵저러쿵 말하고 싶지 않기 때문이다.

인간의 운명이란 다름 아니라 자신에게 주어진 처지를 참고 인내하며 자기 몫의 잔에 부어진 술을 다 들이켜는 것이 아닌가? 그리고 천상의 신도 인간인 그리스도의 모습으로 이 세상에 내려 왔을 때 이 잔이 너무 쓰다고 말했는데, 내가 뭐가 그리 대단하다고 그 술잔이 달콤한 척하겠는가? 내 존재가 삶과 죽음의 갈림길에서 전율하는 이 순간, 과거가 섬광처럼 빛을 발하며 암흑과 같은 미래를 비추고, 내 주위의 삼라만상이 나와 더불어 몰락하려는 이 순간에 왜 내가 부끄러워하겠나? 마지막 순간에 몰려 끊임없이 자신을 경고하지만 어쩔 수 없이 나락으로 추락하면서, "오오 하나님! 하나님! 당신은 왜 나를 버렸습니까?"[34]라고 부르짖는 것이야말로 바로 신의 피조물인 인간이 하는 일 아니겠는가? 그런데 내가 그런 말을 부끄러워할 필요가 있는가? 왜 나만이 그 순간을 두려워해야 하겠는가. 이 하늘도 한 장의 천 조각처럼 가볍게 말아 올릴 수 있는 그 전능한 분의 독생자조차 피할 수 없었던 순간을 말이다.

---

34 《신약성서》의 〈마태복음〉 27장 46절에 나오는 말이다—옮긴이.

11월 21일에

그녀는 알지 못한다. 나와 자신을 파멸시킬 독약을 자기 스스로 빚고 있다는 것을 그녀는 느끼지 못한다. 그런데 나는 파멸로 이끄는 술잔을 그녀가 내밀 때마다 기쁨에 넘쳐 성큼 받아 마시고 있다. 그녀가 자주—자주라고?—아니, 자주는 아니다—, 하지만 이따금 내게 던지는 그 그윽한 시선은 대체 무엇인가? 감추지 못하고 드러내는 내 감정을 다정하게 받아들이는 온화함은 무엇인가? 그녀의 이마에 새겨지는 표식은 내가 참고 있는 데 대한 동정에 불과한 것인가?

어제 나는 작별인사를 할 때, 그녀는 나에게 손을 내밀며 말했다.

"잘 가요, 사랑하는 베르테르!"

사랑하는 베르테르! 그녀가 나를 향해 '사랑하는'이라는 말을 쓴 것은 그때가 처음이었다. 그 말은 내 뼛속까지 사무쳐왔다. 나는 그 말을 수백 번이나 되풀이했고, 어젯밤 잠자리에 들 무렵까지 혼자서 중얼거리다 끝내는 내 입에서 이런 말이 튀어나왔다.

"잘 자요, 사랑하는 베르테르!" 그리고는 피식 웃고 말았다.

11월 22일에

"그녀를 내게서 멀어지게 하소서!"라고 기도할 수는 없다. 그녀는 종종 내 사람인 듯이 느껴지기 때문이다. "그녀를 나에게 주옵소서!"라고 기도할 수도 없다. 그녀는 이미 다른 사람의 아내가 되었기 때문이다. 나는 가슴속에 고통을 안고 있으면서도, 겉으로는 빈정거리며 농담을 늘어놓는다. 하지만 이렇게 하다가는, 내가 하는 말은 전체가 반대 명제들로 이루어진 진부한 소리가 되고 말 것이다.

11월 24일에

내가 얼마나 고통을 참고 있는지 그녀는 알고 있다. 오늘 나를 바라보는 그녀의 시선은 내 가슴속 깊이 파고들었다. 내가 찾아갔을 때 그녀는 혼자 있었다. 나는 아무 말도 하지 않았고 그녀도 그런 나를 바라보기만 했다. 나는 이미 그녀에게서 예전과 같은 사랑스러운 아름다움이나 뛰어난 정신의 빛을 느낄 수가 없었다. 그 모든 것이 내 눈앞에서 사라지고 만 것이다. 그 대신, 훨씬 더 강렬한 시선이 느껴졌다. 그것은 깊은 관심과 동정으로 가득 차 있었다. 나는 왜 그녀의 발치에 몸을 던지지 못하는가? 왜 나는 그녀를 껴안고 수천 번 키스를 퍼부으면서 답례를 보내서는 안 되는 것인가?

그녀는 도망치듯 피아노로 다가가 건반을 누르면서 감미롭고 나직한 목소리로 노래를 불렀다. 그녀의 입술이 그때처럼 매력적이었던 적은 없었다. 그녀는 피아노에서 솟아나오는 그 달콤한 음을 목마른 듯 자신의 내부로 한껏 끌어들이려는 듯했고, 그 신비스러운 음향이 순결한 그녀의 입을 통해 되돌아서 나오는 듯했다.

아, 자네에게 이런 것을 말한들 무슨 소용이 있단 말인가. 나는 더 이상 참을 수가 없어서 머리를 숙이고 맹세했다.

"나는 결코 당신의 입술에 키스를 하지 않겠습니다. 마치 천상의 영혼이 깃들어 있는 듯한 당신의 입술에는 결코!"

하지만 나는 키스를 갈망한다. 아! 그것은 내 영혼 앞에서 장벽처럼 버티고 서 있다. 이 행복감을 맛볼 수 있다면 파멸해도 좋다. 하지만 그것이 죄가 될 수 있을까?

11월 26일에

이따금 나는 혼자 이렇게 중얼거린다.

"너의 운명은 유례가 없는 것이다. 다른 사람들은 행복하다고 해도 좋을 것이다. 여태껏 너처럼 괴로워하는 사람은 없었다."라고. 그러고 나서 옛 시인의 시를 읽는다. 마치 내 마음속을 들여다보는 듯하다. 나는 너무나 많은 것들을 참아내야 한다! 아아, 이제껏 나처럼 불행했던 사람이 과연 있을까?

11월 30일에

나는, 나는 아무래도 나 자신으로 되돌아갈 수 없을 것 같다! 어디에 발을 내딛어도 내 눈에 보이는 모든 것이 이성을 잃게 만든다. 오늘도! 아, 운명이여! 아, 인간이여!

점심 식사를 할 무렵 나는 강가를 따라 걸어갔다. 식욕도 없었다. 모든 것이 황량했고, 축축하고 싸늘한 저녁 바람이 산에서 불어왔다. 비를 실은 잿빛 구름이 골짜기로 가득 들어서고 있었다. 멀리 초라한 녹색 코트를 걸친 한 남자가 보였다. 바위틈을 기어 다니면서 약초를 찾고 있는 것 같았다. 나는 그에게 가까이 다가갔다. 그는 내가 다가가는 소리를 들었는지 고개를 돌렸다. 그의 얼굴에는 아주 흥미로운 표정이 서려 있었다. 조용한 슬픔 같은 것이 얼굴에 짙게 드리워져 있었던 것이다. 그 외에는 그저 솔직하고 선한 인상이었다. 검은 머리는 두 가닥으로 둥글게 말아 올려 핀으로 꽂고 나머지는 단단하게 땋아 등 뒤로 늘어뜨렸다. 옷차림으로 보아 신분이 낮은 사람 같아서 그가 하는 일에 관심을 가져도 실례가 되지 않을 거라고 생각했다. 나는 그에게 무엇을 찾고 있느냐고 물었다.

"꽃을 찾고 있어요. 하지만 하나도 눈에 띄지 않는군요." 그는 깊이 한숨을 내쉬며 대답했다.

"꽃이 피는 계절은 아닌 것 같은데요." 내가 미소를 지으며 말하자 그 남자는 나에게 내려오며 대꾸했다.

"꽃에는 여러 가지가 있지요. 우리 집 정원에는 장미와 인동 두 종류가 있습니다. 한 종류를 아버지가 주셨는데 잡초처럼 왕성하게 자랐습니다. 벌써 이틀 전부터 꽃을 찾고 있는데 보이지 않는군요. 집 밖으로 나오면 늘 꽃이 피어 있어요. 노란 꽃, 파란 꽃, 붉은 꽃…… 아름다운 꽃들이 피어 있는데 오늘은 하나도 못 찾겠어요."

나는 뭔가 섬뜩한 느낌이 들었다. 그래서 살그머니 말을 돌려 도대체 무엇을 하려고 꽃들을 찾는지 물었다. 그러자 기이하고 일그러진 미소가 그의 얼굴 위로 스쳐 지나가더니, 그는 손가락을 입에 갖다 대면서 말했다.

"만약 선생님이 누설하지 않는다면 비밀을 말씀드리지요. 제 애인에게 화관을 만들어 주기로 약속했거든요."

"그것 참 좋은 생각이군요."

"하지만 그녀는 다른 것은 많이 가지고 있어요. 부자이니까요."

"그래도 그 여자 분은 당신이 만든 화관을 좋아할 겁니다." 내가 대꾸했다.

"아!" 그 남자는 계속해서 말했다.

"그녀는 보석과 왕관도 갖고 있답니다."

"도대체 그 여자 분의 이름이 무엇입니까?"

그는 내 물음에 엉뚱한 대꾸를 했다.

"만약 네덜란드 정부가 나한테 봉급을 지불하기만 했다면 저는 다른 사람이 되었을 겁니다. 예, 그래요. 내게도 정말 행복했던 시절이 있었지요! 지금은 사라지고 말았지만. 나는 지금……."

하늘을 향한 그의 이슬 맺힌 눈이 모든 것을 말해주고 있었다.

"그러니까 예전의 당신은 행복했었다는 말씀이군요?" 내가 물었다.

"다시 그때처럼 될 수만 있다면요!" 그의 말이었다.

"그때 나는 즐겁고 기뻤지요. 마치 물속의 고기처럼 가벼운 기분이었어요."

그때였다. "하인리히!"라고 한 노파가 길 쪽에서 우리에게 다가오면서 외쳤다.

"하인리히, 도대체 어디 숨어 있었던 게냐? 온 사방을 다 찾았지 뭐냐. 어서 가서 밥 먹자!"

나는 노파에게 다가가면서, "저 사람이 아주머니의 아들인가요?"라고 물었다.

"그래요, 제 불쌍한 아들이지요! 하나님이 제게 무거운 십자가를 안겨 주신 겁니다."

"언제부터 저렇게 되었습니까?"

"저렇게 조용히 지낸 지 벌써 반년이 되었어요. 그나마 저만한 것도 다 하나님 덕택이지요. 그 전에는 일 년 내내 미쳐 날뛰는 바람에 정신병원에 가두어 쇠사슬로 채워 놓았었답니다. 지금은 난폭한 짓을 하지 않아요. 다만 무슨 왕이니 황제니 하며 알아들을 수 없는 말들을 들먹인답니다. 전에는 얼마나 착하고 조용한 아이였는지 몰라요. 나를 도와 집안 살림도 하고 그 멋진 손으로 글도 잘 썼는데, 갑자기 우울증에 걸리고 열병에 걸린 사람처럼 되더니 결국에는 미치고 말았어요. 지금은 보시다시피 저렇답니다."

"당신 아들은 행복하고 즐거웠던 때가 있었다며 회상하는데 그때가 대체 언제였습니까?"

나는 터진 봇물처럼 계속 쏟아져 나오는 그녀의 말을 막으면서 물었다.

"바보 같은 애지요!" 노파는 그렇게 외치면서 애처로운 미소를 지었다.

"정상이 아닐 때의 이야기를 하고 있는 거랍니다. 늘 그때를 자랑하고 다니죠. 사실은 저 애가 정신병원에 들어가 스스로에 대해 아무것도 모르던 때를 말하는 거예요."

그 말은 벼락처럼 내 가슴을 내리쳤다. 나는 노파의 손에 동전 한 닢을 쥐어주고는 서둘러 그곳을 떠났다.

'그때 너는 행복했었다고!' 나는 시내로 발걸음을 재촉하면서 외쳤다.

네가 물속의 고기처럼 즐거웠던 그 시절! 하늘에 계신 아버지시여! 인간이 분별력을 갖고 있다가 다시 그것을 잃어버리기 전에는 행복하지 못하도록 운명 지은 당신이시여! 불행한 사내여! 나는 그대의 혼미한 정신을, 미친 상태가 되어 초췌해진 당신의 모습이 얼마나 부러운지 모른다. 그대는 그대의 마음속에 살아 있는 여왕에게 꽃을 꺾어 바치려는 희망에 가득 차 겨울에도 밖으로 나간다. 꽃을 하나도 꺾지 못하면서도 찾을 거라고 굳게 믿고 있으며 왜 꽃이 보이지 않는지는 이해하지 못한다. 그런데 나는, 나는 아무런 희망도 목적도 없이 밖으로 나간다. 그리고 결국 달라진 것 없이 집으로 돌아오고 만다. 그대는 만약 네덜란드 정부가 그대에게 돈만 지불해 주면 아주 행복할 거라고 믿고 있다. 자신의 불행을 이 지상의 어떤 장애 탓으로 돌릴 수 있는 그대야말로 행복한 사람이다. 그대는 느끼지 못한다! 바로 그대의 파괴된 가슴속에, 미쳐 버린 머릿속에 불행의 근원이 놓여 있음을. 그리고 이 세상의 어떤 왕도 그대를 거기에서 구해내 줄 수 없다는 것을 느끼지 못한다.

먼 곳에 있는 생명의 샘을 찾아 떠났으나 오히려 병이 더 깊어져 더욱 고통을 느끼며 남은 인생을 사는 사람, 양심의 가책에서 벗어나려고 괴로워하는 가슴을 안고 영혼의 고통을 떨치기 위해 그리스도의 성배를 찾아 순례를 떠나는 사람을 멸시하는 자는 어떤 위안도 받지 못하고 죽을 것이다. 아무도 걸어간 적이 없는 길 위에 딛는 한 걸음 한 걸음이 그의 불안한 영혼을 달래 주는 위안의 물방울이 되며, 하루의 순례 여정을 견뎌낼 때마다 가슴속에 쌓였던 억눌림은 그만큼 가벼워진다. 그런데도 그대들은 그것을 미친 짓이라고 부르겠는가? 안락의자에 앉아 공허한 말만 늘어놓는 자들이여, 진정 그것을 보고 광기라고 말하는가! 오오, 하나님! 당신은 내 눈물을 보고 계십니다! 인간을 이토록 가련한 존재로 창조하신 당신은 그것도 부족해서 형제들끼리 얼마 안 되는 재산을 서로 빼앗고, 또 당신에 대해서 갖고 있는 얼마간의 믿음마저도 빼앗도록 내버려두셔야만 했습니까? 전능하신 분이여! 병을 치유해

주는 풀뿌리나, 포도즙에 대한 우리의 신뢰는, 바로 우리를 둘러싼 만물 속에 우리가 절실히 필요로 하는, 치유와 고통을 경감해 주는 힘을 넣어 주신 당신에 대한 믿음이 아니고 무엇이겠습니까?

아버지시여! 저는 당신을 알지 못합니다. 아버지시여! 일찍이 내 영혼을 충만하게 채워 주시던 분이었으나 이제는 나에게서 얼굴을 돌리신 신이시여! 나를 당신에게로 불러주소서! 더 이상 침묵을 지키지 마십시오! 당신의 침묵은, 갈증에 허덕이는 제 영혼이 당신에게 다가가는 것을 막고 있습니다. 예상치 못하게 되돌아온 아들이 아버지의 목을 껴안고 이렇게 외칠 때 그 아버지는 어떻게 화를 내겠습니까?

'저는 다시 돌아왔습니다, 아버지! 제가 당신의 뜻대로 더 오래 견뎠어야 할 이 방랑을 멈추고 되돌아왔다고 화내지 마소서. 세상은 어디를 가나 똑같았습니다. 고생스럽게 일을 끝낸 후에야 보수와 즐거움이 따릅니다. 그러나 저한테 그것이 다 무슨 소용입니까? 저는 당신이 계신 곳에 함께 있는 것만으로도 기쁩니다. 괴로움도 기쁨도 아버지가 계신 곳에서 겪고 싶습니다.'

그러나 당신은, 하늘에 계신 사랑하는 아버지시여, 당신은 그 아들을 정녕 물리치시렵니까?

12월 1일에

빌헬름! 내가 지난번에 얘기했던 그 미친 남자, 행복에 젖어 있는 듯한 불행한 그 사내는 바로 로테의 아버지 밑에서 일하던 서기관이었다고 한다. 그도 역시 그녀에 대한 열정을 감춘 채 키워오다 그만 발각이 나는 바람에 일자리에서 쫓겨나고, 결국 미치광이가 되고 말았다는 것이다. 이 이야기를 알베르트가 무미건조한 말로 태연하게 들려주었다. 그러나 나는 얼마나 큰 충격을 받았는지 모른다. 어쩌면 자네도 알베르트처럼 이 글을 읽고 태연하게 받아들이겠지.

12월 4일에

부탁이다. 자네도 알다시피, 나는 이제 끝장이다! 더 이상 견딜 수가 없구나! 오늘도 나는 그녀의 곁에 앉아 있었다. 그녀는 피아노를 연주하고 있었다. 온갖 감정이 담긴 선율들이 흘러나왔다. 온갖 감정을 나타내고 있었다. 온갖 감정을 말이다. 그녀의 여동생은 내 무릎 위에 앉아 인형을 만지작거리며 놀고 있었다. 나는 눈물이 흘러내려 고개를 숙이다 그녀의 손에 낀 결혼반지를 보았다. 그러나 나의 눈물은 멈추지 않고 흘러내렸다.

불현듯 그녀는 내가 즐겨 듣던 곡을 치기 시작했다. 마치 천상에서 들려오는 듯 하는 달콤한 그 선율이었다. 그 순간, 내 영혼 속으로 한 줄기 위안이 스며들면서 과거의 추억들 가운데 하나가, 내가 그 노래를 들었던 시절, 상실과 좌절된 희망 사이에 음울하게 흐르던 시간들이 떠올랐다. 나는 일어나서 방 안을 서성거렸다. 가슴은 짓눌리다 못해 숨이 막힐 듯했다.

"제발……!" 나는 외쳤다. 격한 감정이 폭발해서 그녀에게 달려가 외쳤다.

"제발, 그만 멈춰요!"

그녀는 손을 멈추고 굳은 표정으로 나를 바라보았다.

"베르테르……"라고 말하면서 그녀의 짓는 미소는 내 영혼 속으로 파고드는 듯했다.

"베르테르, 당신은 몸이 안 좋으시군요. 당신이 좋아하는 곡도 싫어하다니. 그만 돌아가세요! 그리고 마음을 진정시키도록 하세요."

나는 아무 말도 않고 뛰쳐나와 버렸다. 신이시여! 당신은 나의 이 비참한 심정을 보고 계십니다. 그러니 이제 그만 끝내주십시오.

12월 6일에

그녀의 모습이 줄곧 나를 쫓고 있다! 깨어 있든 꿈을 꾸든 온통 내 영혼을 휘어잡는다. 눈을 감고 있어도 여기 이 머릿속에 그녀의 검은 눈동자가 보인다. 바로 여기에 말이다! 어떻게 표현해도 자네는 이해하지 못할 것이다. 눈을 감으면 그녀의 눈동자가 보인다. 마치 바다처럼, 심연처럼 깊은 그 눈동자는 내 앞에 있고 내 마음속에 자리를 잡고 온통 내 머리 속을 채우고 있다.

　인간이란 무엇인가, 반신(半神)처럼 찬양받는 존재가 아닌가! 그러면서도, 정작 힘이 가장 필요할 때에는 그 힘을 잃고 마는 존재가 아닌가? 그리고 인간은 기쁨이 넘칠 때나 고통 속에 무너져 내릴 때도, 어느 순간 바로 거기에서 멈춰버리지 않는가? 그리고 인간은 충만한 무한함 속으로 녹아들어 도취되기를 갈망하면서, 바로 그 순간에 이르렀다가도, 다시금 둔중하고 차가운 의식 속으로 맥없이 되돌아오고 마는 가련한 존재가 아니고 무엇인가?

편집자가 독자에게

로라 강둑에서 하프를 켜며 신령들을 불러내는 오시안

우리의 친구 베르테르의 주목할 만한 마지막 며칠간에 대해서 그가 자필로 쓴 것들이 되도록 많이 남아 있기를 나는 간절히 바랐습니다. 그랬다면 편집자가 하는 이야기로 베르테르가 남긴 서신들을 계속 열거하는 일을 중단할 필요가 없을 것이기 때문입니다.

나는 그에 관해 들어서 많이 알고 있을 만한 사람들을 통해 정확한 소식을 모으려고 노력했습니다. 그 일은 간단했으며, 내가 모은 이야기들은 몇 가지 사소한 것들을 제외하고 대체로 일치했습니다. 다만 이야기와 관련된 인물들의 기분에 대해서만은 의견들이 구구하고 판단도 서로 달랐습니다.

결국 우리에게 남은 일은, 애써 들은 것들을 그대로 이야기하고 이제는 고인이 된 베르테르가 남긴 서한들 속에서 발견된 아주 사소한 쪽지 하나라도 하찮게 다루지 않는 것입니다. 특히 아무리 하찮은 행동일지라도 그것이 범상하지 않은 사람들에게서 일어나면 그러한 행동을 일으킨 진정한 충동의 실마리를 찾기가 어렵기 때문입니다.

베르테르의의 영혼 속에는 우울함과 불쾌감이 깊이 뿌리를 내리고 뒤얽히면서 서서히 그의 온 존재를 삼켜 버리고 있었습니다.

한때 조화로웠던 그의 정신은 완전히 파괴되었고, 그의 본성 속에 깃든 모든 힘을 혼란스럽게 하는 내면의 열기와 격함은 극도의 역겨운 효과를 불러일으켜서 결국 그의 몸은 쇠잔해지고 말았습니다. 그는 허탈한 상태에서 벗어나려고 지금까지 온갖 사악함과 싸우던 때보다 더욱 불안에 떨며 몸부림쳤습니다. 그의 마음속에 웅크리고 있는 불안과 두려움은 그의 남은 정신력과 생기, 명철한 통찰력을 좀먹어갔습니다. 그는 사람들이 모여 있는 곳에 가도 슬픈 기색을 띠었고 점점 더 불행해졌으며 성격도 더욱 괴팍해졌습니다. 적어도 알베르트의 친구들은 그렇게 말하고 있습니다. 그들의 주장에 따르면, 알베르트는 오랫동안 소망해온 행복을 손에 넣은 순수하고 차분한 남자이며 또한 그 행복을 계속 유지하려고 했는데, 베르테르는 그런 알베르트의 태도를 제대로 파악하지 못했다는 것입니다. 그는 매일 자신이 지닌 모든 것을 좀먹으면서도 밤이 되면 또 허기져서 괴로워했다는 것입니다. 그들은 또 말하기를, 알베르트는 그처럼 단시일 내에 변하는 사람이 아니어서 베르테르가 처음 그를 알게 되었을 때의 모습, 베르테르 자신이 아주 높이 평가하고 존중하던 때의 모습 그대로였다고 합니다. 그는 누구보다도 로테를 사랑했고 그녀를 자랑스러워했으며, 또한 그녀가 모든 사람으로부터 훌륭한 여인으로 인정받기를 진심으로 바랐습니다. 그러므로 혹시 그가 어떤 의심스러운 기미들을 떨쳐 버리려고 애쓰면서도, 자신의 귀중한 아내를—아무리 사심이 없다 하더라도—다른 사람과 공유하는 것을 꺼렸다고 해서 그를 나쁘게 생각할 수 있겠습니까? 알베르트는 베르테르가 찾아와서 로테의 곁에 있을 때면 일부러 그 방에서 나가 주었다고 그의 친구들도 인정하고 있습니다. 그것은 자신의 친구인 베르테르에 대한 증오나 거부감에서가 아니라, 다만 자기가 그 자리에 있으면 베르테르의 감정이 거북해지는 것을 알았기 때문이었다고 합니다.

로테의 아버지가 병에 걸려서 방 안에만 누워 있게 되자, 그는 로테에게 자신의 마차를 보내주었으며 그녀는 그것을 타고 외출했습니다. 어느 아름다운 겨울날이었으며, 첫눈이 엄청나게 내려 그 일대를 온통 뒤덮었습니다.

베르테르는 다음날 아침에 그녀의 뒤를 쫓아갔습니다. 만약에 알베르트가 그녀를 맞으러 오지 않으면 자신이 그녀를 데리고 갈 생각이었던 것입니다.

청명한 날씨조차도 그의 우울한 기분을 밝게 해줄 수는 없었습니다. 그의 영혼은 답답한 것에 눌려 있었고 슬픈 영상들이 그의 뇌리에 계속 맴돌고 있어서, 그의 마음은 단지 고통스러운 상념으로부터 또 다른 고통스러운 상념으로 계속 넘어갈 뿐이었습니다.

그 자신이 끊임없는 불만 속에서 살았듯이, 다른 사람들의 상태도 그에게는 오직 부정적이며 혼란스럽게 보일 뿐이었습니다. 그는 알베르트와 그의 아내 사이의 아름다운 관계를 자신이 파괴했다고 믿고 그 때문에 자책을 했으나, 거기에는 알베르트에 대해 은근한 불쾌감도 함께 뒤섞여 있었습니다.

그는 길을 가면서도 그 일에 생각이 매달려 있었습니다.

'그래, 그렇지.'라고 그는 내심 이를 갈면서 중얼거렸습니다.

'바로 그것이 신뢰하며 다정하고 부드럽게 모든 것에 관심을 갖는 관계라는 것이다! 조용히 지속되는 신뢰! 하지만 그거야말로 권태와 무관심이다! 알베르트는 자신의 소중하고 충실한 아내보다도 온갖 사소한 일에 더 관심을 두지 않는가? 그는 과연 자신의 행복을 평가할 줄이나 아는가? 또 그녀를 존중할 줄 아는가? 그녀가 그럴 만한 가치가 있다는 것을 아는가? 그에게는 그녀가 있다. 좋아, 그녀를 소유하고 있다. 물론 나는 그 사실을 잘 알고 있다. 나는 그 사실에 익숙해졌다고 믿고 있다. 그런데도 그 생각만 하면 미칠 것 같다. 그것은 나를 죽이고 말 것 같다. 그런데도 나에 대한 알베르트의 우정은 도대체 흔들리지 않는 것인가? 로테에 대한 나의 애착이 그녀에 대한 자신의 권리를 침해하는 것이라고 생각하지 않을까? 내가 그녀에게 관심을 갖는 것이 자기에게 조용한 질책을 보내는 것이라고 생각하지 않을까? 나는 그것을 잘 알고, 또 느끼고 있다. 알베르트가 나를 꺼려하는 것만 보아도 그렇다. 그는 내가 떠나 주기를 바라고 있다. 내가 여기에 있는 것이 불편한 것이다.'

종종 그는 빠르게 걷다가 걸음을 멈추었고 자주 가만히 서 있곤 했으며, 되돌아서려고 주저한 적도 있었습니다. 그러나 다시 계속해서 앞으로 걸음을 내딛으면서 이런 생각에 잠기거나 혼잣말을 하기도 하다가, 마침내 마지못해서 사냥별장에 이르렀습니다.

그는 문으로 들어서면서 노인과 로테의 안부를 물었습니다. 그런데 저택 안이 조금 뒤숭숭한 느낌이 들었습니다. 가장 나이 많은 사내아이가 나와 이야기하기를, 발하임에 큰 사건이 하나 터졌는데 어느 농부가 살해당했다는 것이었습니다! 그 사건은 더 이상 그의 관심을 끌지 못했습니다. 그가 방 안으로 들어섰을 때 로테는 부친을 설득하려고 애쓰고 있었습니다. 노인은 몸이 아픈데도 불구하고 직접 사건 현장으로 가서 조사하고 싶어 했습니다. 살인자가 누구인지는 아직도 밝혀지지 않았는데, 살해당한 사람은 아침에 그의 집 현관 앞에서 발견되었다고 했습니다. 사람들 추측으로, 죽은 사람은 어느 과부댁의 하인이었다고 합니다. 그 과부는 전에도 하인을 한 명 고용했으나 그 하인과는 불화가 생겨서 집에서 쫓아냈다는 것이었습니다.

베르테르는 이 말을 듣고 격렬하게 동요했습니다.

"이럴 수가!" 그는 외쳤습니다.

"내가 가봐야겠어요. 한시도 지체할 수 없습니다."

그는 서둘러 발하임으로 갔습니다. 모든 기억이 생생히 되살아났고, 살인을 저지른 그 사람은 다름 아니라 자신과 몇 번 얘기를 나눈 적이 있고 어느덧 아주 친밀감마저 느꼈던 그 젊은 농부라는 것을 의심하지 않았습니다.

사람들이 살해된 남자의 시신을 데려다 눕혀 놓은 선술집으로 가려면 보리수 아래를 지나가야 했는데, 여느 때 같으면 그에게 몹시 다정해 보이던 그 장소가 돌연 무섭게 느껴졌습니다. 이웃집 아이들이 자주 나와 놀곤 했던 그 술집의 문지방은 피로 얼룩져 있었습니다. 사랑과 신뢰라는 인간의 아름다운 감정들이 폭력과 살인으로 변해 버린 것이었습니다. 그 울창하던 보리수는 낙엽이 져 헐벗고 서리 맞은 모습으로 서 있었고, 낮은 교회 마당을 둥글게 둘러싸고 있던 울타리의 이파리도 모두 떨어져 황량했으며, 그 울타리 틈새로 마당에 서 있는 눈 덮인 묘비들이 보였습니다.

그가 그 마을 주민이 모두 모여 있는 술집 가까이 다가갔을 때 갑자기 누군가 외치는 소리가 들렸습니다. 멀리서 무장을 한 군인들 한 무리가 보였습니다. 사람들은 그 살인자가 잡혀오고 있다고 외쳤습니다. 그 광경을 바라보던 베르테르는 더 이상 자신의 추측을 의심하지 않았습니다. 그렇습니다! 그의 눈에 들어온 것은 다름 아닌 그 과부를 몹시 연모했던 하인, 얼마 전만 해도 그처럼 가슴에 절망을 간직한 채 우수에 잠겨 말없이 배회하던 바로 그 사람이었습니다.

"몹쓸 사람아, 도대체 무슨 짓을 저지른 건가!" 베르테르는 군인들에게 끌려오고 있는 남자에게 달려가면서 외쳤습니다. 그 젊은이는 물끄러미 그를 바라보더니, 입을 다물고 있다가 마침내 태연스럽게 대답했습니다.

"아무도 그분을 갖지 못할 거예요. 그분도 역시 아무도 갖지 못할 겁니다."

사람들이 그 붙잡힌 사람을 술집 안으로 끌고 들어갔고, 베르테르는 급히 그 장소를 떠났습니다.

이 끔찍하고 폭력적인 사건에 충격을 받자 그의 내면은 뒤죽박죽 혼란스럽게 변하고 말았습니다. 그는 자신의 슬픔, 불만, 그리고 자포자기 상태로부터 한순간에 벗어나고 말았습니다. 그는 그 사건에 완전히 몰두하게 되었으며, 그 사람을 구해야겠다는 말할 수 없는 충동이 그를 사로잡았습니다. 그는 그 젊은이가 너무나 가여웠고, 비록 살인을 했지만 죄가 없다고 느껴졌습니다. 그는 그의 처지를 너무나 깊이 공감하고 있어서 다른 사람들에게도 그 점을 확신시킬 수 있으리라고 믿었습니다. 벌써부터 그는 그 남자를 위해 변호하고 싶은 마음이 간절해졌고, 그의 입가에는 이미 변호할 말까지 감돌았습니다. 그는 법무관의 사냥별장을 향해 달려갔으며, 가는 도중에도 법무관에게 전할 모든 말을 절반쯤 소리 내어 중얼거리지 않고는 견딜 수 없었습니다.

그가 방 안으로 들어갔을 때, 알베르트가 와 있는 것을 보자 잠시 기분이 언짢아졌습니다. 그러나 곧 마음을 진정시키고 법무관에게 자신의 생각을 열심히 말했습니다. 그는 몇 번인가 고개를 내저었고, 베르테르는 한 인간이 다른 인간을 위해 할 수 있는 모든 변호를 열정적으로 진심을 다해서 했지만, 어렵지 않게 생각할 수 있듯이 그것으로는 법무관을 조금도 감동시킬 수 없었습니다. 그는 오히려 우리의 친구 베르테르가 말을 다 하지 못하게 막고 그에게 격렬하게 반박하면서, 그가 잔인한 살인자를 옹호하고 있다고 비난했습니다! 그러면서 그는 이런 식으로 했다가는 모든 법은 폐기되고 말 것이며 국가의 안전도 무너지고 말 거라고 말했습니다. 그리고 덧붙이기를, 그런 사안을 처리하면서 스스로 막중한 책임을 짊어지지 않고서는 아무것도 할 수 없다, 모든 것은 질서에 따라서, 법규에 쓰인 절차에 따라서 해결해 나가야 한다는 것이었습니다.

베르테르는 여전히 포기하지 않고 다만 혹시 누가 젊은이가 도망가도록 도와주더라도 눈감아달라고 부탁했지만, 법무관은 그것마저도 거절했습니다. 마침내 알베르트가 두 사람의 대화에 끼어들면서 노인의 편을 들었습니다. 두 사람이 합세하자 베르테르의 말은 그만 눌려 버리고 말았고, 마침내 법무관이 "아니오, 그 사람은 구제할 수 없소!"라고 말했을 때, 그는 극심한 마음의 고통을 느끼면서 그 집을 나왔습니다.

이 말이 그에게 얼마나 큰 상처가 되었는지는 그가 남긴 서류들 속에서 발견된, 분명히 그날 씌어졌을 다음과 같은 한 장의 종이쪽지를 보면 알 수 있습니다.

너는 구원을 받을 수 없다, 불행한 자여! 우리가 구원받을 수 없음을 나는 안다.

법무관이 있는 자리에서 마지막에 끼어들어 체포된 남자에 대해 이야기한 알베르트의 말은 베르테르에게 몹시 언짢았습니다. 그는 그 말 속에 자신에 대해 얼마간 반감이 들어 있다고 믿었습니다. 그리고 많이 생각을 해보면 두 사람의 말도 다 옳을 수 있다는 예리한 판단이 들지 않는 것은 아니었지만, 만약 그것을 인정한다면 자신의 가장 깊은 내면에 있는 존재마저 포기해야 할 것 같았습니다.

그 일과 관련이 있고, 어쩌면 그와 알베르트의 관계를 모두 설명해 주는 듯한 종이쪽지를 우리는 그의 서류철 속에서 발견했습니다.

그가 정직하고 좋은 사람이라고 반복해서 말하고 또 말한들 무슨 소용인가, 나의 내면은 갈기갈기 찢길 것만 같은데. 나는 공정해질 수가 없다.

온화한 저녁때라서 날씨가 풀리기 시작하자, 로테는 알베르트와 함께 걸어서 되돌아갔습니다. 가는 도중에 그녀는 베르테르가 동행하지 않아서 아쉬운 듯 주위를 자꾸만 돌아보았습니다. 알베르트는 그에 관해 말하기 시작했으며, 그가 정의를 거슬리고 있다고 비난했습니다. 그는 베르테르의 불행한 열정에 대해 언급하면서 그를 멀리하는 것이 가능했으면 좋겠다고 말했습니다.

"우리를 위해서라도 그러기를 바라오."라고 그는 말하고는 "당신에게 부탁이오."라고 계속했습니다.

"당신에 대한 그의 관심을 다른 방향으로 바꾸도록 해봐요. 그가 자주 찾아오는 것을 자제하도록 말이오. 사람들이 눈여겨보기 시작했소. 그리고 여기저기서 그 일에 대해 수군거리고 있다는 것도 나는 알고 있소."

로테는 아무 말도 하지 않았고, 알베르트는 그녀의 침묵이 무슨 의미인지 알아차린 것 같았습니다. 적어도 그 후로 그는 그녀

앞에서는 베르테르에 대해 언급하지 않았으며, 혹시 그녀가 그에 대해 말을 꺼내더라도 대화를 중단하거나 화제를 바꿔 버렸습니다.

베르테르가 그 불쌍한 젊은이를 구하려고 헛되이 노력을 기울인 것은 마치 꺼져가는 모닥불이 마지막으로 타오르는 것과 같았습니다. 그럴수록 그는 더 깊은 고통과 아무것도 할 수 없는 무기력한 상태로 빠져들어 갔습니다. 특히, 이제 와서 그 젊은이가 자기의 범행을 부인하는 바람에 그에게 맞설 증인으로 자신이 소환될지도 모른다는 말을 듣자 그는 거의 미칠 지경에 이르렀습니다.

여태껏 살아오면서 그가 부딪혔던 온갖 불쾌한 체험들, 공사관에서 근무할 때의 지리멸렬했던 분위기, 몇 번 시도해 보았지만 실패로 끝났던 갖가지 일들, 그에게 상처를 주었던 일들이 그의 마음속에서 오르내렸습니다. 이 모든 것들 때문에 그는 당연히 아무런 활동도 할 수 없었고, 모든 기대가 사라졌다는 것, 평범한 생활에 종사하려 해도 그 끈을 놓치고 말았다는 것을 알았습니다. 그리하여 마침내 그는 자신의 기이한 감정과 사고방식, 그리고 끊임없는 열정에 몸을 내맡긴 채, 사랑스럽고 사랑하던 사람과의 고요한 평화를 방해해 가면서 그녀와의 슬픈 교제를 단조롭게 이어가는 동안, 그는 자신의 힘을 소모시키고 어떤 목적이나 희망도 없이 점점 더 슬픈 종말을 향해 치닫고 있었습니다.

그가 남긴 몇 통의 서한은 그가 겪은 혼란과 정열, 그의 지칠 줄 모르는 충동과 열성, 삶의 권태에 대해 알려주는 가장 뚜렷한 증거이니, 그것들을 여기에 게재하고자 합니다.

12월 12일에

사랑하는 빌헬름, 지금 나는 사악한 망령에게 쫓기고 있다고 사람들이 믿는 저 불쌍한 사람들과 같은 상태에 있다. 이따금 그런 상태가 나를 엄습한다. 그것은 불안도 아니고 욕망도 아니다. 내 가슴을 갈기갈기 찢으려고 위협하면서 내 목을 조이고 있는 내면의 알 수 없는 광란이다! 고통스럽다! 고통스럽다! 나는 견디다 못해 사람들이 너무나 견디기 힘든 이 계절에 무시무시한 밤 속을 헤매며 돌아다닌다.

어제 저녁에도 나는 밖으로 나가지 않을 수 없었다. 갑자기 눈이 녹는 훈훈한 날씨가 되었고, 강물이 넘치고 모든 시냇물이 불어났으며 내가 그토록 좋아하며 자주 찾아갔던 발하임의 골짜기에도 물이 범람했다는 소식을 들었다! 밤 열한 시가 지나자 나는 다시 밖으로 뛰쳐나갔다. 언덕 위에서 내려다보니 바위들 아래에도 물결이 격렬하게 내려가는 무시무시한 광경이 달빛 아래에 펼쳐지고 있었다. 논밭과 초원, 울타리, 모든 것을 덮쳐 버리면서 넓은 골짜기를 솟구쳐 오르는 격류가 휘몰아치는 폭풍을 타고 쏟아져 내려오고 있었다! 그리고 나자 달이 다시 모습을 드러내 검은 구름 위에 머무르고, 내 앞에서 폭음을 내며 흐르는 무시무시한 격류가 황홀한 달빛을 받으며 우렁차게 굽이쳐 나아가자, 다시 전율이 나를 엄습하였고 다시 동경이 나를 휘감았다! 아, 나는 팔을 활짝 벌리고 심연 가까이 서서 아래를 향해 숨을 내쉬었다! 아래를 향해서! 그리고 나의 고통과 근심을 모두 그 심연 아래로 떠내려 보낼 수 있다는 희열에 젖었다. 파도처럼 저 아래로 떠내려 보내는 것이다! 아아! 그런데도 지상에서 두 발을 띄워 몸을 내던져 모든 고통을 종식시킬 수는 없었다! 내 운명의 시간은 아직 끝나지 않았다. 나는 그것을 느낀다! 아, 빌헬름! 내 존재를 기꺼이 내던져 폭풍을 타고 구름을 찢어 흩뜨리면서 저 노도 같은 강물을 붙잡을 수 있다면! 하! 그렇게 된다면 나는 갇혀 있던 이 지상에서 벗어나 언젠가는 환희에 넘치지 않겠는가?

언젠가 무더운 날 로테와 함께 산책을 하다가 쉰 적이 있는 버드나무 아래를 아련한 추억을 안고 내려다보니, 그곳 역시 물이 범람해 있어서 거의 알아볼 수 없었다. 빌헬름! 그렇다면, 내 생각에 그녀가 살고 있는 곳 주위의 목초지도, 그녀의 사냥별장 주변도 무참히 그렇게 되었을 것이다! 이제 우리들이 가던 정자(亭子)도 얼마나 파괴되었을까! 하는 생각이 들었다. 그러자 마치 갇힌 자의 가슴속에 목축이나, 초원, 그리고 영예로운 관직이 꿈처럼 나타나듯이 과거라는 태양빛이 희미하게 비쳐 들어왔다! 나는 일어섰다! 나는 자신을 탓하지 않는다. 죽을 용기가 있기 때문이다. 나는 죽었어야 했다. 그런데도 지금 나는, 마치 아무런 기쁨도 없이 죽어가고 있는 자신의 존재를 한순간이라도 더 연장시키고, 좀 더 편안하게 살아보겠다고 울타리 여기저기에서 땔감을 주위 모으거나 남의 집 문전에서 빵을 구걸하는 늙은 여인처럼 여기에 앉아 있다.

12월 14일에

이것은 대체 무슨 일이란 말인가, 친애하는 친구여? 나는 스스로에 대해 화들짝 놀라고 있다! 그녀를 향한 나의 사랑이야말로 가장 성스럽고 순수하며 우애 넘친 것이 아니고 무엇이란 말인가? 내 마음속에 여태껏 한 번이라도 죄가 될 만한 소망을 품은 적이 있었던가? 단언하지는 않겠다. 그런데 이제 꿈을 꾸었다! 아! 이처럼 모순되는 작용들을 알 수 없는 힘의 탓으로 돌리곤 했던 사람들이야말로 이를 얼마나 절감했던가! 간밤의 일이었다! 말하자니 몸이 떨린다. 나는 그녀를 품에 안고 사랑을 속삭이는 그녀의 감미로운 입술에 수없이 키스를 퍼부었다. 내 눈은 그녀의 황홀한 눈동자 속에서 헤매었다! 신이시여! 이 작열하는 환희를 아직까지 마음 가득이 다시 회상하는 것이 과연 죄가 됩니까? 로테여! 로테여! 나는 이제 끝장이다! 나의 감각은 온통 혼란에 빠져 있고, 벌써 일주일째 분별력을 잃고 있다. 내 눈에는 눈물만이 가득하다. 어디에 가도 기쁨을 느끼지 못하니, 어디에 있어도 상관없다. 나는 아무런 소망도 없고, 아무런 갈망도 없다. 차라리 떠나 버리는 것이 더 낫겠다.

세상을 떠나야겠다는 결심은 이즈음에 베르테르의 마음속에서 점점 더 힘을 얻었습니다. 로테의 곁으로 되돌아온 후로 죽음은 그의 마지막 기대이자 소망이 되어버렸습니다. 하지만 그는 결코 성급하고 재빠르게 일을 저질러서는 안 된다, 확고한 신념을 갖고,

가능하면 조용히 실행 해야겠다, 라고 스스로에게 말했습니다.

　베르테르의 자신과의 투쟁은, 아마도 빌헬름에게 보내려고 쓰기 시작한 듯 하지만 날짜가 적히지 않은 채 그의 서류들 속에서 발견된 한 장의 쪽지에 나타나 있습니다.

　그녀가 존재하고 있다는 사실, 그녀의 운명, 나의 운명에 대한 그녀의 동정심이 다 타버린 나의 머릿속에서 아직도 마지막 눈물을 자아내고 있다.

　휘장을 쳐들고 그 뒤로 발을 들여놓으면 되는 것이다! 그것이 전부다! 그런데 무엇 때문에 무서움에 떨고 주저하는가? 그 무대 뒤에서 어떤 광경이 나를 기다리고 있을지 몰라서 두려운 것인가? 그리고 다시는 돌아올 수 없어서? 아무것도 확실하게 알지 못하는 곳에서는 혼란과 암흑만을 예감하는 것이 우리 인간 정신의 특성이기 때문인가?

　마침내 그는 슬픔에 더욱 더 익숙해지고 몰두하게 되었으며, 그의 결심은 드디어 돌이킬 수 없이 확고해졌습니다. 그 증거는 그가 친구 빌헬름에게 쓴 다음과 같이 이중적인 의미가 담긴 서한에서 찾을 수 있습니다.

12월 20일에

내 말을 그런 식으로 받아들여주어서 자네의 우정이 고맙다, 빌헬름. 그렇다, 자네 말이 맞다. 떠나는 것이 나았을 것 같다. 하지만 그대들이 있는 곳으로 돌아오라는 제안은 썩 내키지 않는다. 적어도 나는 아직은 길을 좀 돌아서 가고 싶다. 특히 추위가 계속되면 길을 가기도 더 나아질 거라고 기대해 볼 만하기 때문이다. 또 나를 데리러 오겠다니, 말이라도 무척 고맙다. 그러나 두 주일만 연기해다오. 그리고 내가 편지로 소식을 보낼 때까지만 좀 더 기다려다오. 어떤 것도 무르익기 전에 따서는 안 될 것이다. 더구나 이 주일 전과 후는 많은 차이가 있으니까. 우리 어머니에게는 이 아들을 위해서 기도해 달라고, 그리고 심려 끼쳐드린 점을 용서해 달라고 잘 말해주기 바란다. 기쁨을 줘야 할 사람들에게 늘 우울함만을 안겨주는구나. 그것도 나의 운명인가 보다! 잘 있어라, 나의 가장 믿는 친구여! 자네에게 하늘의 온갖 축복이 깃들기를 바란다! 잘 있어라!

한편, 이즈음 로테의 심경이 어떠했는지, 남편과 베르테르에 대한 그녀의 감정이 어떠했는지는 감히 뭐라고 말할 수 없습니다. 다만 그녀의 성품을 알고 있는 우리로서는, 아름다운 마음씨를 지닌 그녀의 심경으로 미루어 어렴풋이 짐작하고 공감할 수 있을 것입니다.

다만, 그녀가 베르테르를 떠나보내려고 결심했다는 것 정도는 분명합니다. 그러나 베르테르에게 그것은 커다란 희생을 강요하는 것이며, 사실 그에게는 거의 불가능한 일이라는 것을 알았으므로 주저하고 있었습니다. 하지만 이즈음에 그녀는 이것을 심각하게 고려해야 할 만큼 압박감을 느끼고 있었습니다. 그녀는 자신이 베르테르와의 관계를 침묵해 왔듯이 알베르트 역시 침묵을 지켜주었기 때문에, 자신의 굳은 결심을 남편에게 보여줘야 한다고 생각했습니다.

베르테르는 서류 속에 마지막으로 삽입된 그 편지를 친구에게 쓴 날, 그러니까 성탄절이 되기 전 일요일 저녁에 로테를 방문했습니다. 마침 그녀는 집에 혼자 남아서 어린 동생들에게 선물할 장난감들을 정리하느라고 분주했습니다. 그는 아이들이 그 선물들을 받으면 좋아할 것이라고 말했습니다. 그리고 또 기대에 가득 차 기다리고 있을 때 예상치 않게 방문이 열리면서 촛불, 사탕, 사과가 주렁주렁 매달려 마치 천국 같은 기쁨을 가득 실은 성탄절 트리가 등장하던 어린 시절에 대해서도 이야기했습니다.

"당신도……." 로테는 당황한 빛을 다정한 미소 속에 감추면서 말했습니다.

"얌전히 계시면 선물을 받을 거예요. 양초나 다른 것들을요."

"얌전하게 있으라는 것이 무슨 뜻이지요?" 하고 그가 외쳤습니다.

"어떻게 하면 그리 될 수 있을까요? 어떻게 해야 됩니까? 로테!"

그녀는 대답했습니다.

"목요일 저녁이 성탄절 이브지요. 그때 동생들과 아버지가 오셔요. 그때 누구나 자기 몫의 선물을 받게 됩니다. 당신도 그때 오세요. 하지만 그 전에 오시면 안 돼요."

베르테르는 주춤했습니다.

"부탁이에요……." 그녀는 말을 계속했습니다.

"이제는 정말이에요. 제가 조용히 지내기 위해서라도 당신에게 부탁드리고 싶은데 그 전에는 오지 마세요. 이대로는 안 돼요. 저는 조용히 지낼 수가 없어요."

베르테르는 그녀에게서 눈을 떼고 방 안을 서성거리면서 입 속에서 "이대로는 안 된다"는 말을 중얼거렸습니다. 로테는 자신이 던진 그 말이 그를 끔찍한 상황으로 몰아넣은 것을 느끼자, 여러 가지 질문을 던지면서 그의 생각을 다른 데로 돌리려고 애썼지만 헛수고였습니다.

"아니요, 로테!" 그가 외쳤습니다. "다시는 당신을 보지 않을 겁니다!"

"왜 다시는 이지요?" 그녀가 대꾸했습니다.

"베르테르, 당신은 우리를 다시 만날 수 있고, 다시 만나야 해요. 다만 좀 자중하세요. 아아, 왜 당신은 이처럼 격렬한 성품을 타고나셔서, 한 번 스치고 지나가는 모든 것들을 온통 당신의 열정 속으로 몰아넣으려 하는 것인가요! 제발……."

그녀는 베르테르의 손을 붙들고 계속해서 말했습니다.

"조금만 자중하세요! 당신의 정신, 당신의 학문, 당신의 재능, 그 모든 것은 당신에게 얼마나 많은 기쁨을 안겨줄지 아세요? 대장부가 되세요! 당신을 보고 안타까움만 느낄 뿐 아무것도 해줄 수 없는 저 같은 사람에게 집착하는 슬픈 일에서 벗어나세요."

그는 이를 꽉 깨물면서 로테를 음울한 표정으로 바라보았습니다. 그녀는 여전히 그의 손을 잡은 채 말했습니다.

"한순간만이라도 감정을 조용히 누르세요, 베르테르! 당신은 자신을 속여 왔고, 당신의 의지 때문에 스스로를 파멸시키고 있다는 것을 느끼지 못하시는군요! 왜 하필 저여야만 하죠, 베르테르? 왜 이미 다른 사람의 아내가 된 저여야만 하나요? 꼭 그래야만 하는가요? 저는 무서워요, 두려워요. 저를 소유하고 싶어 하는 당신의 소망을 성취하기는 불가능해요."

그는 못마땅한 듯 굳어진 시선으로 로테를 응시하다가 그녀의 손에서 자신의 손을 빼내었습니다.

"현명하군요!" 그가 외쳤습니다.

"매우 현명해요! 혹시 알베르트가 가르쳐준 건 아닌가요? 정치적인 표현입니다! 매우 정치적입니다!"

"그런 생각은 누구나 할 수 있어요." 그녀가 대꾸했습니다.

"그리고 이 세상에 당신의 가슴속에 담긴 소망을 이뤄줄 여자가 없겠어요? 그런 여자를 찾아서 그녀의 마음을 얻으세요. 지금부터라도 찾으세요. 당신은 분명 그런 여성을 발견하실 거예요. 벌써 오래전부터 당신 스스로를 가둔 그 제한된 생각과 삶이 당신이나 우리를 불안하게 만든답니다. 베르테르, 자신을 위해서 그것을 극복하세요. 여행을 해보세요. 그러면 기분전환이 될 거예요. 그래야 합니다! 당신의 사랑을 바칠 만한 값진 대상을 찾으세요. 그런 다음에 이곳으로 다시 돌아와서 우리 함께 진정한 우정을 누려요."

그는 차가운 웃음을 지으며 대답했습니다.

"그런 말은 차라리 종이에 인쇄를 해서 모든 가정교사들에게 나눠주는 게 어떨까요. 사랑하는 로테! 저를 조금만 더 조용히 있게 해주십시오. 제가 바라는 건 그게 전부입니다!"

"좋아요. 다만, 베르테르, 성탄절 이브가 되기 전에는 오지 마세요."

그가 대답하려 할 때, 마침 알베르트가 방으로 들어왔습니다. 두 사람은 냉담하게 인사를 나누고 나서 서로 비껴가면서 방 안을 서성거렸습니다. 베르테르는 별로 중요하지 않은 대화를 시작했으나 그것도 길지 않았습니다. 알베르트는 아내에게 부탁했던 일에 대해서 물었고, 로테는 그 일을 아직 처리하지 않았다고 대답했습니다. 알베르트는 그녀에게 몇 마디 핀잔을 주었는데, 그의 말이 베르테르에게는 차갑고 심지어 가혹하게 느껴졌습니다. 그는 가려고 했으나, 여덟 시쯤 저녁 식탁이 차려질 때까지 머뭇거리고 말았습니다. 그러나 불쾌한 마음이 점차 쌓여가 식탁이 차려지기 전에 결국 모자와 지팡이를 집어 들었습니다. 알베르트가 붙잡았지만 무의미한 인사치레로 밖에는 들리지 않았습니다. 그는 차갑게 대꾸하고는 떠났습니다.

집으로 돌아온 그는 하인이 비춰 주려고 들고 온 등불을 낚아채 혼자 자기 방으로 들어갔습니다. 그날 밤, 그는 실컷 울었습니다. 혼자 중얼거리면서 분노를 누그러뜨리지 못해 방 안을 왔다 갔다 했습니다. 그리고는 옷도 벗지 않은 채로 침대에 몸을 내던졌습니다. 열한 시쯤 되어 하인이 불안한 마음에 살펴보러 들어왔을 때도 베르테르는 여전히 침대 위에 아무렇게나 쓰러져 있었습니다. 하인은 베르테르에게 장화를 벗겨도 되는지 조심스럽게 물었습니다. 베르테르는 그것을 허락하고는, 다음날 아침에 부르기 전에는 방에 들어오지 말라고 명령했습니다.

12월 21일 월요일 아침에 그는 로테에게 편지를 썼습니다. 이 편지는 그가 세상을 뜬 후에 그의 책상 위에서 봉해진 채 발견되어 로테에게 전해졌습니다. 나는 그 서한을 쓰인 순서대로 여러 단락으로 나눠서 여기에 나열하고자 합니다.

결심했습니다, 로테! 나는 죽을 것입니다. 그리고 이 편지를 조금도 낭만적으로 과장함이 없이 냉정하게, 당신을 마지막으로 보게 될 그날 아침에 쓰고 있습니다. 나의 소중한 이여, 당신이 이 글을 읽을 때면, 삶의 마지막 순간까지도 당신과 더불어 담소하는 것보다 더 큰 행복을 알지 못했던 한 영혼, 불안하면서도 불행했던 한 인간의 시신을 이미 차가운 흙이 덮고 있을 것입니다. 아아! 간밤은 참으로 끔찍했습니다. 그러면서도 또 자비로운 밤이기도 했습니다. 간밤에 나의 결심은 확고해졌으니까요. 나는 죽으려 합니다! 어제 당신과 헤어져 돌아오는 동안에 내 온몸의 감각은 끔찍하고도 격렬한 분노에 휩싸였습니다. 그리고 그 모든 것들이 내 가슴속으로 밀려 들어와 나를 조이는 듯했습니다. 당신 곁에 서 있으면서도 아무 희망도 기쁨도 느낄 수 없는 나라는 존재에 소름 끼치도록 차가운 기운이 휘어 감았습니다. 나는 방에 들어서자마자 미친 사람처럼 무릎을 꿇고 바닥에 쓰러져 버렸습니다. 오오, 신이시여! 당신은 나에게 쓰라린 눈물을 마지막 위안으로 주셨습니다! 수천 가지의 계획과 무수한 기대가 내 영혼 속에서 분탕질하다가 드디어, 확고하고 온전한 생각이 마지막으로 떠올랐습니다. 다름 아닌, 죽어 버리자는 생각입니다. 나는 몸을 눕혔습니다. 오늘 아침 고요히 눈을 떴을 때도 그 생각은 확고하게 남아 있습니다. 내 가슴속에 뚜렷이, 뚜렷이 남아 있습니다. 나는 죽을 것입니다! 그것은 절망이 아닙니다. 그것은 지금까지는 견디어 오다 이제 당신을 위해서 나를 희생하겠다는 확신입니다. 바로 그것입니다, 로테! 나는 끝까지 침묵을 지켜야만 할까요? 우리 세 사람 가운데 한 사람은 사라져야 하니 바로 내가 그 사람이 되렵니다! 오, 나의 소중한 이여! 갈기갈기 찢긴 이 가슴은 분노로 방황했습니다. 이따금 당신의 남편을 죽이고 싶었습니다! 그리고 당신도, 나도! 정말 그랬습니다. 로테! 언젠가 아름다운 여름날, 산 위에 올라갔을 때 나를 기억해 주십시오. 내가 그토록 자주 올라가 골짜기를 내려다보던 그곳에서 멀리 교회 마당 너머에 있는 내 무덤을 바라보아 주십시오. 석양빛이 비스듬히 내리쪼일 때면, 무성하게 자란 풀들이 숲의 바람에 이리저리 나부끼는 것을 바라보아 주십시오. 이 글을 쓰기 시작할 때는 고요하던 마음이 지금은, 그 모든 것들이 아직도 어제의 일처럼 생생하게 보입니다. 그리고 지금은 어린아이처럼 울고 있습니다.

열시 경에 베르테르는 하인을 불러 옷을 입으면서, 며칠간 여행을 할 생각이니 옷가지는 먼지를 털어 가방에 챙기고 모든 필요한 것을 싸서 준비하라고 일렀습니다. 또 은행계좌도 정리하고 빌려준 책 몇 권을 찾아오도록 했으며, 주일마다 조금씩 돈을 나눠주던 가난한 사람들에게도 두 달 분을 앞당겨 주라고 지시했습니다.

그는 식사를 방으로 가져오게 했습니다. 식사가 끝난 후 법무관을 만나러 찾아갔으나 그를 만나지 못했습니다. 그는 깊은 생각에 잠겨 정원을 이리저리 거닐면서, 마지막으로 지난날의 추억을 되새겼습니다. 그는 한층 더 우울한 것 같았습니다.

그러나 로테의 동생들은 그를 가만히 두지 않고 계속 뒤를 쫓아다니며 그에게 뛰어 오르기도 하고 달라붙기도 하면서 재잘거렸습니다. 내일, 그리고 또 내일, 세 밤만 더 자면 로테 누나한테서 성탄절 선물을 받을 수 있다며 즐거워했습니다. 아이들은 조그마한 상상력을 한껏 펼치면서 그 기쁨을 미리 맛보고 있었습니다.

"내일이라고!" 그는 외쳤습니다.

"그리고 또 내일! 또 하루가 지나면!"

그는 아이들 모두에게 진심 어린 키스를 해준 다음 그들 곁을 떠나려 했습니다. 그때 아이 하나가 그의 귓가에 뭔가를 속삭였습니다. 그 아이의 말로는, 형들은 벌써 멋진 새해 연하장을 써놓았다는 것이었습니다. 하나는 아빠를 위해서, 또 하나는 알베르트와 로테를 위해서, 그리고 또 하나는 베르테르 아저씨를 위해서이며, 그것을 새해 아침에 전해줄 거라고 했습니다. 그 말은 그를 너무 힘들게 했습니다. 그는 아이들에게 각자에게 돈을 조금씩 나눠주고 난 후, 말에 올라타면서 노인이 돌아오면 안부를 전해달라고 말했습니다. 눈에 눈물을 가득 담은 채 그는 사냥별장을 떠났습니다.

다섯 시쯤 그는 집으로 돌아왔습니다. 하녀에게 불을 살펴보고 밤늦게까지 꺼뜨리지 말라고 지시했으며, 하인에게는 책과 속옷을 아래층에 있는 여행 가방에 넣고, 옷가지는 부대에 넣어 끈으로 위를 묶어두라고 지시했습니다. 그리고 로테에게 보낼 마지막 편지를 썼습니다.

당신은 내가 찾아오리라는 기대는 안하겠지요! 당신 말에 따라 성탄절 저녁에 오리라고 믿고 있겠지요. 아아, 로테! 오늘이 아니면 다시는 당신을 보지 못할 것 같습니다. 성탄절 저녁이면 이 쪽지는 당신 손에 전해질 것이며, 그때 당신은 온몸을 떨며 이 편지를 눈물로 적실 것입니다. 나는 떠날 것입니다. 가야 합니다! 아, 결심을 하고 나니 한결 기분이 나아집니다.

그 사이에 로테의 마음은 왠지 뒤숭숭해졌습니다. 그녀는 베르테르와 마지막으로 이야기를 나눈 뒤 그와 헤어지는 것이 얼마나 어려운 일인지 느꼈고, 자신을 떠나는 것이 그에게 얼마나 큰 상처로 남으리라는 것도 느꼈던 것입니다.

알베르트가 있는 자리에서 마치 지나가는 말처럼 베르테르가 성탄절 이브가 되기 전에는 오지 않을 것이라고 말했습니다. 알베르트는 볼일을 보러 말을 타고 이웃에 사는 어느 관리의 집으로 갔는데, 거기에서 밤을 묵어야 했습니다.

그녀는 이제 혼자 방 안에 앉아 있었습니다. 동생들도 모두 나가고 없었으며, 그녀는 자신이 처한 상황에 대해 떠오르는 온갖 상념에 잠겨 있었습니다. 이제는 남편의 사랑과 신뢰를 진심으로 이해하고 느끼면서 영원히 그와 결합되어 살게 되리라는 것을 깨달았습니다. 그의 조용한 성품, 믿음직한 태도는 흔들리기 쉬운 여성이 평생 동안 의지할 수 있을 만큼, 그야말로 하늘이 정해준 사람처럼 보였습니다. 그녀는 남편이 자신과 자신의 아이들에게도 영원히 그런 존재가 되어줄 수 있으리라고 느꼈습니다. 다른 한편으로, 베르테르도 그녀에게 정말로 진실하고 소중한 존재였습니다. 서로 알게 된 순간부터 너무도 마음이 잘 통해서 한동안 지속했던 교제, 함께 겪었던 그 많은 아름다운 추억들이 그녀의 마음에 지울 수 없는 깊은 인상을 남겼던 것입니다. 그녀가 흥미를 느낀 모든 것들에 대한 기쁨과 동정을 그와 함께 나누는 데 익숙해졌으므로, 그가 만약 떠나간다면 그녀의 마음에 다시는 메울 수 없는 구멍이 뚫릴 것 같이 두려웠습니다. 아, 이 순간 그를 연인이 아닌 형제로 바꿀 수 있다면! 그럴 수만 있다면 얼마나 행복할까! 그를 자신의 여자 친구와 결혼하게 할 수만 있다면, 그와 알베르트의 관계가 다시 좋아지리라는 희망을 가질 수만 있다면!

그녀는 친구들을 한 사람씩 머릿속에 떠올려 보았으나 베르테르에게 적당할 만한 사람은 찾을 수 없었습니다.

이런 모든 상념 너머로 분명하게 의식하지는 않지만 사실, 그녀의 마음속 깊은 곳에는 그를 오직 자신만을 위해 간직하고 싶은 욕망이 있음을 느꼈습니다. 그러나 곧 그럴 수 없으며 그래서도 안된다고 스스로에게 타일렀습니다. 여느 때 같으면 쾌활하게 집안 살림을 해나가던 그녀가 그날은 우울해보였습니다. 그녀의 가슴은 무언가에 무겁게 짓눌리고 눈동자에는 슬픔으로 흐릿한 안개가 드리워졌습니다.

시간이 지나 그녀가 계단을 올라오는 베르테르의 발소리를 들은 때가 여섯 시 반이었습니다. 자신을 찾는 그의 발걸음과 목소리를 그녀는 곧 알아챘습니다. 그가 방 안에 들어서자 그녀의 가슴은 마구 두근거렸습니다. 그녀도 처음 경험하는 일이었습니다. 그를 만나고 싶지 않았습니다. 베르테르를 보자 그녀는 혼란스러운 표정으로 격렬하게 외쳤습니다.

"약속을 지키지 않았군요."

"나는 아무 약속도 하지 않았습니다." 그가 대답했습니다.

"당신은 적어도 제 부탁을 들어 줬어야 했어요. 우리 둘 다 안정을 찾으려고 당신에게 부탁했던 거예요."

그녀는 자신이 무슨 말을 하는지조차 알 수 없었습니다. 또 베르테르와 단 둘이 있지 않으려고 일부러 여자 친구 몇 명을 데리고 오도록 하녀를 보내고 나서도, 자신이 대체 무슨 짓을 하는지 알지 못했습니다. 그는 가져온 책 몇 권을 탁자 위에 놓으면서 다른 책은 없느냐고 물었습니다. 그녀는 여자 친구들을 초조하게 기다리면서 그들이 오면 함께 그 자리를 떠나려고 했습니다. 그러나 돌아온 하녀는 두 여자 친구 모두 올 수 없어서 미안해한다는 말을 전했습니다.

그녀는 하녀에게 일감을 가지고 옆방으로 와서 일을 하라고 지시하려다가 곧 생각을 바꿨습니다. 베르테르는 거실 안에서 서성거리고 있었습니다. 그녀는 피아노 앞에 가 앉아서 미뉴에트를 쳤습니다. 하지만 그것도 제대로 되지 않았습니다. 결국 그녀는 마음을 가다듬고 보통 때처럼 긴의자에 자리를 잡고 있는 베르테르에게 태연한 척 다가가서 앉았습니다.

"읽을 책이 없나 보죠?"라고 그녀가 말했습니다. 그의 손에는 아무것도 들려 있지 않았습니다.

"저기 제 서랍에……"라고 그녀는 입을 떼었습니다. "당신이 전에 번역해서 선물로 주신 오시안의 시 몇 편이 들어 있어요. 아직까지 읽지 못했어요. 당신이 직접 읽어 주시기를 바랐지만 기회가 없었지요."

그는 미소를 짓고는 가서 그 시를 가져왔습니다. 그는 그 시의 원고를 집는 순간 온몸에 짜릿한 전율을 느꼈으며, 그것을 들여다보는 그의 눈에 눈물이 가득 어렸습니다. 그는 자리에 앉아 시를 읽어나갔습니다.

어두워져가는 밤의 별이여, 너는 서녘에서 아름답게 빛나고 있구나! 너를 가린 구름 속에서 찬란한 머리를 드러내고, 언덕 위를 당당하게 넘어가는구나. 너는 저 황량한 벌판 어디를 바라보느냐? 폭풍은 가라앉고 멀리 계곡물의 웅성거리는 소리 들려온다. 파도 소리가 쏴아 쏴아 멀리 바위 위에서 희롱하고 들판 위로 파리들이 윙윙 날아다닌다. 너는 어디를 바라보느냐, 아름다운 별빛이여? 너는 미소를 지으며 스쳐 지나가 버리고, 네 주위를 구름이 감미롭게 감싸며 너의 사랑스러운 머리를 쓰다듬는다. 잘 가거라. 고요한 별빛이여, 너 오시안의 영혼이 깃든 찬란한 별빛이여!

스스로 힘차게 빛나고 있는 빛이여. 나는 세상을 떠난 벗들의 모습을 본다. 그들은 지난날의 여명이 서린 들판으로 모여든다. 영웅 중의 영웅 핑갈은 축축한 안개에 싸인 기둥처럼 다가온다. 그의 주위에 부하들이 둘러서 있다. 보라! 그 영웅들을 노래하던 시인들도 함께 다가오는 것을. 백발이 성성한 울린! 위풍당당한 리이노! 사랑스러운 악사 알핀! 그리고 그대 부드럽게 탄식하는 미노나여! 나의 벗들이여! 셀마의 언덕에서 보낸 그 축제의 날들 이후로 그대들은 너무도 변했구나. 그때 우리는 언덕을 부드럽게 스치며 넘어가는 봄바람에 산들거리는 풀들이 번갈아 흩날리듯 서로 다투어 노래했었다.

그때 촉촉이 젖은 눈을 아래로 살짝 내리뜨던 아름다운 미노나가 등장했다! 언덕 위로 휘몰아쳐 오는 불안한 바람 속에선 그녀의 머리카락은 세차게 휘날렸다. 그녀가 사랑스러운 목소리를 내자, 영웅들은 이따금 영웅 살가르[35]의 무덤을 바라보다

---

35 살가르(Salgar): 오시안의 전설에 나오는 처녀 콜마의 연인이었으나 콜마의 오빠와 결투를 하다가 죽었다 - 옮긴이.

가 그의 백옥 같던 연인 콜마가 누워 잠들어 있는 어두운 안식처를 바라보며 가슴이 우울해졌다. 아름다운 목소리로 노래하던 아름다운 처녀 콜마는 그 언덕 위에 홀로 남겨졌었다. 살가르는 전쟁에서 살아 돌아오겠노라고 약속했으나 돌아오지 않았고, 주위에는 밤이 내려앉았다. 언덕 위에 홀로 앉아 있는 콜마의 목소리를 들어보라.

콜마

밤이 되었구나! 나는 혼자이다, 폭풍의 언덕 위에 홀로 남겨진 채.

바람이 산 위에서 소슬거리고, 강물은 울부짖으며 바위를 차고 나아간다. 폭풍우로부터 나를 막아줄 오두막은 없으니, 바람 세찬 언덕 위에 나 홀로 버려져 있다.

구름 사이로 모습을 드러내라, 오, 달이여! 나타나라, 밤의 별들이여! 어떤 불빛이라도 좋으니, 힘겨운 사냥에서 돌아와 곁에 시위를 푼 활을 놓아두고 사냥개의 거센 입김을 들으며 고단하게 쉬는 내 연인 곁으로 나를 데려가 다오! 나는 물이 불어난 이 강가의 바위 위에 홀로 앉아 있다. 강물과 폭풍은 요란한 소리를 내건만, 내 사랑하는 이의 목소리는 들려오지 않는구나.

내 사랑하는 살가르는 왜 주저하는가? 자신이 한 약속을 잊었는가? 저기에 바위와 나무가 서 있고, 여기에 좔좔거리며 강물이 흐른다!

밤이 오면 이곳으로 오겠다고 그대는 약속했었다, 아아! 나의 살가르는 어디서 길을 잃고 헤매고 있나요? 그대와 함께라면 나는 당신을 미워하는 오만한 내 아버지와 형제를 버리고 도망가려 했건만! 우리 두 가문은 오랜 원수였으나, 우리 두 사람은 원수가 아니었다오, 오, 살가르여!

잠시만 멈추어라, 오, 바람이여! 잠시 멈추어라, 오 강물이여! 내 목소리가 골짜기에 넘쳐흘러 방랑하는 내 연인 살가르에게 닿도록 해다오. 살가르, 당신을 부르는 이는 바로 나입니다! 여기에 나무와 바위가 서 있습니다! 살가르! 내 사랑이여! 여기에 나도 있습니다. 왜 당신은 오기를 주저하시나요?

보라, 달빛이 비치고, 골짜기에서는 물결이 반짝거린다. 바위들은 언덕을 따라 희끄무레하게 서 있건만, 그의 모습은 바위 꼭대기에도 보이지 않고, 그의 도착을 알리며 앞서 달려오는 사냥개의 모습도 보이지 않는다. 여기 나는 혼자 앉아 있어야 한다.

그런데, 저기 황량한 초원 위에 누워 있는 자들은 누구인가? 나의 연인인가? 나의 형제인가? 말해다오, 오, 나의 벗들이여! 아무런 대답도 들려오지 않으니, 내 영혼은 불안하기만 하구나! 아, 그들은 세상을 떠났다! 그들이 차던 검은 싸움에 붉게 물들었구나! 아, 나의 형제여, 나의 형제여! 왜 그대는 내 사랑하는 살가르를 죽였습니까? 오, 나의 살가르여! 왜 그대는 내 사랑하는 형제를 살해했습니까? 그대들은 모두 나에게는 너무도 소중하였건만! 아, 언덕 위 수천의 용사들 가운데 그토록 당당했던 그대여! 전장에 나가면 무서운 용사로 변했던 그대여, 대답해 주오! 내 목소리를 들어요, 사랑하는 이들이여! 그러나, 아아! 그들은 침묵하고 있다! 영원히 침묵하고 있다! 그들의 가슴은 흙처럼 차갑기만 하구나!

아, 언덕 위의 바위에서, 폭풍이 휘몰아치는 산꼭대기에서 말해다오, 죽은 자들의 영혼이여! 말해다오! 나는 두렵지 않다! 그대들은 어디로 쉬러 떠났는가? 산 속의 어느 무덤 속에서 그대들을 찾으리오! 바람 소리에 귀를 기울여 보건만 어떤 가냘픈 목소리도 들려오지 않고, 언덕을 몰아치는 비바람 속에 흩날리는 어떤 대답도 들려오지 않는다.

나는 비탄에 잠겨 눈에 눈물이 가득 한 채 아침이 오기를 기다린다. 어서 무덤을 파헤쳐다오, 죽은 자들의 벗들이여. 내가 갈 때까지 그것을 닫지 말아다오. 나의 삶은 꿈처럼 사라져가고 있으니 어찌 나 혼자 뒤에 남으리오. 나는 강물이 바위에 부딪쳐 포효하는 곳에 누운 내 벗들과 함께 남으리라. 언덕 위에 밤이 찾아들고 황야 위로 바람이 불면, 내 영혼은 바람 속에 서서 내 벗들의 죽음을 슬퍼하리라.

나무 그늘 아래서 내 슬픈 탄식 소리를 듣는 사냥꾼은 내 목소리를 두려워하면서도 사랑하리라. 그토록 사랑하던 내 벗들을 슬퍼하는 내 목소리는 감미롭기 때문이니라. 그들 둘 다 내게는 그토록 사랑스러웠다!

이것이 그대의 노래였다, 오, 미노나여, 부드럽게 얼굴을 붉히던

토르만의 딸이여! 우리의 눈물은 콜마를 위해 흐르고, 우리의 마음은 어두워진다.

시인 울린이 칠현금을 손에 들고 나타나 알핀과 리노의 노래를 읊기 시작하였다. 알핀의 목소리는 부드러웠고, 리노의 영혼은 뜨겁게 불타올랐다! 그러나 그들은 무덤 속에 누워 있고, 그들의 목소리는 셀마의 골짜기에 메아리쳤다. 그 옛날 영웅들이 아직 쓰러지기 이전에, 울린은 사냥에서 돌아오면서 언덕 위에 다투어 울려 퍼지던 노랫소리를 들었다. 부드럽지만 슬픈 그 노래를. 영웅들 가운데 으뜸이었던 모라르[36]의 죽음을 슬퍼하는 노래였다. 그의 영혼은 핑갈의 영혼과 같았고, 그의 검은 오스카[37]의 검과 같았다. 그러나 그는 쓰러졌고, 그의 부친은 통곡했으며, 그의 여동생의 눈에는 눈물이 넘쳐났다. 훌륭했던 모라르의 여동생 미노나의 눈에는 눈물이 가득했다. 그녀는 마치 폭풍우를 예견하고 구름 사이로 아름다운 모습을 감추는 서녘의 달처럼 울린의 노래에 앞서 물러났도다. 나는 울린과 함께 그 비탄의 노래에 맞춰 칠현금을 켰노라.

리노

비바람이 멈추고, 정오는 화창하며, 구름들은 흩어진다. 태양은

---

36 모라르(Morar)도 역시 영웅으로 미노나의 오빠였다─옮긴이.

37 오스카(Oskar)는 오시안의 아들이었으나 역시 전투에서 사망했다─옮긴이.

멈추지 않고 언덕 위를 살짝 비추며 달아난다. 산에서 흐르는 냇물이 불그레한 빛을 내며 골짜기로 흘러가는데, 저 멀리 들려오는 알핀의 아름다운 목소리가 이미 죽은 자들을 노래하며 슬퍼한다. 나이든 그의 머리는 숙여졌고, 눈물이 흐르는 눈은 붉어졌다. 알핀이여, 탁월한 악사여! 무엇 때문에 말없는 언덕 위에 홀로 서 있는가? 왜 그대는 숲속을 가르는 한 줄기 돌풍처럼, 저 먼 해안에 부딪치는 한 줄기 파도처럼 비탄에 젖는가?

알핀

나의 눈물은, 리노여, 죽은 자들을 위한 것이며, 나의 목소리는 무덤 속에 누워 있는 자들을 위한 것이다. 이 언덕 위를 그대의 몸은 날쌔게 달리니, 초원의 아들들 가운데 가장 아름답구나! 그러나 그대 또한 모라르처럼 쓰러지고 말 것이며, 네 무덤 위에는 그대를 슬퍼하는 자들이 다가와 앉으리라. 언덕은 그대를 잊을 것이며, 그대의 활은 시위가 풀린 채 대청에 놓여 있으리라.

그대는, 아, 모라르여, 언덕 위를 달리는 한 마리 야생마와 같았고, 밤하늘에 번쩍이는 불길처럼 무서웠다. 그대가 화를 내면 폭풍이 몰아치는 듯했으며, 싸움터에서 그대의 검은 초원 위에 내리치는 번개처럼 번쩍거렸다. 그대의 목소리는 비온 후 숲에 넘쳐흐르는 거센 강물과 같았고 멀리 언덕 위로 내리치는 천둥과 같았다. 그대의 팔 아래 많은 사람들이 쓰러졌고, 그대의 분노는 타오르는 화염처럼 그들을 덮쳐버렸다.

그러나 싸움터에서 돌아오면 그대의 이마는 얼마나 평화스러웠던가! 그대의 얼굴은 비바람이 지나간 후의 태양과 같았고, 고요한 밤에 뜬 달과 같았다. 그대의 가슴은 거센 바람이 지난 후의 바다와 같았다.

그런데, 이제 그대가 누워 있는 곳은 비좁기만 하구나! 네가 머물고 있는 그 집은 너무도 어둡구나! 그대의 무덤은 겨우 세 걸음 크기에 불과하다, 아, 한때 그토록 위대했던 그대여! 이끼 낀 네 개의 비석만이 그대를 기억하게 하는 유일한 흔적이요, 헐벗은 나무 한 그루, 바람에 흩날리는 무성한 잡초만이 한때 위대하던 그대 모라르를 회상시켜 준다.

너를 위해 슬퍼해 줄 어머니도 보이지 않고, 너를 위해 사랑의 눈물을 흘려 줄 여인의 모습도 없다. 그대를 낳아 준 여인은 이미 세상을 떴고, 그대의 애인인 모르글란의 아름다운 딸도 이미 죽고 없도다.

지팡이에 의지하고 서 있는 저 사람은 누구인가? 머리는 백발이 성성하고, 눈에 눈물 가득한 그는 누구인가? 바로 그대의 부친이다, 오, 모라르여! 아들을 잃고 홀로 떠도는 늙은 아버지다. 그는 싸움터에 나가 쓰러진 너의 소식을 들었고, 미친 듯이 날뛰는 적들의 소문도 들었다. 모라르의 명성도 들었다! 그가 입은 상처에 대해서는 아무것도 듣지 못했던가? 울어라! 백발의 노인이여! 울어라! 그러나 그대의 아들은 그대의 울음소리를 듣지 못한다. 죽은 자들은 깊이 잠들어 있고, 그들이 베고 있는 티

끌로 된 베개는 얇으니라. 부르는 소리도 듣지 못하고, 그대의 외치는 소리에도 깨어나지 못하니라. 아, 언제 무덤가에 다시 아침이 찾아와 잠들어 있는 자들에게 깨어나라! 하고 외칠 것인가.

안녕히! 사랑하는 이들 가운데 가장 고귀한 이여! 전장의 정복자여! 그러나 그 전장은 다시는 그대의 모습을 볼 수 없으리라! 다시는 저 어두운 숲이 그대의 영광으로 인해 빛나는 일이 없으리라! 그대는 뒤에 자식도 남기지 않았으나, 그대의 이름은 노래 속에 영원히 남으리라. 후세는 그대에 대해서 듣고, 전사한 영웅 모라르에 대해 들으리라.

영웅들은 큰 소리로 슬퍼하였고, 아르민의 터질 듯한 한숨소리가 가장 크게 들려왔다. 그는 아들의 죽음을 회상했으니, 그는 젊은 날에 쓰러진 것이다. 그 이름을 떨친 갈말의 영주 칼모르는 그 영웅의 곁에 앉아 있었다. 어째서 아르민은 한숨을 쉬고 흐느껴 우는가?라고 그가 말했다. 여기에서 왜 울고 있는가? 마음을 녹이고 즐겁게 해주는 노랫소리가 들려오지 않는가? 그것은 호수에서 골짜기로 솟아오르는 부드러운 안개와 같으며, 그 물기는 피어나는 꽃들을 흡족하게 채워주리라. 그러나 태양은 다시 원기를 얻었고 안개는 사라졌다. 그대는 왜 그토록 비탄에 젖는가, 아르민이여, 바다로 둘러싸인 고르마의 지배자여?

비탄에 젖어 있다니! 나는 그럴지 모른다. 내가 슬퍼하는 데는 그럴만한 이유가 있다. 칼모르여, 그대는 아들을 잃은 적이 없고, 꽃처럼 피어나는 딸을 잃은 적이 없으리라. 용맹한 콜가르는 살아 있고, 처녀들 가운데 가장 아름다운 안니라도 살아 있다. 그대 가문의 자손들은 번성하고 있다, 오, 칼모르여. 그러나 이 아르민은 그의 가문에서 마지막으로 살아남은 자이다. 오, 다우라여! 무덤 속의 네 침상은 어둡고, 너는 소리없이 잠들어 있구나. 너는 언제 그 아름다운 목소리로 노래를 부르며 깨어나려느냐? 일어나라! 너 가을바람이여! 일어나라! 어두운 벌판 위로 불어오라! 숲속의 비바람이여, 휘몰아쳐라! 포효하라, 폭풍이여, 떡갈나무 위로! 오, 달이여, 흩어진 구름들 사이로 달려가라, 번갈아 너의 창백한 얼굴을 보여다오! 내 자식들이, 강인했던 아린달이 쓰러지고 사랑하는 다우라가 숨을 거둔 그 끔찍한 밤을 기억하게 해다오.

내 딸 다우라여, 너는 아름다웠노라! 푸라의 언덕 위에 뜬 달처럼 아름다웠고, 땅위에 내린 눈처럼 희었으며, 들이마시는 공기처럼 감미로웠노라! 아린달이여, 너의 활은 튼튼했고, 너의 창은 들판 위를 빠르게 날아갔으며, 너의 눈빛은 파도 위를 스치는 안개와 같았고, 너의 방패는 폭풍 속의 불구름과 같았느니라!

싸움터에서 이름을 날린 알마르가 다우라의 사랑을 얻으러 찾아 왔었다. 그녀는 끝까지 거절하지는 않았다. 그녀의 벗들이 간직한 희망은 아름다웠다.

오드갈의 아들 에라트는 그의 형제가 알마르에게 살해되어 쓰러지자 원한을 품었다. 그는 뱃사공으로 변장을 하고 찾아 왔다. 파도 위를 달리는 그의 나룻배는 멋있었고, 그의 곱슬머리는 나이 탓에 희게 세었으나 그의 진지한 얼굴은 평온하였다. 그는 아르민의 사랑스런 딸을 보자 처녀들 가운데 가장 아름답다고 말했다. 저기 바위 위에, 바다에서 멀지 않은 곳에, 나무의 붉은 열매가 반짝이는 곳, 거기에서 알마르가 다우라를 기다리고 있으며, 자신은 저 파도치는 바다 너머로 그의 애인을 데려다주러 왔노라고 말했다.

그녀는 그 사나이를 따라가면서 알마르를 불렀다. 그러나 바위 소리 외에 아무런 대답도 들려오지 않았다. 알마르! 내 사랑이여! 내 사랑이여! 왜 나를 그처럼 불안하게 만들죠? 들어봐요, 아르나르트의 아들이여! 들어봐요! 당신을 부르는 이 사람은 다우라예요!

배신자 에라트는 웃으면서 육지로 도망쳤다. 그녀는 목청을 높여서 아버지와 형제의 이름을 불렀다. 아린달! 아르민! 다우라를 구해줄 사람은 아무도 없나요!

그녀의 목소리가 바다 건너 들려왔다. 내 아들 아린달이 사냥의 노획물 때문에 흥분한 채 언덕 아래로 내려갔다. 그의 화살은 옆구리에서 덜거덕거렸고, 그의 손에는 활이 들려 있었다. 그의 주위에는 흑회색의 맹견 다섯 마리가 있었다. 그는 해안가에서 그 뻔뻔한 에라트를 발견하자 그를 잡아 떡갈나무에 결박했으며, 허리를 꽁꽁 동여맸다. 묶인 자의 신음소리가 바람을 타고 허공에 가득 찼다.

아린달은 다우라를 실어 오려고 그의 배에 올라타 파도에 몸을 실었다. 알마르는 분을 참지 못하고 달려와 회색 깃털이 달린 화살을 쏘았다. 그것은 소리를 내며 날아가 너의 심장에 꽂

했다. 오, 아린달, 내 아들이여! 배신자 에라트 대신에 네가 쓰러졌노라. 배는 바위에 도달했고, 그는 거기에서 쓰러져 숨을 거두고 말았노라. 너의 발치에는 네 형제의 피가 흘렀으니, 너의 비탄이야말로 어떠했으리, 오, 다우라여!

파도는 배를 산산조각내고 말았다. 알마르는 그의 다우라를 구하기 위해서, 아니면 죽으려고 바다 속으로 몸을 던졌다. 순식간에 언덕으로부터 파도 속으로 뛰어든 그는 가라앉아 다시는 떠오르지 않았다.

바닷물이 적신 바위 위에 홀로 앉아서 나는 내 딸의 비탄소리를 듣고 있었다. 그녀의 외침소리는 컸으나, 아버지인 나는 그녀를 구할 수 없었다. 밤새 나는 해안가에 서 있었고, 희미한 달빛 속에서 그녀를 바라보고 있었다. 밤새 나는 그녀가 외치는 소리를 들었으며, 바람소리는 거셌고, 산자락에는 세찬 비가 내리고 있었다. 아침이 되기도 전에 그녀의 목소리는 쇠약해졌고, 그녀는 바위틈의 풀들 사이에서 마치 밤공기처럼 서서히 숨을 거두었다. 그녀는 비탄에 잠겨 죽었고, 아르민 혼자 남겨 두었다! 싸움터에서 드날리던 나의 용맹함은 사라졌고, 처녀들 사이에서 간직했던 나의 자랑도 물거품이 되고 말았다.

산 위에 다시 비바람이 몰아치고 북쪽에서 파도가 세차게 일 때면, 나는 윙윙거리는 바닷가에 앉아서 무시무시한 바위를 바라다본다. 희미해져가는 달빛 속에서 종종 나는 내 자식들의 영혼을 본다. 반쯤 희미한 모습으로 서로 어울려 구슬프게 떠돌고 있는 그들을.

로테의 눈에서 눈물이 주르르 흘러내렸습니다. 그것은 그녀의 억눌린 가슴을 후련하게 터주는 눈물이었습니다. 베르테르는 시를 더 이상 읽을 수가 없었습니다. 그는 원고를 내던지고, 그녀의 손을 부여잡은 채 비통한 눈물을 흘렸습니다. 로테는 다른 손에 의지한 채 손수건을 눈가에 갖다 댔습니다. 두 사람의 모습은 처참하기만 했습니다. 그들은 오시안의 시 속에 등장하는 고귀한 영웅들의 운명 속에서 자신들의 불행을 느꼈고, 그것을 함께 느꼈으며, 그들의 눈물은 그들을 하나가 되게 하였습니다. 로테의 품에 안긴 베르테르의 입술은 떨리고 두 눈은 이글거렸습니다. 그것을 보며 로테는 전율을 느꼈습니다. 그에게서 몸을 떼어 내려 했지만, 고통과 연민이 그녀를 납덩이처럼 누르고 있었습니다. 그녀는 숨을 내쉬고 마음을 진정시킨 다음에 그에게 시를 계속 읽어달라고 부탁했습니다. 마치 천상의 아름다운 목소리로 호소하는 듯했습니다! 베르테르는 몸을 떨었습니다. 그의 심장은 터질 것만 같았습니다. 그는 원고지를 들고 반쯤 더듬거리며 읽어갔습니다.

왜 그대는 다시 나의 잠을 깨우는가, 봄바람이여? 그대는 하늘 거리면서 '나는 하늘의 물방울로 대지를 적시노라!'고 말한다. 그러나 내가 시들어갈 때가 가까워졌다. 나의 잎들을 날려 흩트려 버릴 폭풍이 가까이 다가왔다! 내일은 나그네가 올 것이다. 내 아름다운 모습을 간직한 시절에 나를 보았던 그 나그네가 나를 다시 찾아올 것이다. 벌판 위로 여기저기 눈을 돌려 그는 나를 찾으려 할 것이나, 마침내 나를 찾지 못할 것이다!

이 구절이 지닌 위력은 그 불행한 베르테르의 마음을 온통 사로잡았습니다. 그는 절망에 가득 차 로테 앞에 쓰러져, 그녀의 손을 붙잡아 눈과 이마에 갖다 대었습니다. 그 순간 로테의 가슴속에는 베르테르에게 무언가 두려운 일이 일어날 것 같은 예감이 스쳤습니다. 그녀의 마음은 혼란에 빠져 그의 손을 꼭 붙들었다가 그것을 자신의 가슴에 갖다 대고, 비탄에 젖은 동작으로 그에게 몸을 기울였습니다. 그러자 그들의 타오르는 듯한 두 뺨이 서로 맞닿았습니다. 그 순간 이 세계는 그들에게 사라지고 말았습니다. 그는 그녀를 품안에 꼭 안은 채 떨리며 더듬거리는 그녀의 입술에 격렬하게 키스를 퍼부었습니다.

"베르테르!" 그녀는 숨 막히는 듯한 소리를 지르면서 몸을 빼내려 했습니다. "베르테르!"라고 하면서 그녀는 가냘픈 손으로 그의 가슴을 밀어내려 했습니다.

"베르테르!" 그녀는 숭고한 감정을 차분하게 가라앉힌 목소리로 외쳤습니다. 그는 저항하지 않고 그녀를 품에서 놓아준 다음에 이성을 잃고 그녀 앞에 몸을 내던졌습니다. 그녀는 벌떡 일어나 애정인지 분노인지 모를 혼란스러운 기분에 사로잡혀서 말했습니다.

"이것이 마지막이에요! 베르테르! 당신은 다시는 저를 볼 수 없을 거예요."

그리고는 그 가련한 사나이에게 애정 어린 시선을 던지고는 옆 방으로 뛰어가 문을 닫아 버렸습니다. 베르테르는 그녀를 향해 팔을 뻗쳤지만 차마 그녀를 붙잡지 못했습니다. 그는 바닥에 앉아 머리를 긴의자에 기댄 채 반시간가량 꼼짝도 않고 있었습니다. 마침내 무슨 소린가에 비로소 정신을 차렸습니다. 저녁식탁을 차리려고 하녀가 들어와 있었습니다. 그는 방 안을 서성거리다 다시 혼자남게 되자 로테가 사라진 방문 앞으로 다가가 나직한 목소리로 그녀를 불렀습니다.

"로테, 로테! 한 마디만 더 하겠습니다! 작별 인사를!"

그녀는 아무 말도 하지 않았습니다. 그는 문을 열어 달라고 간청하면서 고집했습니다. 그러다가 갑자기 그 자리를 떠나면서 외쳤습니다.

"잘 있어요, 로테! 영원히! 잘 있어요!"

그는 성문 앞에 이르렀습니다. 이미 그의 얼굴을 익히 알고 있는 성문지기는 아무 말 없이 그를 성 밖으로 내보내주었습니다. 진눈깨비가 질척거리며 내리고 있었습니다. 그리고 그는 밤 열한 시가 되어서야 숙소로 돌아와 다시 문을 두드렸습니다. 하인이 그를 맞으러 나왔습니다. 하인은 베르테르가 모자를 쓰지 않고 있는 것을 보았으나 물어볼 엄두가 나지 않아 그저 옷 벗는 것을 도왔습니다. 베르테르의 옷은 비에 흠뻑 젖어 있었습니다. 나중에 가서야 그의 모자는 골짜기를 내려다보는 언덕 위의 어느 바위 위에 걸쳐진채 발견되었습니다. 어둡고 축축한 밤에 그가 어떻게 떨어지지도 않고 거기까지 올라갔는지는 이해할 수 없는 일입니다.

그는 침대 위에 쓰러져 오랫동안 잠 속에 빠져들어 갔습니다. 다음날 아침, 그가 부르는 소리에 하인이 커피를 가지고 방에 들어갔을 때 그는 책상 앞에 앉아 글을 쓰고 있는 것을 보았습니다. 그는 로테에게 보내는 편지에 다음과 같이 썼습니다.

마지막으로, 마지막으로 나는 눈을 떴습니다. 아! 이 두 눈은 다시는 저 태양을 볼 수 없을 것입니다. 안개 낀 흐릿한 날씨가 태양을 가리고 있습니다. 대자연이여, 슬퍼하여라! 그대의 품에서 태어나고 그대의 벗이었으며, 그대가 사랑하던 나는 종말을 향해서 다가가고 있다. 로테, 이것이 마지막 아침이라고 스스로에게 타이르는 심정은, 뭐라고 말할 수 없으나 마치 몽롱한 꿈처럼 느껴집니다. 마지막 아침입니다, 로테! 그러나 마지막이라는 말이 과연 무엇을 의미하는지 모르겠습니다. 지금 나는 온 힘을 다해 버티고 서 있으나 내일이면 사지를 뻗은 채 힘없이 땅 위에 누워 있을 것입니다. 죽는다는 것! 그것은 도대체 무슨 뜻입니까? 봐요, 죽음을 이야기할 때 우리는 꿈을 꾸는 것 같습니다. 나는 사람이 죽는 모습을 여러 번 보았습니다. 그러나 인간이란 자기 존재의 시작과 끝에 대해 아무것도 모를 정도로 제한된 힘을 가지고 있을 뿐입니다. 나는 아직까지는 나 자신의 것, 당신의 것입니다! 당신의 것, 아, 사랑하는 이여! 우리가 헤어지고, 떠난다 해도, 그것은 한순간일 뿐입니다. 아니면, 영원한 이별일까요? 아닙니다, 로테, 아닙니다. 어찌 내가 사라져 버릴 수 있겠습니까? 어찌 당신이 사라져 버릴 수 있겠습니까? 우리는 여기 있습니다! 사라진다니요! 그것이 무슨 뜻입니까? 그것은 또다시 말일 뿐입니다! 내 가슴에는 아무런 느낌도 주지 않는 공허한 울림일 뿐입니다! 죽는다는 것은, 로테여! 차가운 땅 속에 갇혀 있는 것입니다, 그토록 좁은 곳에! 그토록 어두운 곳에! 한때 내 서글픈 유년 시절에 마음의 벗이었던 한 여자가 있었습니다. 그녀가 죽었을 때 나는 그녀의 시신을 따라 무덤가로 가서 그녀를 담은 관이 내려지는 것을 보았습니다. 관 밑을 감고 있던 밧줄이 스르르 풀려 위로 올려지자, 첫 번째 삽에 담긴 흙이 구덩이 속으로 떨어지면서 관 뚜껑이 불안한 소리를 냈습니다. 그러나 그 소리는 점점 둔탁하게 바뀌어 관이 완전히 흙으로 덮이자 아무 소리도 나지 않았습니다! 나는 무덤 가에 쓰러져 전율과 불안과 슬픔을 가슴 깊이 느꼈습니다. 그러나 내게 무슨 일이 일어났는지, 그리고 미래에 무슨 일이 일어날지는 알지 못했습니다.

죽는다는 것! 무덤! 나는 그 말들을 이해하지 못합니다!

용서해 주십시오! 용서해 주십시오! 어제의 일은! 그것은 내 생애에서 마지막으로 본 순간이었을 것입니다. 오, 당신 천사여! 처음으로, 진정 처음으로 의심할 여지없이 내 가슴 깊숙이에서 타오르는 행복감을 느꼈습니다. 그녀가 나를 사랑하고 있다! 그녀가 나를 사랑하고 있다! 아직도 내 입술 위에는 당신의 입술에서 흘러나온 그 성스러운 불꽃이 살아 있습니다. 따스한 행복감이 새삼 내 가슴속을 파고듭니다. 용서해 주십시오! 용서해 주십시오!

아, 나는 당신이 나를 사랑한다는 것을 알았습니다. 처음 만나 깊은 정이 넘치는 눈길을 마주쳤을 때, 처음으로 손을 잡았을 때 그것을 알았습니다. 그런데도, 내가 다시 떠나고 알베르트가 당신 곁에 와 있는 것을 볼 때면, 나는 다시금 열병에 걸린 듯이 의심하고 낙담하곤 하였습니다.

그 사람들의 모임에서 당신이 나에게 말을 걸 수 없고 손을 내밀 수 없게 되었을 때, 당신이 나에게 선물로 보내준 그 꽃들을 기억합니까? 아! 나는 밤새 그 꽃 앞에 무릎을 꿇고 있었습니다. 당신은 나에게 당신의 사랑을 밀봉해 보여준 것입니다. 그러나 아! 그러나 온통 천국에 있는 듯한 충만함으로 거룩하게 보이는 표식으로 전해졌던 자비가, 신이 내리신 그 은총이 믿었던 자의 마음에서 서서히 다시금 사라지듯이, 이러한 감정들도 사라졌습니다.

모든 것은 지나갑니다. 그러나 어떤 영원한 생명도 어제 당신의 입술에서 느꼈던 불타는 생명을 내게서 지워 버리지는 못할 것입니다. 나는 내 안에서 그것을 느끼고 있습니다! 그녀는 나를 사랑하고 있다고! 이 팔이 당신을 껴안았으며, 이 입술이 당신의 입술에 닿아 떨었고, 이 입은 당신의 입가에서 말을 더듬거렸습니다. 그녀는 나의 것입니다! 당신은 나의 것입니다! 그렇습니다, 로테여, 영원히.

알베르트가 당신의 남편이라는 게 어떻습니까? 남편이라니! 내가 당신을 사랑하고, 당신을 그의 품에서 빼내어 내 품에 안는 것은 이 세상 사람들에게는, 이 세상에서는 죄가 될 수도 있겠지요? 죄라니요? 좋습니다. 나는 그 대가를 달게 받겠습니다. 나는 온갖 천상의 기쁨 속에서 그것을 맛보았습니다. 이 죄는 내 가슴속에 생명의 유향과 힘을 불어넣었습니다. 이 순간부터 당신은 나의 것입니다! 나의 것입니다, 오, 로테여! 나는 먼저 떠납니다. 나의 아버지이며 당신의 아버지이기도 한 전능한 분이 계신 곳으로 갑니다. 나는 그분에게 하소연할 것이며, 그분은 당신이 뒤따라올 때까지 나를 위로해 주실 겁니다. 그때, 나는 날개를 활짝 펴고 당신에게 날아가 당신을 꼭 붙들고, 영원한 분이 보시는 앞에서 당신을 영원히 포옹하면서 당신 곁에 머물겠습니다.

꿈을 꾸고 있는 것이 아닙니다, 망상을 하는 것도 아닙니다! 무덤이 가까워지니 나는 눈앞이 더 환해집니다. 우리는 다시 존재할 것입니다! 우리는 다시 만날 것입니다! 당신의 어머니도 만날 것입니다! 나는 그분을 만나고, 찾아낼 것입니다. 아, 그리고 그분 앞에서 내 심정을 송두리째 털어 놓으렵니다! 당신을 꼭 닮으신 어머님께!

밤 열한 시쯤, 베르테르는 그의 하인에게 혹시 알베르트가 돌아왔는지 물었습니다. 하인이 "예, 그분이 탄 말이 그쪽으로 가는 것을 보았습니다."라고 말했습니다. 그러자 주인은 그에게 다음과 같은 내용이 담긴 쪽지를 주었습니다.

알베르트, 저는 여행을 떠날 계획입니다. 당신의 권총을 한 자루 빌려주시겠습니까? 안녕히 계십시오!

사랑스런 로테는 간밤에 잠을 별로 이루지 못했습니다. 그녀가 두려워했던 일이 결정나고 만 것이었습니다. 그것도 그녀가 예상할 수도 두려워할 수도 없는 방식으로 결정난 것입니다. 여느 때 같으면 그토록 순수하고 쾌활하게 흐르던 그녀의 피는 마치 열병에 걸린 듯이 뛰었고, 이루 헤아릴 수 없는 감정들이 혼란스럽게 그녀의 마음을 뒤흔들어 놓았습니다. 그녀가 가슴속에서 느낀 것은 베르테르의 포옹이었을까? 아니면 그의 돌발 행동에 대한 불쾌감이었을까? 그것도 아니라면, 내키지 않지만 지금의 자신과 순진무구하고 근심 없이 자신감을 갖고 자유롭게 지내던 시절을 비교하는 데서 오는 불만스런 감정이었을까? 이제 그녀는 어떻게 남편에게 다가가야 할까! 지금까지 일어난, 고백해도 상관없지만 감히 고백하기 어려운 상황을 어떻게 이야기해야 될까? 그들은 그 일에 대해 이미 오랫동안 서로 침묵을 지켜왔는데, 이제 갑자기 그녀가 먼저 침묵을 깨고 그것도 시기가 좋지 않은 때에 그 예상치 않았던 일을 알게 만들어야 할까? 벌써부터 그녀는 베르테르가 방문했었다는 소식만으로도 그에게 불쾌한 인상을 주지 않을까 두려웠습니다. 그것도 이 전혀 예기치 않은 불상사라니! 그녀는 남편이 그녀를 솔직하게 보아주고 아무런 질책 없이 받아들여 주리라고 바랄 수 있을까? 그리고 그가 자신의 마음속을 읽어주기를 바랄 수 있을까? 그런데도, 지금까지 남편 앞에서 마치 투명한 유리잔처럼 아무런 숨김없이 떳떳했고, 그의 앞에서 한 번도 자신의 감정을 숨기거나 숨길 수 없었는데, 이제 와서 남편을 속일 수 있을까? 이런 저런 생각이 몰려오자 그녀의 걱정은 그녀를 당혹하게 만들었습니다. 그러면서도 생각은 베르테르를 향해 다시금 달려가곤 했습니다. 그녀에게는 잃어버린 것이나 다름없지만, 유감스럽게도! 그녀로서는 내버려둘 수밖에 없었습니다. 그녀를 잃게 되자 더 이상 남은 것이라곤 아무것도 없는 그를 말입니다.

로테로서는 그 순간 뚜렷이 느끼지는 못했지만, 그와의 사이에 생긴 대화의 단절이 무거운 응어리가 되어 이제 그녀를 짓누르고 있었습니다! 서로 아주 잘 이해하고 잘 지냈던 사람들이 어떤 보이지 않는 의견 차이로 인해 서로 침묵하기 시작하고, 각자 자기는 옳으며 상대방은 그르다고 생각하다보면, 상황은 점점 더 꼬여서 모든 것을 해결할 결정적인 순간에도 그 매듭을 풀지 못할 정도로 심각해져버린 것입니다. 행복한 신뢰가 일찍이 그들을 좀 더 가깝게 해주었더라면, 그들 사이에는 사랑과 배려가 살아났을 것입니다. 그리고 그들이 서로의 마음을 열었더라면, 우리의 친구는 아마 구할 수 있었을지도 모릅니다.

거기에다 또 하나 특이한 상황이 있었습니다. 베르테르는, 우리가 이미 그가 쓴 서한들을 읽어 알고 있듯이, 자신이 이 세상을 뜨고 싶어 한다는 생각을 전혀 감추지 않았습니다. 알베르트는 그와 종종 다투었으며, 로테와 그녀의 남편 사이에서도 이따금 그에 대한 이야기가 있었습니다. 알베르트는 그런 행동에 대해 결단코 반감을 가졌던 것처럼, 여느 때에는 그의 성격상 볼 수 없는 민감한 반응까지 종종 보이면서, 자신은 그런 의도가 진심인지 매우 의심스러워할 이유가 있다고 밝히곤 했습니다. 그는 심지어 그런 의도에 대해 농담까지 하면서 자신은 믿지 않는다는 것을 로테에게 알렸습니다. 그녀는 자신의 생각이 그런 슬픈 영상을 떠올릴 때면, 남편의 말이 한편으로는 그녀를 안심시키면서도, 다른 한편으로는 바로 그 때문에 그 순간 자신이 염려하고 괴로워하고 있다는 것을 남편에게 알리지 못했습니다.

알베르트가 돌아오자, 로테는 당황하여 급히 마중을 나갔습니다. 그는 일을 다 처리하지 못해서 기분이 좋지 않았습니다. 그는 자신이 만난 이웃의 관리가 고집 세고 속 좁은 사람이라는 것을 깨달은 것입니다. 또 돌아오는 길도 엉망이어서 그를 더욱 불쾌하게 만들었습니다.

그는 별일이 없었느냐고 물었고, 그녀는 서둘러 베르테르 씨가 어제 왔다갔다고 대답했습니다. 그는 혹시 편지 온 것이 있느냐고 물었으며, 편지 한 통과 소포가 하나 서재에 와 있다는 대답을 들었습니다. 그는 그리로 건너갔고, 로테는 혼자 남았습니다. 그녀가 사랑하고 존경하는 남편이 돌아와 있다는 것이 그녀의 마음속에 새로운 인상을 심어 주었습니다. 그의 고귀한 성품, 그의 애정 그리고 선량함을 상기하자 그녀는 마음이 좀 더 가라앉았습니다. 그녀는 남편 뒤를 따라가야겠다는 생각이 은밀히 들어서, 평소에 늘하던 대로 일감을 집어 들고 그의 방으로 들어갔습니다. 그는 소포를 풀어서 내용을 읽어보는데 열중하고 있었습니다. 거기에는 몇 가지 유쾌하지 못한 내용도 들어 있는 것 같았습니다. 그녀가 몇 가지 물어보자 그는 짤막하게 대답하고는 책상에 앉아서 무엇인가를 썼습니다.

그들은 이런 식으로 방 안에 한 시간 가량 함께 있었으며, 로테의 마음은 점점 어두워져갔습니다. 그녀는 비록 이해심 많은 남편일지라도 그녀의 마음속에 있는 것을 남편에게 밝히는 것이 얼마나 어려운지를 느끼고 있었습니다. 그녀는 슬픔에 젖었으며, 그것을 감추고 눈물을 삼키려 하니 더욱 불안해졌습니다.

그때 베르테르의 하인이 나타나자 그녀는 몹시 당황했습니다. 그는 알베르트에게 쪽지를 건네주었습니다. 알베르트는 아무렇지 않은 듯 그의 아내에게 몸을 돌려 "그에게 권총을 내어주시오", 그리고 하인에게는 "좋은 여행이 되기를 바란다고 전해주게"라고 말했습니다. 그 말은 그녀에게 청천벽력 같았습니다. 그녀는 일어나려다가 비틀거렸습니다. 자신에게 어떤 일이 일어났는지 알지 못했습니다. 그녀는 천천히 벽 쪽으로 가서 떨리는 손으로 권총을 내려 먼지를 털면서 몸을 떨었습니다. 그리고 알베르트가 의아한 시선으로 그녀를 바라보지 않았더라면 계속 머뭇거리고 있었을 것입니다. 그녀는 이 불길한 권총을 하인에게 내주면서도 한 마디도 할 수가 없었습니다. 그리고 하인이 집으로 가려고 나가자, 일감을 주섬주섬 집어 들고 그녀의 방으로 가서 말할 수 없이 불안한 상태에 놓였습니다. 그녀의 마음은 뭔가 끔찍한 사건이 벌어질 것을 예감하고 있었습니다. 당장이라도 남편에게 달려가 무릎을 꿇고 어제의 일을, 자신의 잘못과 예감을 고백하고 싶었습니다. 그러나 다시금 그녀는 그런 일을 감행할 수 없었습니다. 남편을 설득해서 베르테르가 있는 곳으로 달려가도록 바랄 수는 더더욱 없었습니다. 식탁이 차려지고, 마침 뭔가 잠깐 물어보기 위해 들렀다 가려 하다가 머물게 된 여자 친구와 함께 저녁을 들면서 그럭저럭 대화를 나누었습니다. 어쩔 수 없이 말을 하고, 이런저런 이야기를 하다 보니 그 일을 잊었습니다.

하인은 총을 들고 베르테르에게 왔습니다. 그는 로테가 그 총을 내주었다는 말을 듣고 기뻐하며 그것을 받아 들었습니다. 그는 빵과 포도주를 가져오라고 시키고 하인은 식사를 하라고 보낸 다음에, 책상으로 다가가서 글을 쓰기 시작했습니다.

권총은 당신의 손을 거쳐서 내게 왔습니다. 당신이 직접 그 총의 먼지를 닦았습니다. 나는 그 총에 나는 수없이 입을 맞춥니다. 당신이 그것을 만졌습니다. 그리고 당신은, 천사여! 나의 결심을 굳혀주고 있습니다! 그리고 당신은, 로테여, 나에게 당신이 그 무기를 건네주었습니다. 당신의 손을 통해서 죽음을 맞기를 바랐었는데, 아! 이제 나는 그것을 맞이합니다. 아, 나는 하인에게 물어보았습니다. 그것을 건네줄 때 당신은 떨기만 할 뿐, 안녕이라는 말 한 마디 없었다고 하더군요! 슬픕니다! 슬픕니다! 안녕이라는 말도 없었다니! 나를 영원히 당신에게 묶어둔 그 한 순간의 일 때문에, 당신은 영원히 제게 마음을 닫은 것은 아닌지요? 로테여! 수천 년이 지나도 내 마음속에 간직한 인상은 지워지지 않을 것입니다! 그리고 당신을 향해 그토록 불타오르는 마음을 당신은 미워할 수 없으리라고 나는 느낍니다.

룩한 징표로 삼곤 했습니다! 그리고 지금도, 아, 로테여, 당신에 대한 추억을 불러일으키지 않는 것은 없습니다! 당신은 나를 둘러싸고 있습니다! 그리고 나는 마치 어린아이처럼, 거룩한 당신의 손길이 닿았던 온갖 것들을, 아무리 작은 것이라도 모두 다 끌어와 내 것으로 만들지 않았던가요!

여기 당신의 사랑스런 실루엣 초상화가 있습니다! 이것을 당신에게 다시 돌려드립니다. 로테여, 부탁이니 그 초상화를 잘 간직하십시오. 나는 외출할 때나 귀가할 때나 그 위에 이미 수천 번 입맞춤을 했고, 수천 번 눈길을 던지며 인사했습니다.

당신의 아버지께는 따로 서한을 보내 저의 시신을 지켜 달라고 부탁했습니다. 교회 묘지 뒤의 한 구석에 넓은 초원을 바라보며 서 있는 두 그루의 보리수가 있습니다. 나는 그곳에 잠들고 싶습니다. 그분은 친구였던 저를 위해 그렇게 하실 수 있고 또 그래주실 것입니다. 당신도 그분에게 간청해 주십시오. 저와 같은 불행한 자의 가련한 시신 곁에 경건한 기독교인들이 묻히려 하지 않을 것이니, 저도 감히 그런 것은 부탁하지 않겠습니다. 아아, 나는 당신들이 나를 차라리 어느 길가 모퉁이나 외로운 골짜기에 묻어주고, 우연히 길을 지나가는 성직자나 유대인 레위가, 아니면 자비심 많은 사마리아인이 내 무덤 앞에서 잠시 멈춰 한 방울의 눈물을 뿌려주기만을 바랄 뿐입니다.

여기, 로테여! 나는 죽음의 도취가 담긴 차갑고 무서운 술잔을 잡고, 죽음의 묘약을 마시는 것이 두렵지 않습니다! 당신이 나에게 그것을 건네주었으니 나는 주저하지 않습니다. 모든 것이! 전부 다! 이로써 내 삶의 소원과 희망은 모두 이루어졌습니다! 이제 차갑고 딱딱한 죽음의 철문을 두드리면 되는 것입니다.

당신을 위해서 죽는 행복을 맛볼 준비가 되었습니다! 로테여, 당신을 위해 이 몸을 바치는 것입니다. 나는 당신에게 다시 평안을 가져다 주고 당신의 삶의 기쁨을 다시 찾아줄 수만 있다면 용감하게, 기쁘게 죽고 싶었습니다. 그러나 아아! 소중한 사람들을 위해서 자신의 피를 흘리고 죽음을 통해 자신의 벗들에게 수백 갑절의 생명을 불어넣는 일은 극소수의 고귀한 사람들에게만 부여된 것입니다.

로테여, 나는 지금 입고 있는 이 옷차림 그대로 묻히고 싶습니다. 이것은 당신의 손길이 닿았고 당신에 의해 거룩해진 옷입니다. 당신 아버지께도 그대로 해 주시라고 부탁했습니다. 내 영혼은 이미 나의 관 위를 떠돌고 있습니다. 내 옷 호주머니 속을 뒤지지 말아주십시오. 이 연분홍 리본은 내가 당신을 처음 보았을 때, 당신이 동생들 틈에 섞여 분주하게 일할 때 당신의 가슴에 꽂혀 있던 것입니다. 아, 그 아이들에게 무수한 입맞춤을 전해주고 그들의 불행한 친구가 겪은 운명을 이야기해주십시오. 그 사랑스러운 아이들! 그들은 내 주위에서 북적거립니다. 아, 나 역시 얼마나 당신에게 매달렸던가요! 처음 순간부터 당신을 놓을 수 없었습니다! 이 리본을 나와 함께 묻어 주십시오. 내 생일날 당신이 선물로 준 것입니다! 내가 그 모든 것을 얼마나 소중히 여겼던가요! 아아! 내 운명이 나를 여기까지 끌고 올 줄은 몰랐습니다! 진정하십시오! 부탁입니다. 진정하세요!

총은 장전되었습니다. 시계는 열두 시를 치고 있습니다! 그럼 됐습니다! 로테여! 로테여! 안녕히 계십시오! 안녕히!

한 이웃 사람이 번쩍하는 불꽃을 보고 총소리를 들었습니다. 그러나 곧 모든 것이 조용해졌으므로 그는 더 이상 신경 쓰지 않았습니다.

다음날 아침 여섯 시에 하인이 등불을 들고 방 안으로 들어서다가 바닥 위에 쓰러져 있는 베르테르를 발견했습니다. 권총은 바닥에 떨어져 있고, 그 위에는 피가 흥건히 고여 말라 있었습니다. 그는 소리를 지르며 베르테르를 붙잡았으나 아무런 반응이 없었습니다. 그는 단지 가늘게 숨이 붙어 있을 뿐이었습니다. 하인은 의사를 부르러, 알베르트를 부르러 뛰쳐나갔습니다. 로테는 급히 울리는 초인종 소리를 듣자 사지가 떨려왔습니다. 그녀는 남편을 깨웠고, 그들은 자리에서 일어났습니다. 하인은 얼굴이 온통 눈물로 범벅이 된 채 이 슬픈 소식을 더듬거리며 전했습니다. 로테는 정신을 잃고 알베르트 앞에서 쓰러지고 말았습니다.

의사가 황급히 그 불행한 젊은이가 누워 있는 곳으로 달려왔을 때, 바닥에 쓰러져 있는 그는 더 이상 손을 쓸 수가 없다는 것을 알았습니다. 심장은 가늘게 뛰었지만, 사지는 이미 굳어 있었습니다. 오른쪽 눈자위를 관통해서 총을 쏘아 뇌수가 파열되어 밖으로 터져 나와 있었습니다. 사람들이 그의 팔의 혈관을 풀어 피를 흐르게 했습니다. 그는 여전히 숨을 쉬고 있었습니다.

안락의자의 등받이에 묻어 있는 피로 보아, 그는 책상 앞에 앉은 채 총을 쏘았고 바닥으로 쓰러지면서 경련을 일으켜 굴러 떨어진 것 같았습니다. 그는 힘을 잃은 채 창문 쪽으로 반듯이 누워 있고, 정장을 하고 있었습니다. 목이 긴 구두를 신었고, 푸른 연미복에 노란 조끼를 받쳐 입고 있었습니다.

베르테르가 머물던 집과 이웃, 그리고 도시 전체가 이 사건으로 들끓었습니다. 알베르트가 안으로 들어섰습니다. 베르테르는 침대 위로 옮겨져 있었습니다. 이마는 붕대로 감겨져 있었으나 그의 얼굴은 이미 죽은 사람이었습니다. 수족을 전혀 움직이지 못했습니다. 오직 가슴만이 아직도 무섭게, 때로는 약하게 때로는 강하게 뛰고 있었습니다. 사람들은 그의 최후를 기다렸습니다.

그는 포도주는 단 한 잔만 마셨을 뿐이었습니다. 그의 책상 위에는 《에밀리아 갈로티》[38]가 펼쳐진 채로 놓여 있었습니다.

알베르트의 당혹감, 로테의 비탄은 이루 말할 수 없었습니다.

늙은 법무관은 그 소식을 듣자 달려왔습니다. 그는 죽어가고 있는 자에게 달려들어 그를 껴안고 뜨거운 눈물을 쏟았습니다. 그의 아들들 가운데 나이가 많은 아이들도 곧 그의 뒤를 따라 걸어

---

38 《에밀리아 갈로티(Emilia Galotti)》는 독일의 유명한 희곡작가 레싱(Lessing)이 1772년에 쓴 시민비극으로, 정숙하고 아름다웠지만 자신을 유혹하는 영주를 피해 순결을 지키려다 결국은 자기 아버지의 칼에 스스로 찔려 목숨을 끊은 여주인공 에밀리아 갈로티의 이야기이다. 실제로 괴테는 이 《젊은 베르테르의 슬픔》에서 주인공 베르테르의 모델이 된 예루잘렘이라는 청년의 자살 소식을 듣고 그의 집으로 달려갔을 때, 그의 책상 위에 《에밀리아 갈로티》가 펼쳐져 있는 것을 보았는데, 그 장면을 그대로 자신의 소설에 삽입한 듯하다—옮긴이.

들어와, 침상 곁에 무릎을 꿇고 억제할 수 없는 슬픔을 드러내면서 그의 손과 입에 입을 맞추었습니다. 그리고 베르테르가 가장 아끼던 로테의 맏이 남동생은 그의 입술에 달라붙어 떨어지려 하지 않는 것을 사람들이 억지로 떼어놓았습니다. 낮 열두 시에 그는 숨을 거두었습니다. 그 자리에 법무관이 배석하여 조치를 취했으므로 사건은 소동 없이 조용히 처리되었습니다. 밤 열한 시경에, 법무관은 그가 남긴 유언대로 그가 선택한 장소에 묻어 주게 했습니다. 그 노인과 아들들은 그의 유해를 뒤따라갔습니다. 알베르트는 함께 갈 수 없었습니다. 혼절한 로테의 생명이 염려되어서였습니다. 일꾼들이 베르테르의 유해를 장지로 운반해 갔습니다. 그 뒤를 따르는 교회의 성직자는 한 사람도 없었습니다.

읽는 이를 위하여

독일의 수많은 저명한 작가들 중에서도 대문호 요한 볼프강 폰 괴테는 언제나 내 마음을 깊이 사로잡는다. 독일 문학은 물론 세계문학 사상 가장 위대한 작가 중 한 사람으로 알려져 있는 괴테는 시인이자 정치가로서 풍요로운 삶을 살았으며, 문학뿐 아니라 정치, 미술, 교육, 과학 등 다방면에 다재다능함을 보여주었다. 그가 남겨 놓은 수많은 작품들 때문에 그의 예술과 사상은 후세에 이르기까지 지대한 영향을 끼쳤다. 그의 작품들 속에는 인간을 진정으로 이해하는 풍부한 정신과 상상력, 그리고 영원히 안주하지 않고 방랑하며 무언가를 추구하는 그의 마음이 담겨 있으며, 바로 그 때문에 동서양을 막론하고 널리 읽히고 있다. 《젊은 베르테르의 슬픔》은 괴테가 1774년에 발표한 작품이다. 당시 25세의 젊은이였던 그는 이 한 편의 작품으로 일약 전 유럽을 놀라게 하고 감동시켰으며, 당시 유럽에서 그 어떤 작가보다도 큰 명성을 얻게 되었다.

이 소설은 서간체 형식으로 되어 있으며 제1부와 제2부로 나뉘어 있다. 제1부에는 1771년 5월 4일부터 시작하여 같은 해 9월 10일까지, 그리고 제2부에는 1771년 10월 20일부터 1772년 12월 23일까지 쓰인 편지들이 날짜별로 나열되어 전체적으로 약 1년 8개월의 기간을 다루고 있다. 작품의 앞부분은 베르테르가 빌헬름이라는 친구에게 보내는 편지로, 그리고 뒷부분은 빌헬름과 사랑하는 연인 로테, 그녀의 약혼자인 알베르트에게 보내는 편지로 구성되어 있다. 그러나 정작 친구인 빌헬름이나 다른 두 사람에게서 온 편지는 한 통도 실리지 않고 있어서, 전체적으로는 '나'로 지칭되는 베르테르의 독백으로 흐르고 있다. 이같은 베르테르의 독백 언어는 그의 감정을 직접적이고 함축적으로 표현해주며, 독자로 하여금 그의 생각 속으로 깊이 빠져들어가게 하는 강한 흡인력을 가진다. 그러나 이 소설의 제2부에서 '편집자가 독자에게'라는 부분에 가서는 화자(話者)가 주인공 베르테르가 아닌 '편집자'라는 가공인물로 바뀐다. 그는 베르테르가 어떻게 절망에 빠지고, 어떻게 로테와의 마지막 시간을 보내며, 어떻게 자살하게 되는가 하는 과정을 서술하고 있다. 이야기는 베르테르라는 청년이 '발하임'이라는 읍으로 오는 데서부터 시작된다. 그는 귀족적인 화려함을 싫어하고 소박한 시민생활을 동경하기 때문에, 조용한 자연에 묻혀서 우울증을 치료하고 자신의 상속 사건도 함께 해결하려고 이 아름다운 시골 마을에 찾아 든 것이다. 그는 곧 로테라는 처녀와 순수하면서도 정열적인 사랑에 빠지지만 이룰 수 없는 사랑 때문에 깊은 좌절에 빠진다. 베르테르는 로테에 대한 열정과 사랑의 고백을 줄곧 토해내지만 넘을 수 없는 사회적인 윤리와 관습을 인정히면서 절망하고, 그 스스로 어떤 대안을 제시할 수 없는 감정의 폭풍 속에서 결국은 한계성을 느끼고 죽음을 택하게 된다.

그 당시 독일에서는 소설이라는 장르보다는 여전히 서사시와

서정시가 문학의 주류를 이루고 있었다. 그래서 비록 오늘날과 같은 본격적인 소설 형식은 아니지만, 베르테르라는 인물의 내면을 직접적으로 드러내는 독백조로 이루어진 서간체 소설 형식은 당시의 독자들에게 대단한 반향을 불러 일으켰던 것이다. 특히 작가가 베르테르의 심리를 묘사하는 대목들은 대단하다. 실리보다는 감성을, 허영보다는 서민적인 소박한 감정을 중시하는 베르테르의 성격과 행동이 구구절절 잘 묘사되고 있으며, 그가 로테를 만나는 순간부터 깊은 사랑의 열병에 빠지고 괴로워하는 장면들 하나하나는 독자로 하여금 함께 느끼고 슬퍼하게 만드는 것 이상의 감동을 준다.

그러나, 이 소설을 좀더 깊이 읽어가다 보면 여기서 중심을 이루는 것은 단지 사랑에 괴로워하는 불행한 사나이의 문제만이 아니라 또 다른 요소가 있다는 것을 알 수 있다. 그것은 베르테르의 진정한 열정과 슬픔은 바로 세계의 질서와 자신의 영혼이 동일시 될 수 없다는 것을 느끼는 데서 나오는 고뇌라는 것이다. 괴테가 살고 있던 18세기 전반의 독일 사회는 정신적으로나 물질적, 정치, 문화면에서 유럽의 프랑스나 다른 나라보다 뒤떨어진 국가였고 경제적으로도 침체 상태에 놓여 있었다. 30년에 걸쳐 일어난 종교전쟁 이후 수많은 공국으로 분열된 독일은 그 위상이 약화된 데다가 정치도 문란했으며 고루한 계급의식이 팽배해 있어 일반 서민들의 생활은 몹시 힘들었고, 사회 전반에는 완고한 기독교적 윤리관이 뿌리를 내리고 있어서 모든 것을 신의 섭리에 따른 운명으로 체

넘하는 분위기가 짙었다. 다른 한편으로 상류 귀족사회에서는 화려한 생활에 젖어 프랑스식 문화예술을 모방하는 것을 최고의 낙으로 삼았으며, 독자적인 가치관이 없이 좌충우돌하는 혼돈과 안일주의가 지속되고 있었다. 겉보기에는 온전하지만 한쪽에서 조금만 충격을 가해도 곧 붕괴될 듯한 낡은 질서와 문화 의식이 지배하는 사회였다. 부유한 집안에서 태어난 괴테도 처음에는 비판없이 자유분방하게 그러한 상류층의 생활을 즐겼으나, 다른 한편으로 그 사회가 요구하는 계몽주의적인 엄격한 균형과 규칙, 조화, 규범은 시간이 흐르면서 그를 질식시켰다. 그러던 중 괴테는 대학생활 중에 자신의 정신적 발전에 중대한 영향을 주게 될 한 사람과 우연히 만났으니, 그는 괴테보다 나이가 여섯 살 많은 요한 고트프리트 헤르더(Johann Gottfried Herder)라는 자수성가한 지성인이었다. 모든 정신적인 것은 인간 개개의 본성 속에 자리하고 있으며 그 정신은 개개인이 모인 한 민족 전체 속에서 나타난다고 본 그는, 고대 그리스의 문화만을 정신적으로 숭고한 고전으로 전형화시키고 유럽의 모든 나라들이 이를 모방하며 만족하고 있는 것을 불만스러워 했다. 오히려 그는 남유럽이 아닌 북유럽의 문학, 그 중에서도 영국의 셰익스피어와 오시안, 그리고 독일의 잊혀진 과거 역사 속에서 진정한 창조성을 찾아야 한다고 주장했다. 당시에 이른바 기독교적 세계관 속에서 문명화된 유럽 사회에 실망한 이 새로운 시대는 자연을 신격화시켰고 개인의 양심에 따른 행위만을 법으로 삼으려 하면서 도처에서 긴장과 저항, 반항, 열망을 드러냈다. 괴테는 그의 영향을 받아 종래의 화려하고 가식적이던 로코코 취미의 문학관을 완전히 버리고 민요의 아름다움, 자연과 감정의 숭고함, 천재에 대한 옹호, 고대 그리스의 시인 호메로스와 영국의 극작가 셰익스피어, 오시안의 전설 등에 대해서 많은 가르침을 받고 크게 감동하게 된다. 헤르더라는 이 뜻밖의 인물의 출현은 그때까지 밝고 풍족하고 안온한 세계에만 머물러 왔던 괴테에게 슬픔과 고뇌, 죽음이라는 것에 대하여 깊이 생각하게 하는 발단이 되며, 이 두 사람의 해후로 인해 독일문학사상 아주 중요한 '슈투름 운트 드랑(Sturm und Drang)', 즉 '질풍노도(疾風怒濤)' 운동이 일어나는 계기가 되었다. 이 운동은 실제로 1767년에서 1785년경 사이에 독일을 지배한 정신으로 독일문학사에서는 이 시기를 '천재시대'라고도 부른다. 헤르더는 영국의 셰익스피어 작품들을 소개하고 영국의 민족성을 독일 민족성과 가깝다고 보면서, 독일의 젊은이들 사이에 '천재'와 '죽음'에 대한 새로운 시각을 불어넣었다. 죽음 그 자체는 비합리적인 것이지만, 때로는 뭔가 '해방'시키고 '다른 세계로의 인도'한다는 환상적인 동경을 불러일으키는 매력을 갖고 있다는 것이었다. 이 것은 그동안 죽음을 늘 부정적으로만 보아온 기독교 문화 외에 또 다른 문화, 즉 원래의 게르만 문화가 지니고 있는 어둠과 신비의 영역을 다시 일깨워 준 것이다. 그 이전의 사람들이 천재를 '신으로부터 재능을 부여받은 존재'로 보았다면, 헤르더는 더 독창적으로 나아가 천재란 그 자체 '본원적인 힘'이며 '창조자'라는 생각을 가졌다. 즉 비합리적이고 생(生)에 충만한 감정과, 자신 속에 간직된 내적 규율에 따라 창조하는 자질을 타고 난 사람이야말로 진정한 천재이며, 스스로 형성하는 창조적인 주관성이야말로 진정한 예술 창조의 기원이라는 생각이었다. 괴테의 《젊은 베르테르의 슬픔》은 바로 이러한 사상을 작품 속에 짙게 담고 있다. 이 소설 전 편에 걸쳐 면면히 흐르는 것은 당시 태동하기 시작한 이러한 움직임으로, 이 정신의 태동을 감지하고 옹호하다 죽음을 맞는 베르테르는 다름 아니라 당시에 정신적으로 극심한 변화를 겪고 있던 젊은 괴테 자신으로 그는 자신의 사상과 열정, 고뇌를 주인공 베르테르를 통해 대신 발산하고 있는 것이다. 이는 베르테르의 심정이 '호메로스(Homeros)의 밝은 세계'로부터 '오시안(Ossian)의 어두운 세계'로 변화해가는 것으로 드러난다. 그는 처음에는 밝고 따뜻하고 생기가 넘치는 주변환경, 즉 호메로스적인 자연을 예찬한다. 그리고 그의 그러한 심정은 로테를 만나 사랑에 빠지면서, 자연의 온갖 사물들과 소박한 인간들 속에서 신의 존재를 찾으려고 부단히 애쓰는 모습으로 나타난다. 그러면서 고대 그리스의 서사시인 호메로스의 시 세계에 심취된다. 바로 젊은 괴테가 헤르더에서 받은 영향이 이 소설 속에서 베르테르의 감정 속에 그대로 이입되고 있는 것이다. 그러나 그는 뒤에 가서 인간 자신 속에 숨어 있는 내적인 규율에 따르고 싶어 하는 새로운 정신을 느낀다. 이것은 베르테르가 그의 편지에서 '다가오는 거센 물결의 위협'이라는 상징적인 말로 예감하듯이 그 당시의 시대정신과는 반대되는 것이었다. 눈에 보이는 기존의 세계가 아니라 없는 세계를 새로이 창조하고 싶지만, 거기에

서 자신의 한계, 인간의 한계를 느끼면서 그는 좌절한다. 그리고 시
간이 감에 따라 목가적이고 안온한 호메로스의 세계는 더 이상 그
에게 힘이 되지 못하고, 그의 심경을 지배하는 새로운 자연 세계
가 등장한다. 바로 오시안의 세계이다. 고대 아일랜드의 전설에 나
오는 영웅이자 전사였던 오시안은 장님으로서 음유시인이 되어 고
대 영웅들의 행적과 죽음을 노래한 방랑시인이었다. 그의 서사시
는 음울하게 자연을 묘사하고 과거에 잊혀졌던 자기 민족의 영웅
들의 행적을 알리면서, 인간 스스로 모든 행위와 죽음까지도 스스
로 책임져야 할 절망과 두려움에 대해서 진지하게 생각하는 의식
을 노래하고 있다. 오시안의 시는 오랫동안 아일랜드와 영국에 기
독교 문화가 번성하면서 완전히 잊혔다가 1765년 영국의 제임스 멕
퍼슨(James Macpherson)이 그 시들을 발굴해 영어로 번역 출간함으
로써 알려졌다. 베르테르 소설이 나오기 9년 전의 일이다. 오시안
의 시를 헤르더로부터 소개받은 괴테는, 이를 직접 번역하여 베르
테르 소설의 뒷부분에 삽입하고 있다. 베르테르의 영혼은 폭풍에
휘말리는 격정을 보여주는 오시안적 자연으로 서서히 변해간다. 그
리하여 그는 뒤에 가서 마침내 "오시안이 내 마음 속에서 호메로
스를 밀어내어 버렸다."라고 고백한다. 베르테르는 행복했던 시절의
봄철에 묘사했던 전원적인 계곡의 친근함을 회상해보기도 하지만,
결국은 거칠고 삭막한 풍경으로 돌변한 자연을 더욱 가슴 아프게
느끼면서 동시에 비극적인 몰락으로 향해가는 자신의 운명을 예감
한다. 오시안의 세계는 그에게 끊임없이 죽음을 연상시켜 준다. 베

르테르는, 자신이 감당해야만 하는 현실의 절망과 인간의 한계로부터 자유로워지고자 자살을 선택한다. 베르테르의 자살은 세계에 대한 절망에서 충동적으로 어느 한순간에 일어나는 것이 아니라, 세계에 맞서기 위해 서서히 준비되는 죽음이다.

베르테르의 자살은 인간이 만들어 놓은 현실의 사회적, 윤리적 제약 앞에서 결국 이를 감당하지 못하고 한계를 느낀 주인공이 좌절하는 것이라고 볼 수도 있으나, 실제로는 인간의 한계에서 벗어나 스스로 자유를 찾기 위해 선택한 더 적극적인 수단이기도 하다. 자아실현을 위해 고뇌하는 베르테르의 봇물 터지듯 넘쳐흐르는 주관주의에 자연도, 사랑도, 결국 새로운 연결점을 제공하지 못한다. 그것들은 잠시 그의 지상의 '감옥'을 장식해주었고 그의 상상력에 매번 새로운 자극으로 부여했을 뿐이다. 자살은 베르테르의 행위를 장식하는 무슨 영웅주의는 아니다. 그리고 그 죽음에 있어서 충격적인 것은 어떤 구원해주는 초월적인 존재가 없다는 사실이다. 이 작품을 통해 면면히 흐르는 베르테르의 열정은 겉으로는 로테에 대한 사랑으로 표현되지만, 그 밑바닥에는 신처럼 자유롭고 창조적으로 되고 싶은 인간 내면의 주관적인 열정의 표현이 흐르고 있다.

이 소설이 출간되어 유명해지자, 베르테르의 옷차림은 당시 청년들 사이에 유행이 되고 모방 자살사건도 빈번하게 일어났다고 한다. 베르테르와 로테의 실루엣은 중국의 유리 공예품에까지 그려지게 되었고 프랑스 황제 나폴레옹은 이 소설을 이집트 원정 시에도 들고 가 일곱 번이나 되풀이하여 읽었다고 한다. 괴테 자신의 필생의 대작이라고 하는 《파우스트》도 《젊은 베르테르의 슬픔》의 명성을 따르지는 못하였다.

　이 소설은 참으로 아름다운 작품이다. 세상에 적당히 물들며 사는 것이 현명하다고 생각하는 사람들에게, 아직은 자신이 젊다는 생각으로 자신이 속한 삶에 거부감을 느끼면서 한번쯤 속으로 '나는 이곳에 속해 있지 않아'라고 외쳐본 적이 있는 사람들에게, 모든 사람들이 각자의 위치에서 바쁘게 생활하고 있을 때 문득 누군가를 소리쳐 불러 말을 나누고 싶지만 누구를 불러야 할지 또 무슨 말을 해야 할지 알 수 없는 고독한 사람들에게, 그리고 항상 세상의 기준을 뛰어넘어 좀 더 자유롭게 살기를 꿈꾸었건만 어느새 돈과 지위와 밖으로 보여지는 것으로만 삶을 채우려 하는 자신의 모습을 발견하고 섬뜩함을 느낀 사람들에게도 이 소설은 기회를 줄 것이다. 자기의 삶을 다시 한 번 진지하게 생각해 볼 수 있도록. 이 작품은 오늘날까지 많은 독자들의 가슴에 열정과 흥분을 불어 넣고 있으며, 독일과 지역적 문화적으로 먼 한국에서도 이 작품은 가장 많이 읽히는 독일문학 작품들 가운데 하나이다. 이 책을 읽은 모든 분들과 그들의 다정한 벗들에게, 연인들에게 이 소설이 영원히 간직하고 싶은 소중한 마음의 선물이 되기를 바란다.

2010년 가을에
옮긴이 두행숙

작가 괴테에 대하여

괴테는 1749년 8월 28일 독일 중부의 교통 중심지이자 자유분방하고 독립적인 분위기가 넘치는 도시 프랑크푸르트 암 마인에서 태어났다. 괴테의 할아버지는 재단사로 수년간 여기저기를 돌아다니다 후에 프랑크푸르트에 정착해서 〈버드나무 집〉이라는 여관의 상속녀와 결혼하여 여관주인이 되었다. 상당한 재산을 상속한 괴테의 아버지 요한 카스파르 괴테는 대학에서 법학을 공부했고 프랑스와 이탈리아로 교양수련 여행을 하면서 많은 지식을 얻었다. 그러나 그는 원래 귀족이 아니었던 신분 때문에 프랑크푸르트 시청에서 직책을 얻으려는 시도가 수포로 돌아간 후, 1742년 황실고문관이라는 명예직을 돈을 주고 샀다. 그는 실질적인 공직은 갖지 못했으나 그의 고향 도시에서 가장 명망있는 시민의 반열에 설 수 있었고, 프랑크푸르트의 시장을 지낸 요한 볼프강 텍스토어의 딸 카타리나 엘리자베트 텍스토어와 결혼하여 괴테를 낳았다. 괴테에게는 여러 형제자매가 있었으나 그보다 한 살 아래였던 코르넬리아를 제외하고는 모두 어린 시절에 죽었다. 괴테의 아버지는 자녀에 대해 교육열이 강해서 괴테를 훌륭한 법률가로 만들기 위해서 라틴어를 비롯해 여러 나라의 말과 수학, 역사, 지리, 미술, 승마, 피아노 등 다방면의 교육을 시켰다. 훗날 괴테의 폭넓은 학문과 교양의 기초는 이러한 어린 시절의 가정교육에서 길러진 것이었다. 또 그는 교양이 풍부하고 재치 있는 어머니로부터 들은 재미있는 동화에 자극을 받아 풍부한 상상력도 길러갔다. 그는 열 살 때부터 이솝, 호메로스, 오비디우스와 같은 그리스-로마의 고전작가들의 작품을 비롯해서 당시 청소년들이 즐겨 읽던 《천일야화》, 데포의 《로빈슨 크루소》, 《파우스트 박사》 등 많은 통속문학도 읽었다. 그리고 어려서부터 이미 시를 쓰기 시작하였다. 부유했던 괴테의 아버지는 그의 집을 증축하고 집안에 서재와 많은 예술가들의 작품으로 장식된 화랑을 꾸몄고 여행에서 얻은 기념물들로 방들과 홀을 장식했다. 괴테는 훗날 그의 자서전 《내 생애에서, 시와 진실》에서 어린 시절을 이렇게 회상하고 있다.

"거기는 내가 성장하면서 가장 즐겨했으며, 비록 슬프지는 않지만 동경에 가득차서 머물렀던 곳이었다. 정원 너머로 도시의 성벽과 숲들과 아름답고 풍요로운 들판이 보였다. …… 거기에서 나는 여름이면 늘 공부를 했고, 뇌우를 기다렸고, 서쪽으로 난 창문들을 통해 지는 해를 한없이 바라볼 수 있었다. …… 이러한 것들은 일찍부터 내 마음속에 고독감과 거기에서 나오는 동경의 감정을 불러 일으켰다. 그 동경은 태어나면서부터 나의 내면에 놓여 있던 진지함과 풍부한 예감에 상응하여, 시간이 갈수록 더 분명히 그 영향력을 발휘하였다."

1765년 9월 말, 괴테는 독일 동부의 라이프치히 대학에서 법률 공부를 하기 위해 고향 도시를 떠났다. 상업과 학술의 도시인 라이프치히에서 공부보다 자유분방한 생활을 즐기던 그는 건강을 별로 돌보지 않아, 마침내 1768년 각혈을 하고 쓰러져 병상에 눕게 되자 학업을 중단하고 고향으로 돌아와 요양생활을 하였다. 그 무렵 그는 신비주의와 중세의 연금술(錬金術)에 관심을 갖기도 했다. 이 같은 성향은 괴테가 훗날 신과 인간, 자연과 신과의 깊은 통일을 기초로 하는 범신론적인 사상을 형성하는 데 큰 영향을 끼쳤다.

1770년 건강을 회복한 21세의 괴테는 법률을 공부하기 위해 이번에는 독일과 프랑스의 국경도시인 독일 서부의 슈트라스부르크로 떠났다. 알사스 지방의 아름다운 자연에 둘러싸인 그곳에서 괴테는 학문에 열중해 법률, 화학, 의학, 해부학 등의 강의를 들었으며, 또 한편으로 문학, 철학, 미술, 동식물학, 기상학, 색채학 등의 책을 읽으면서 폭넓은 교양을 쌓아갔다. 이 무렵 괴테는 자신의 정신적 발전에 중대한 영향을 준 요한 고트프리트 헤르더(Johann Gottfried Herder)와 만났다. 이 두 사람의 해후로 인해 독일문학사상 중요한 〈질풍노도〉 운동이 일어나는 계기가 되었다.

1771년 8월에 변호사 자격을 얻어 고향으로 돌아온 괴테는 아버지에게서 경제적 도움을 받아 변호사 개업을 했지만 시적(詩的)인 구상이 끊임없이 떠오르자 창작에만 열중해 그 해에 질풍노도기의 대표적 희곡인 《괴츠 폰 베를리힝겐》의 초고를 썼다. 1772년에 괴테는 아버지의 권유에 따라 제국 고등법원의 법률 사무를 실습하기 위해 베츨라라는 소도시로 가서 몇 개월간을 지냈다. 거기에서 그는 친구이자 공사관 서기관인 케스트너와 그의 약혼녀 샬로테 부프(Charlotte Buff)를 알게 된 후, 그녀에게 마음이 끌려 사모의 정과 우정 사이에서 극심한 갈등을 겪었다. 그러는 동안 베츨라에서의 체류 기간이 끝나자 괴테는 이 두 사람에게 작별의 편지를 남기고 교향으로 돌아갔다. 그러던 중에 베츨라에서 알게 된 신학자인 예루잘렘이라는 친구의 권총자살 소식을 듣고 큰 충격을 받았다. 예루잘렘은 유부녀를 사랑하다 이루어질 수 없는 사랑에 절망해 스스로 비극적인 죽음을 맞은 것이었다. 바로 예루잘렘의 죽음이 괴테에게 준 충격이 《젊은 베르테르의 슬픔》을 쓰게 한 동기가 되었다. 1774년에 4주일도 채 안되어서 단숨에 써낸 이 소설은 곧 커다란 반향을 일으켰고 괴테를 세계적인 작가로 만든 계기가 되었다.

베츨라에서 돌아온 후 괴테는 아버지의 후광으로 프랑크프르트의 은행가 딸인 쇠네만(Elisabeth Schönemann)과 한때 약혼하기도 했다. 릴리라는 애칭을 가졌던 당시 16세의 이 소녀는 재능과 미모를 지녔었으며 괴테도 그녀와 깊은 사이가 되었으나, 자유분방한 성격의 그는 한 여성에게만 얽매이고 싶지 않아 결국 그 약혼을 취소하고 말았다. 그로부터 약 3년 동안 괴테는 〈질풍노도〉 운동의 흐름에 실려 창작에 몰두했다.

바이마르

1775년 스위스 여행를 떠난 괴테는 새로운 전기를 맞이하게 된다. 알프스의 거대한 자연 풍광에 압도된 그는 잠시나마 규범적인 틀에서 벗어났으며, 직접적인 인상을 연필과 펜과 붓을 사용한 간단한 필치로 많은 스케치를 하였다. 그러다가 1775년 말에 바이마르(Weimar) 궁정의 초대를 받고 그곳으로 떠남으로써 사실상 질풍노도 운동과는 결별하게 된다. 독일 동부 바이마르 공국의 젊은 대공(大公) 카를 아우구스트(Karl August)는 베르테르 소설로 유명해진 괴테에 대한 존경심에서 그를 자신의 공국으로 초청한 것이다. 괴테는 10월에 잠시 체류할 생각으로 바이마르로 떠나지만, 뜻밖에도 그곳에서 여러 공직에 앉게 되고 결국 재상이 되어 10년 남짓 국정에 참여하게 된다. 늘 가슴 속에 방랑을 꿈꿨던 괴테는 결국 작은 도시 바이마르에서 평생을 머물게 된다. 그 이유는 젊은 대공을 비롯하여 궁정 사람들의 문학에 대한 이해와 예술을 사랑하는 분위기 때문이었다. 괴테는 대공이 자신에게 바이마르 극장의 운영 책임을 맡기고 신뢰하자 비로소 자신의 문학적 재능을 이곳에서 마음껏 발휘할 수 있을 것이라고 믿게 되었다.

오늘날 독일 동부의 튀링겐(Thüringen) 주에 속해 있는 인구 약 6만여 명의 소도시 바이마르는 괴테가 그곳에서 체류하게 된 이후로 오늘날까지 독일의 정신적 삶의 중추적인 역할을 해오고 있다. 이미 종교개혁 시기루터 마르틴 루터(Martin Luther), 루카스 크라나

흐(Lucas Cranach), 요한 세바스티안 바흐(Johann Sebastian Bach), 빌란트(Wieland) 등 여러 지식인들이 이곳에 체류하며 활동했고, 18세기에는 괴테를 비롯해 그가 초청한 헤르더, 실러(Schiller)같은 문학의 거장들이 이곳에 모여 소위 〈바이마르 고전주의〉를 꽃피웠다. 바이마르 국민극장(Nationaltheater) 앞에는 오늘날에도 괴테와 실러의 동상이 나란히 서 있다. 바이마르는 독일제국이 제1차 세계대전에서 패하고 해체되자 1919년에 '바이마르 헌법'이라는 민주주의 헌법이 제정되고 독일에서 최초의 공화국이 탄생한 장소이기도 하다.

괴테는 바이마르에 머물면서 정치와 문학에 전념하였고 그의 명성이 알려지자 1782년(33세)에는 신성로마제국 황제에 의해 귀족의 칭호를 받았다. 그는 또 한편으로 지질학, 광물학, 색채론 등 자연과학 연구에도 몰두하였다. 바이마르에 체류하면서 그는 바이마르 궁정에서 근무하던 여관(女官)인 샬로테 폰 슈타인(Charlotte von Stein) 부인과 우정을 맺게 된다. 그때 괴테의 나이는 26세, 부인은 33세였으니 괴테는 연상의 여인에 대해 정열을 품은 것이었다. 당시 슈타인 부인은 궁전의 기병대장이던 남편 에른스트 F. 폰 슈타인과 불행한 결혼생활을 하고 있었다. 두 사람의 관계는 애인이자 은은한 내면의 아름다움을 지닌 모성애와 젊음에 대한 야릇한 향수가 뒤섞인 애정으로 발전해 그 후 10년 넘게 지속되었다. 그러나 결국 한 장소와 한 여인에게 지속적으로 머물기를 거부하는 괴테의 내면에서 다시 '떠나야겠다'는 충동이 일어나자, 마침내 1786년 그는 모든 것을 뒤로 하고 불현듯 이탈리아로 떠났다.

이탈리아 여행

1786년 가을부터 약 2년 동안 이탈리아로 여행을 떠나 머무르는 동안 괴테는 바이마르의 공직생활을 잊고 예술가로서의 생활에 전념해 직접 수많은 스케치를 하고 그림을 그리면서 생활하였다. 이탈리아 여행은 괴테가 자신의 문학적 성향을 본격적으로 고전주의로 지향(志向)하는 결정적인 계기가 되어 주었다. 그는 그리스 신화를 소재로 한 희곡《타우리스섬의 이피게니(Iphigenie auf Tauris)》(1787)와 《에그몬트(Egmont)》(1787) 등을 썼다. 충분한 방랑생활을 체험하고 1788년에 다시 바이마르에 돌아온 괴테는 비로소 삶의 '정착'을 생각하게 되었다. 그 무렵 크리스티아네 불피우스(Christiane Vulpius)라는 가난한 처녀를 알게 되어 그녀와 함께 시간을 보내는 날이 많아지자, 그와 샬로테 폰 슈타인 부인과의 관계는 상당히 소원해졌다. 크리스티아네는 원래 좋은 집안의 신학자이자 법률가 집안의 딸이었으나 그녀의 아버지가 알콜 중독에 걸리자 가세가 기울어 가난한 환경에서 자랐다. 그녀가 23세였을 때 당시 39살이던 바이마르 공국의 추밀관 괴테에게 일자리를 부탁하러 갔다가, 그와의 운명적인 첫 만남이 이루어져 두 사람은 곧 깊은 사랑에 빠져 동거에 들어갔다. 1789년에 괴테와의 사이에서 아들 아우구스트(August)가 태어났다. 그러나 괴테와 크리스티아네는 아들이 17세의 성인으로 자라자, 이를 계기로 1806년 가을에 가서야 비로소 결혼식을 올렸다. 그 이유는 아마도 괴테의 마음속에 여전히 한 여

인에게 안주하기를 거부하는 어떤 충동이 자리하고 있었기 때문인
지도 모른다.

이 무렵에 그는 시인과 궁정인의 갈등을 그린 희곡《토르크바
토 타소(Torquato Tasso)》(1789년)와, 이탈리아 여행 중 주로 체류했던
로마를 주제로 한 서정시《로마의 비가(悲歌)》(1790년)를 발표하였다.
1790년에는 괴테 전집을 펴냈으며, 여기에 23세 때부터 쓰기 시작
한《파우스트 단편(Faust, ein Fragment)》을 발표하였다. 1790년 괴테는
제2차 이탈리아 여행을 떠났으며, 1791년에는 신설된 바이마르 궁
정극장의 감독이 되어 1817까지 27년간이나 재직하였다. 그때부터
고전주의 연극 활동도 본격적으로 시작되었다. 그러던 중 1789년
프랑스에서 대혁명이 일어났고, 그 격동의 여파는 독일에까지 파급
되었으며 바이마르 공국도 예외가 아니었다. 1792년에 괴테는 그가
섬기는 카를 아우구스트 대공을 따라 프랑스로 종군하였다.

1794년부터 괴테는 극작가 프리드리히 실러(Friedrich Schiller)가
기획한 잡지《호렌(Horen)》에 협력하면서 두 사람 사이에 깊은 우정
이 싹텄다. 독일의 이상주의(理想主義)를 대표하던 실러와 자연주의
적 성향이 짙던 괴테는 본질적으로 서로 다른 문학적 기질을 지녔
으면서도, 이 우정은 1805년에 실러가 죽을 때까지 계속되었다. 그
10년 남짓한 시기에 괴테는 실러의 깊은 이해에 용기를 얻어 많은
작품을 완성하였고, 두 사람이 이룩한 문학은 이후 독일문학의 발
전에 가장 큰 기여를 하였다. 특히 실러의 격려에 힘입어 괴테는 오
랫동안 집필을 중단했던《파우스트(Faust)》를 다시 착수했으며,《빌

헬름 마이스터의 수업시대(Wilhelm Meisters Lehrjahre)》(1796년)를 완성했고, 서사시 《헤르만과 도로테아(Hermann und Dorothea)》(1797년)를 발표하였다. 그는 또 수많은 서정시, 담시(譚詩), 풍자시를 썼다.

만년의 괴테

1805년 실러의 죽음으로 괴테는 그를 지탱해줬던 정신적인 교우를 잃고 인생의 황혼기를 맞이하게 된다. 만년의 괴테의 문학 활동 중 가장 특징적인 것은 '세계문학'을 제창하고 실천한 것이다. 괴테는 그 무렵에 이미 유럽 문학에서 최고의 위치를 차지하고 있었으므로, 그 위치에서 여러 나라 국민문학의 상호 촉진과 교류를 꾀하고 세계문학적인 시야를 넓히고자 했다. 1808년에는 독일을 점령한 나폴레옹 1세가 직접 괴테를 찾아와 괴테는 그를 알현하였다. 이 해에 《파우스트》 제1부가 출간되었으며, 소설 《친화력(Die Wahlverwandtschaften)》을 썼다. 괴테는 자연과학 연구에도 깊은 관심을 가져, 특히 광학(光學) 연구의 결정인 《색채론(Zur Farbenlehre)》을 1810년에 발표하였다. 괴테는 문학작품이나 자연연구에 있어서, 신(神)과 세계를 하나로 보는 범신론적(汎神論的) 세계관을 전개하였다. 1816년에 헌신적으로 가정을 꾸려 괴테의 왕성한 창작활동을 도왔던 아내 크리스티아네가 51세의 나이로 먼저 세상을 떠나자 이후 괴테는 쓸쓸한 세월을 보냈다. 그러나 독일어로 번역된 페르

시아 시인 하피스(Hafis)의 작품을 읽게 되자, 여기서 그는 문화적인 차이에도 불구하고 사랑과 음주를 읊은 이 시인의 작품에 매료되고 자극을 받아 그동안 손을 놓고 있던 창작열을 불태우게 되었다. 또 빌레머 부인을 사랑하게 되어 그녀를 사모하여 읊은 《서동(西東)시집(West-östlicher Divan)》을 발표했다. 만년의 괴테가 이룩한 가장 뛰어난 문학작품으로는 당시의 시대와 사회를 묘사한 《빌헬름 마이스터의 편력시대(Wilhelm Meisters Wanderjahre)》(1829년)와 《파우스트》의 완성을 들 수 있다. 특히 《파우스트》제1부와 제2부는 23세 때부터 쓰기 시작하여 83세를 일기로 죽기 1년 전인 1831년에야 완성된 것으로 평생 심혈을 기울인 대작이다. 이 작품의 주제는 "부단히 노력하는 인간은 구원받는다"라는 것이다. 괴테는 1832년 3월 16일에 병으로 누웠다가 마침내 1832년 3월 22일 83세의 생애를 마쳤다. 그의 유해는 바이마르 대공가(大公家)의 묘지에 대공 및 실러와 나란히 안치되어 있다

괴테라는 작가가 독일문학에서 불후의 명성을 여전히 유지하고 있는 것은 그가 이룩한 방대한 양의 문학작품들 하나하나에서 인간과 세계, 자연, 신에 대한 탁월한 관찰과 견해가 엿보이기 때문이다. 그는 아주 다양한 분야에서 재능을 펼쳐 시인, 비평가, 정치가, 교육가, 과학자, 화가, 무대연출가로 활약하면서 거의 모든 작품에서 대가다운 다재다능함과 뛰어난 솜씨를 보여주었다. 그리고 서정적인 작품들에서도 다양한 주제와 문체를 능수능란하게 구사했으며, 그의 작품들은 모두가 그의 내면의 고백이기도 하였다. 이

렇게 괴테는 83년간의 생애를 통해 사랑의 기쁨과 슬픔, 이별, 죽음 등 모든 것을 반복적으로 겪었지만, 그 어떤 것에도 절대적으로 등을 돌리거나 거부함이 없이 때로는 내면의 혼란을 느끼면서도 늘 열린 가슴으로 그것들에 자신을 내맡기고 받아들이면서 인간을 이해하고 그 한계를 넘어서려고 노력했다. 젊은 시절에는 열정과 강렬한 자기주장을 중시했으나 나이가 들면서 좀 더 보수적이면서 인생의 조화를 더 추구하는 성숙한 인간으로 변화해 갔다. 그리하여 그는 자신의 작품들 속에서 점차 거창하고 복잡한 사상을 전개하기보다는, 인간은 무한한 우주 속에 내던져짐으로써 자신의 무력함을 느끼게 되지만 그 때문에 절망하기보다는 유한한 인간이 대자연에 순응하고 조화하면서 살 수 있다는 것을 믿고 이를 표현하려고 애썼다. "사색하는 인간의 가장 아름다운 행복은, 탐구할 수 있는 것을 완전히 탐구하고 탐구할 수 없는 것을 조용히 관조하는 일이다"라고 한 그의 말처럼 괴테에게 있어서 "산다는 것, 그것은 좋은 일이다"라는 것이 그의 궁극적인 신조였다. 그의 젊은 시절에 소설 속 베르테르의 '자살'을 통해 보여주려 했던 삶에 대한 격정적인 자세는 괴테의 말년에 가서는 오히려 '사는 것'을 옹호하고 이해하려는 관조의 자세로 변한 것이다.

괴테 연보

1749년 8월 28일	독일의 중부 도시 프랑크프르트 암 마인 (Frankfurt am Main)에서 태어났다.
1759년(10세)	7년전쟁(1756~1763)의 와중에 프랑스 군대가 침공하여 프랑크푸르트를 점령했는데, 이때 괴테의 집은 장기간 프랑스 점령군의 숙사(宿舍)가 되었다.
1765년(16세)	독일 동부의 라이프치히(Leipzig)대학에 법학을 공부하기 위해 입학하여 이곳에서 1768년까지 수학했다.
1770년(21세)	슈트라스부르크(Strassburg) 대학으로 공부하러 떠났다. 그 도시에서 요한 고트프리트 헤르더(Johann Gottfried Herder)를 만나 그의 사상에 깊은 영향을 받게 되어, 이후 '질풍노도(Sturm und Drang)' 성향의 작품을 쓰게 되었다.
1772년(23세)	변호사 실습을 위해 베츨라(Wetzlar)에 몇 개월간 체류하였다. 여기에서 케스트너와 그의 약혼녀 샬로테 부프(1753~1828)를 알게 되었다. 그녀는 뒤에 가서 《젊은 베르테르의 슬픔》에 등장하는 여주인공 로테의 모델이 되었다.
1773년(24세)	그의 최초의 희곡작품인 《괴츠 폰 베를리힝겐(Götz von Berlichingen)》을 출간하였다.
1774년(25세)	4월에 서간체 소설 《젊은 베르테르의 슬픔(Die Leiden des jungen Werthers)》을 출간하였다.
1775년(26세)	5월부터 두 달 동안 스위스로 여행을 떠나, 알프스의 거대한 자연에 심취하고 많은 스케치 그림을 그렸다. 프랑크푸르트 은행가 집안의 딸 릴리 쇠네만(Lili Schönemann)과 약혼하였으나 얼마 후에 파혼했다. 이 해 11월에 소공국 바이마르(Weimar)의 군주인 카를 아우구스트(Karl August) 대공(1757~1828)의 초청을 받

아 그곳으로 떠났다. 이후 괴테는 거의 평생 동안 그곳에 머물게 된다.

1776년(27세)	바이마르 궁정의 추밀원 고문관에 임명되었고, 궁정 여관(女官) 샬로테 폰 슈타인(Charlotte von Stein) 부인과 알게 되어 이후 수년 동안 정신적인 우정을 나누었다.
1779년(30세)	산문극《타우리스의 이피게니(Iphigenie auf Tauris)》를 완성하였다.
1782년(33세)	4월에 신성로마제국 황제 요제프 2세로부터 귀족의 칭호를 받았다.
1787년(38세)	《에그몬트(Egmont)》를 완성하였다.
1788년(39세)	평민출신의 처녀 크리스티아네 불피우스와 만나 동거생활을 시작하였다. 그 이듬해에 아들 아우구스트가 태어났다. 《로마의 비가(悲歌)(Römische Elegien)》를 완성하였다.
1789년(40세)	《토르크바토 타소(Torquato Tasso)》를 완성하였다.
1790년(41세)	《파우스트 단편(Faust, ein Fragment)》을 발표하였다.
1792년(43세)	카를 아우구스트 대공을 따라 프랑스군에 대항하기 위한 프로이센군에 소속되어 종군하였다.
1794년(45세)	실러가 기획한 잡지《호렌(Horen)》에 협력하면서 괴테는 그와 굳은 우정을 맺었다. 둘 사이의 우정은 1805년 실러가 죽을 때까지 계속되었다.
1796년(47세)	《빌헬름 마이스터의 수업시대(Wilhelm Meisters Lehrjahre)》를 출간하였다.
1797년(48세)	서사시《헤르만과 도로테아(Herrmann und Dorothea)》를 완성하였다.
1808년(59세)	희곡《파우스트(Faust)》 제1부를 출간하였다.
1809년(60세)	자서전적인 작품《내 생애에서, 시와 진실(Aus meinem Leben, Dichtung und Wahrheit)》을 쓰기 시작하였다. 이 작품은 괴테의 자서전이며 18세기 후반의 독일의 문화, 경제, 사회, 정치 등에 대해 이해를 돕는 중요한 자료가 되었다.
1810년(61세)	《색채론(Farbenlehre)》이 출간되었다.

1811년(62세)	《시와 진실》 제1부가 출간되었다.
1812년(63세)	《시와 진실》 제2부를 완성하였다. 칼스바트(Karlsbad)에서 작곡가 베토벤(Ludwig van Beethoven, 1770~1827) 및 오스트리아 황후 마리아 루도비카(Maria Ludovica von Österreich, 1787~1816)와 만났다.
1814년(65세)	독일 서부 지역의 라인강(Rhein), 마인강(Main) 네카 (Neckar) 강으로 여행하였다.
1815년(66세)	바이마르 공국(公國)의 재상으로 임명되었다.
1816년(67세)	《이탈리아 기행(Italienische Reise)》 제1부와 2부를 완성 하였다. 아내 크리스티아네가 사망하였다.
1817년(68세)	《이탈리아 기행》 제2부를 출간하였다. 궁정극장의 감독직 을 사임하였다. 그는 은둔생활을 하면서 창작에만 열중하 였다.
1819년(70세)	《서동시집(West-östlicher Divan)》을 완성하였다.
1821년(72세)	《빌헬름 마이스터의 편력시대(Wilhelm Meisters Wanderjahre)》를 완성하였다.
1822년(73세)	《프랑스 종군기(Kampagne in Frankreich)》를 완성하였다.
1825년(76세)	《파우스트》 제2부의 집필을 시작하였다.
1828년(79세)	《파우스트》 제1부를 파리에서 공연하였다. 평생 괴테를 후원하였던 바이마르 대공(大公) 카를 아우구스트가 사망하였다.
1829년(80세)	《빌헬름 마이스터의 편력시대(Wilhelm Meisters Wanderjahre)》를 완성하였다.
1830년(81세)	아들 아우구스트가 로마에서 사망하였다.
1831년(82세)	그의 평생의 역작인 《파우스트》 제2부를 완성하였다. 《시와 진실(Dichtung und Wahrheit)》을 완성하였다.
1832년(83세)	3월 22일에 사망하였으며, 바이마르 아우구스트 대공 가 (家)의 묘지에 대공 및 문호 실러와 나란히 안치되었다. 그의 사후 몇 달 후에 《파우스트》 제2부가 출간되었다.

젊은 베르테르의 슬픔

초판 1쇄 인쇄 2010년 12월 23일
초판 1쇄 발행 2010년 12월 27일

지은이 요한 볼프강 폰 괴테
옮긴이 두행숙
발행인 모지희
편집인 신현부
발행처 부북스

주소 100-835 서울시 중구 신당2동 432-1628
전화 02-2235-6041
팩스 02-2253-6042
이메일 boobooks@naver.com

ISBN 978-89-93785-16-6 04080
ISBN 978-89-93785-07-4 (세트)